中公文庫

ピース・オブ・ケーキとトゥワイス・トールド・テールズ

金井美恵子

中央公論新社

目次

ピース・オブ・ケーキと
トゥワイス・トールド・テールズ

ピース・オブ・ケーキ

……いきいきとした切実さに欠けるいくつかの断片的で
不鮮明な記憶がよみがってくるだけなので……

多分、その当時でさえ、古めかしいというか、いくらか異様な印象を与える衣装――。その当時でさえ、と書いて、それを消してから、再び、その当時でさえ、と書き直すのは、それをどう言い表わすべきなのか、よくわからないからだ。おそらく、その当時でさえ、彼女の着ていた絹のドレスは、いろいろな点で異様な印象だったのだが、そうした異様な印象には同時にぴったりと（丁度、黒に近い濃い青と銀白色の細いストライプの絹の布地が幾つものダーツの縫い目で胸のふくらみや胴体の線をくっきりと布地越しにあらわにしながらぴったりとはりついていたように）私の魅惑された称讃のまなざしの印象が重なってはいたのだし、異様な印象は、そのドレスが（あのドレス、と書くべきだろうか――）ひどく古風なデザインだったことからもたらされるのだということも、もちろん、わかってはいる。

なめらかで沈んだような光沢のある黒に近い濃い青と銀白色のストライプのドレスには、白い麻の広いシャツ襟が首を覆う高い位置に付いていて、胸の中央にはループのボタンホールでとめる小さな共布のクルミボタンがびっしり並び、その両側には細かなピンタックが三センチ程の幅で布地にニュアンスを加え、ぴったり腕の形にそった細っそりした袖にも、肩からループとボタンでとめる袖口まで胸元と同じ幅のピンタックがあって、あまり身体にぴったりしているので、胴体にも袖にも幾つもの細かな横の皺が出来て、沈んだような光沢のなめらかで張りのある布地は銀白色と濃い青が混りあった小さな波のように光線の具合で光り、細っそりと長い腕を微かに動かすたびに、蛇を連想させるのだったが、幾つものダーツで立体的に胸のふくらみと胴体の細さを強調したぴったりした上部とは対照的に、スカートは裾幅のたっぷりしたギャザーになって広がっていて、ギャザーの重なった細かな銀白色と濃い青色の縞の陰影がちょっとした体の動きで揺れながら光り、重なった絹地のこすれあうひんやりして軽い乾いた鋭い音をシューシューたて、スカートの裏地のゴースと下に着けたナイロン・ゴースの張りのあるパニエが触れあってカサカサした音をたてる。

　白い麻のハイカラーのシャツ襟に黒のグログランのタイ風のリボンを銀の縁の付いたパールのブローチでとめるんだって、と言いながら伯母はダブル幅で仕立てたスカートの裾をまつり、針の一目ごとにたっぷりした布地のドレスが、伯母の膝の上で微かに揺られて上下に動くので、重なりあった絹地がこすれあうひんやりした軽いかわいた鋭い音をシューシューとたてつづけ、母は軽いあくびをして、読みかけの本の間にしおりがわりのマッチ棒をはさんで閉じてから、もったいないわねえ、この絹だったら着物に仕立てたほうがいいのにねえ、とっても、いいものだもの、着物だったら裾まわしの色を変えて長く着られるのに、このスタイルの仕立てじゃあ、何年も着られないどころか、『王様と私』のデボラ・カーでも着そうじゃないの、と言い、伯母は、『王様と私』よりも、それの元になっているアイリーン・ダンが主演した『アンナとシャム王』のほうがあたしは好きだと言い、母にむかって本読むのあきたんだったら、ボタン付けを頼まれてくれたら恩に着ちゃうんだけど、と少しふざけた調子でわざと間違った昔の女学生用語の言い方で言う。私は、ふすまの開いている隣りの部屋で一人で遅い夕食を食べていたのだったか、それとも寝そべって本を読んでいたのだろうか。クリーム色のスマートな小型で横長の、それまで聴いていたラジオのように雑音が入らないプラスティック製のラジオ——去年か、一昨年《おととし》の恵比寿講の大売出しの時、伯母が買った——はミシンや裁縫台や、頭と腕と脚のない胴体だけの洋裁用の人型が置いてあって裁たれていないウールの布地の織目を整えるためにかける蒸気アイロンの熱い霧状の蒸気に蒸された毛織物の甘ったるいラノリンと、裏打ちの布を張る、メリケン粉の糊のすこしすえた匂いが混りあった「洋裁室」に置いてあるのだが、「家」のラジオは古くて耳障りな雑音が入り、その音が、戦前台湾にいた時、毎朝家の前を飼い主の年寄りにつれられて行列して行くガチョウの群れの騒々しい鳴き声にそっくりなので、伯母はラジオをガチョウと呼んでいて、ガチョウを買いかえなければ、とずっと言っていたのだ。仕事が終ったら、「洋裁室」のラジオを、こっちに持ってくればいい、と母は言っていたのだけれど、重い物を毎晩いちいち運ぶ者などは誰もいないのだから、ガチョウを買いかえればいい、と伯母は主張し、そうしたら、かあさんだって昼間ゆっくりラジオが聴けるじゃないの、と祖母に同意を求める。それとも、ラジオから流れてくる曲をぼんやり聴きながら、針を持った手が動くたびに、かわいたひんやりして鋭い軽い音をシューシューたてつづける絹の音を聴いていたのだろうか。前身頃の十二個のボタンと袖の六つずつのボタンと、麻の飾り襟を襟ぐりにとめるスナップを付けて裾上げのまつりと仕上げのアイロンで、やれやれ、やっと終了《ワンラ》だ、と二人は言いあい、仕上った服を明日、お濠ばたの横井さんのところへとどけるのを頼まれてくれたらアルバイト料を払う、と伯母が言い、あんたが女の子だったら、母さんの時に縫ったように花嫁衣装を縫ってやれたのに、といつもの冗談のような口癖を言って笑う。他に好きな人がいたのに、あの人と結婚することになって――あたしは反対したけれど――だから、あの人が家に帰ってこないのは、あんたの母さんのせいなのだ、妻に自分以外の好きな人（心のなかの恋人であるにしても）がいることを知った夫は誇りを傷つけられるのだ、と伯母は言う。それでもあたしは妹のために、ウエディング・ドレスを縫ってやった、と思い出すようにつぶやく。もう、物が不足している時で、それでも台湾と大陸で買い溜《だめ》て内地に送っておいたイギリス製のウールや、シナの絹や木綿の生地が柳行李《やなぎごうり》に二つあったから、ウエディング・ドレスを作るのには全然困らなかった。白い、いい品質《もの》のどっしりしたデシンがダブル幅で十や十二ヤールあったから、あたしは、ダヴィッドの「レカミエ夫人」が着ているスタイルの、胸の下からたっぷりしたギャザーとドレープの垂れたドレスを作ってやるといったのに、あんたの母さんは、ベビー服みたいだ、というし、あたしのかあさんは、この形だとお腹が大きくなったのを隠しているように見えるといって反対して、結局、ウエストのつまった、ローウエストの切り替えのあるフレアで全体は細っそりとしたシルエットにしたのだ。ローウエストにはバイアスに裁ったサテンの飾りベルトがサッシュ風に縫いつけられ、一つ結んで前に垂れ下っていてちょっと中世風なスタイル。飾りベルトには、銀白の糸でギリシャ風の連続模様の刺《し》繍《しゅう》があって、端には銀色のビーズの房飾り、浅いＶネックの襟と細っそりした袖のカフスも同じ刺繍のあるサテンで縁取って、裾にも同じサテンの刺縫のある縁飾りをつける計画だったのだけれど、ゆったりしたドレープで、それほどはひろがっていないフレア・スカートとはいっても、スカートの裾幅全体は三メートル以上はあって、その長さのサテン地に刺繍をするのは本当に大変だった。あの子は背が高いから――ハイヒールをはけば、五尺を四、五寸は越える――ドレスの裾幅がたっぷりあっても着こなせるし、そのバランスをいかに綺麗に決めるかが、洋裁士の腕の見せどころというべきなのだ。サテンはとても扱いのむつかしい布で、見た目のすべすべしたなめらかな光沢が、たとえて言えば、白い豹《ひょう》のようかもしれない、しなやかなのに強靭で、針が通りにくいから、ひどく手こずって、白く冷たく輝く雪原やそこを走る白い豹のようだし、スカートの裾に縫い付けるための折り返えし分を両側に五ミリずつとってあって、刺繍の図案は襟と袖口と同じなのだけれど、スカートのヴォリュームとバランスをとるために裾飾り用のサテンは八センチ幅だったから、九センチ幅で三メートル以上の長さに切った、布地と布地がこすれあうとシューシューと軽く鋭いきぬずれの音のする白いサテンは、まして銀白色の糸で刺繍をすると、ぬめぬめと光って上海で見たシナのお芝居の白蛇のようで、とても綺麗だというと、かあさんは気味悪がって嫌な顔をした。見た目にもサテンという布地は、それが白であっても黒であっても、どこか布というより、薄く薄くのばした金属のようなところがあるのだ、と伯母は言う。薄い薄い金属のしなやかな板か、それとも、あの繊細で柔らかい起毛は、ガリヴァーの小人国の寒い地方に住んでいる体長が一センチあるかないかの貂《てん》の毛皮を無数につなげて作ったのかもしれない。だから、とても針は通りにくいし、サテンのからだにぴったりしたドレスを着たディートリッヒは優美な鎧を着ているようだし、リタ・ヘイワースは黒貂のように見える。でも、あんたの母さんになる前のあたしの妹が着たのは、どっしりと重い上等の白のデシンのウエディング・ドレス。安物のデシンではオーヴァーやスーツのジャケットの裏地にしかならないけれど。サテンの刺繍だって、台湾か上海にいた時だったら、刺繍職人に、内地に比べたら信じられないくらい安い料金で、針目がまるで織物のようにそろった精巧なものを作らせたけれど、内地に帰ってきてたからそうは出来なくて、指も眼も赤く腫《は》らして、あたしが縫ったのだ。かあさんは手さきがブキッチョなのだけれど、見かねて、自分の着るものなのだから、あたしにも手伝わせてというのをきっぱりことわったら、ほっとした顔をして、たった一度しか着ないものなのに、こんなに手間をかけて、贅沢な生地を沢山使って、と溜息をついたけれど、ウエディング・ドレスは、それはそれは見事に仕上って、時局がらそう派手なドレスを着るのはどんなものだろうか、母親としては娘を着飾らせてやりたいのが当然だけれど、和服のほうがよかったのではと心配していたおばあちゃんも、娘が着たのを見て、衣装は立派だし、とても良く似合って、外国映画の女優の妖精の女王みたいだと興奮して、あたしたちは、マール・オベロンのちょっと東洋的な顔も、少し太目の身体つきもなんとなく野暮ったいと思っていたので、顔を見合せてクスッと笑ったけれど、それでも大満足だった。今の「洋裁室」ではなくて、焼けた麻布の家の「アトリエ」の姿見を見つめてから、母さんは両腕を少し左右にひろげて爪先き立ちになりクルリクルリと身体を回転させてダンスのステップを踏んで、銀白色のギリシャ風の図案を刺繍したサテンで裾の縁に飾りを縫いつけて重味のあるフレアのスカートが落下傘のように広がって、飾り帯のビーズがきらきらときらめき、それから回転する足にそってからみつくように細長い三角のドレープを幾重にも畳みながらつぼまり、母さんは、白い絹のストッキングの足にスカートのフレアが重いような軽いような、なんともいえない浮き立つような感じでまとわりついて、ゾクゾクするくらいうっとりする、ああ、ここにフレッド・アステアがいたらねえ！　誰だってジンジャー・ロジャースになれるわよ、と頬をバラ色に上気させて言ったのだけれど、あの子は覚えているだろうか。あたしは、あの子よりちょっと上だから、微妙なんだけどそういう時に思い浮かべるのは、『メリー・ウィドウ』のモーリス・シュヴアリエなんだけれど――。

あんたが女の子だったら、ドレスを縫ってやれたのに。行李二つにぎっしり入れて内地に送った生地は、結局空襲で焼けてしまったし、浅いV字型に襟を刳《く》った細い長い袖のローウエストでスカートはフレアの中世風のドレスは母さんが結婚式に着て、時局がらということで、内輪だけのささやかな式で、もちろん、日本の結婚式にダンスなんかないから、スカートが、きらきら光りながら、映画の中では決って晴れわたった青空から舞いおりる落下傘のようにふわりと広がって、クルクル回転するステップの動きにつれて、細長い三角の帆のかたちのドレープが何重にもかさなって足にからみつきながら揺れるのを見たのは「アトリエ」での試着の時が初めてでおしまいだったし、母さんは結婚して踊りをやめたから――あの子には、ちゃんとしたバレエの踊り手になるつもりはなかったけれども――踊るのを見たのもそれが最後だったし、今でもあのぼってりしているのにさらさらした砂のように指の間からこぼれ落ちそうでしっとりと肌になじむ厚手のデシンの感触は手が覚えている。あんたが生れた時、少しだけ残っていた同じデシンでケープと小さな帽子を作って、それを着て撮った写真がアルバムに貼ってあるの、見たことあるでしょう、と伯母は言うのだが（言ったのだったが）、黒い厚手のぼってりした紙の閉じられた背の部分を除いた三方が波形に切り抜いてあったアルバムは、もう長いこと見ていないし、とっくに蒸発してしまった白くて丸い砂糖菓子のような樟脳《しょうのう》の入っていた赤と黄色の透明なセロファンの袋（対角線の二すみがポッチリとハサミで切り取ってある）だけが残っている茶色に変色しかけている白い紙箱の中の乳白色の薄葉紙に包まれて蒸発してしまった樟脳の匂いが微かにしみこんでいるデシンのベビー用ケープと帽子を取り出して、ほら、これをあんたの子供に着せてやろうと思って大切にとっておいたのよ、と言った時からも、もう長い長い時間がすぎたのだ。波形に端を切り抜いた黒い紙のアルバムには、ロマン主義風の廃墟の趣きで木蔦のからまったギリシャ風円柱の背後に雪をいただいた山々の風景の描いてある写真館の背景用スクリーンの前に置かれた白塗りの籐椅子に、フリルの付いたベビー帽を被って、花結びのリボンの垂れたケープに包まれた、色の黒いおでこで奥眼で頬をふくらませた変な顔の赤ン坊の写真が貼ってあって、この赤ン坊がお前だと言うと、幼稚園に入ったばかりの頃だから、四歳か五歳だったはずのあんたは、絶対に違う、こんな変な顔の赤ン坊は自分ではないと泣きわめいた、と祖母はおかしそうに知人たちに告げるので、私に同情した伯母がアルバムを自分の部屋か「洋裁室」のどこかに隠してしまったのだ。庭の「洋裁室」は伯母さんが亡くなってから誰も使わないから、今は物置同然だけれど、いろんな物を処分できないまま取っておいてあるもの、麻布の家は焼けちゃったから、こっちに持ってきておいた家具とガラクタ、戦後いろんな物を売ったから何も残っていないのと同じだけれど、とうさんとかあさんとねえさんの遺品、あたしが死んだらあたしの分が増えることになるけど、その時はあたしはもう死んでるのだから、そういう物がどうなっても知ることはないのだし、ただまだ生きているので自分では処分できないだけなのだから、どうでもあんたの好きなようにすればいいのだ、と母は言う。

　自分で描いた水彩とペンのスタイル画を持って一人でやって来て、ウエディング・ドレスの注文というのは、たいていの場合母親と二人でやって来るもので、そして必ず、娘と母親の希望と考えが対立するのに決っているのだから、洋裁士は、母娘の対立の調停をしながらデザインを決めるものなのだけれど、あの人は一人で来て、デザインも自分で決めたのだから、よほど変っていて、まあ、個性のはっきりしたお嬢さんに違いないんだけれど、ドレスのデザインというか水彩画は、平凡というよりも、駄菓子屋で十枚入りが五円で売ってるぬり絵の花嫁さんみたいだった、と伯母が言い、銀白色と濃い青のストライプのドレスの裾がまつられて行くたびに少しずつシューシュー音をたててスカートが移動するので前身頃のボタン付けはとてもやりにくいから、カフスの方からボタンを縫いつけていた母親がクスクス笑い、お濠ばたの横井の紹介で、横井とはイトコにあたるっていっていたけれど、綺麗な人よねえ、結婚して、何年になるんだか、五年はたってるはずでしょう、納品の帳簿を見ればわかるけど、でも、サイズはウエディングの時と変ってないというんだから、エライわよ、と言い、伯母は、子供を産んだけれど体型が崩れるのがいやでお乳はやらずに、近所で飼っている山羊のお乳で子供を育てたのだそうだ、と答え、綺麗な人かもしれないけれど、色が黒いし脚はO脚で、それにあの年で髪の毛を長く伸ばして、おまけに縦ロールにしているというのは、やっぱり相当に変ってるし、このドレスだって御注文通りに仕立てはしたけれど、スカートにクリノリンかフープを入れた時代じゃあるまいし、去年も今年もずっと、サック・ドレスのアンサンブルを縫っていたんだもの、と言う。

こないだ銀星座で『めまい』を見たけど、ジミー・スチュアートが町で古い修道院の塔から転落して死んだ女にそっくりなキム・ノヴァクと出あって、記憶のなかの女とそっくり同じにするために髪の色や型を変えたり、洋服を変えさせたりするじゃないの、グレーのシルクのスーツ、二十九年に流行《はや》った少女ルックのスーツのデザインとは少し違うんだけれど、テーラードのスタイルに女らしい体の曲線を強調したスーツ、最初にキム・ノヴァクが着て登場する時は襟に小さいブルーのハチドリのブローチをつけて（と伯母は、たしかに言ったのだが、グレーのスーツの襟にとまっているハチドリ――翼を高速度に羽ばたきながら空中の一点でとどまっていることの出来る不思議な鳥――など本当にいたのだろうか）、次は高級婦人服のお店で、一年前に塔から落ちて死んだ女にそっくりにさせるために、グレーの絹のテーラード仕立てなんだけれど身体の線を強調した倒錯的にセクシーな（そんな風に言っただろうか、伯母は？）スーツを注文するでしょう、スチュアートが店のマダムにデザインを説明すると、ああ、それでしたら、去年のスタイルですねって、鼻を鳴らすように言って、あのスーツのスタイルが流行《モード》だったのは二十九年なんだから、あの映画の設定は三十年ということになる、西暦でいうと何年なんだか、終戦が四五年だから……五五年、か、と伯母は軽く眼をつぶって言い、あたしたちは最新モードの服とは縁はないけれど、でも、流行は流行だし、取り入れるものは取り入れなければ、町の洋裁屋だってやっていけない、と鼻を鳴らし、母親は顔を少し斜めにかしげるようにして糸切り歯でボタンをとめた糸を切り、ぞっとするくらい大嫌いな浪花節の番組になったから、はやくはやくダイアルを回わして、と言っただろう。クリーム色のギザギザしたすべりどめの刻んであるプラスティックのダイアルを回わすと、赤い小さな針が少しずつ真横に移動するのだが、アメリカのポピュラー音楽を放送している局の発信サイクル数を記した場所に針をぴったりあわせるためには親指と人差指の先きに神経を集中しなければならない。横井さんのことを、あの人、イトコだって言ってたけど、そういうわけではないんだって横井さんは言っていた、説明されたんだけど、なんだかやけに複雑で、横井さんのおかあさんが後妻にいった先きの人の妹の連れあいの先妻の娘で血のつながりはないのだけれど、なにかの都合で一時横井さんのおかあさんが引きとっていたことがあって、連れ子同士で仲がよくなったんだっていう話しだったんじゃないかしら。このドレスが仕上ったら、横井さんのところにとどけることになっているのは、多分、御亭主にないしょで作ってしまったからで、生地はむこうから持ち込んだものだから、正確な値段はわからないけれど、イタリア製だもの、カルダンのネッカチーフが三千円もするんだから、何万円もするんじゃないの。デザインはいやだけど、とっても素敵な生地、あの人、色が黒いから似合ってるわけじゃないけど、でも、いったいどこに着て行くんだろう、ないしょなんでしょう、ダンナには。見せたい人がいるんだって、横井さんは匂わせてたけど。女が本当に衣装自慢の対象にするのは女だけど――だって、たいていの男は女の着てる服のことなんか覚えちゃいないもの、値段だけでは、自分のフトコロから出た時の。そうね、ジミー・スチュアートをのぞいて。だけど、横井さんが匂わせていたのは、もちろん、男の人のことだろうね、と伯母と母は言いあい、でも、こんな女家庭教師みたいな服をセクシーに感じる男だって世の中にはいるはずで、そういうタイプの中年男が、十九世紀のいかめしい女家庭教師役の女の出した計算問題の答えを間違えるたびに一枚ずつ服を脱がされて、お尻をムチでたたかれる滑稽なブルー・フィルムを上海で見たことがあるもの、と伯母が声をひそめ、母は困ったように咳払いをする。

「洋裁室」の麻布が張ってある胴体だけの標準形人型のスタンドに出来上ったドレスは着せてあって、銀白色と濃い青色のストライプは北側の窓から差し込む平板な感じの遅い午後の薄く淡い半透明な液体のような光と、「洋裁室」の白い天井に取り付けられた、蛍光灯の均一にひろがる両方の光の中で、きらきらと輝いて、絵本のアラビアン・ナイトの中に描かれていた中国の絹のテントや、波間から人魚があらわれて歌をうたう海を連想させたし、ぴったりと胴体の線にはりついて、ウエストのくびれ目に向って細そまり、ウエストから二つの小さな丸い丘のある胸へと続く曲線にそった湾曲している幾筋かのピンタックは、平らな床の上に広げてあった時よりもはるかに巧妙な細工物という印象をあたえ、銀白色と濃い青の細かいストライプは光線の具合で混りあって、薄くのばした金属か、青白い燐光のようにゆらめく。お濠ばたの横井さんのところに、とどけに行ってもらいたいのだけれど、嵩《かさ》張るドレスだから大きな箱に入れなければならないけれど、それほど重くないのだ、と母がいい、見た目には、なんだか重そうに見えるけど、と念を押す。白いつや紙を張ったボール紙の箱は小型のトランクくらいの大きさがあるので、とても抱えては歩けないから、大きな紺の木綿の風呂敷で包んで、トランクの取っ手のかわりになるように格子柄のハンカチを細長くたたんで両端を風呂敷に結びつけ、そこに手を通して下げられるようにしてくれるのだが、腕をさげたままハンカチの取っ手を持つと、箱の下部が地面についてしまうのだ。だから、ハンカチの長さを調節して曲げた腕に通せるような長さに結び直す。

それから、私は、秋のはじめか夏のおわり、どちらで呼ぶにせよ季節の移りかわりの風と空気の混りあう午後の遅い時間——もう夕方の淡い灰色がかったオレンジ色の光が、砂岩段丘を越えた向うのここからは見えない海の上でかげりながら波をきらめかせていたかもしれない——足の指の間に湿って生ぬるい汗の感触がするのを意識しながら、どの家もまゆみの生垣を四方にめぐらして曲りくねった廊下のように続いて徐々にゆるやかに傾斜して下ってゆく幾つもの直角の曲り角があみだくじのように折れ曲っているまゆみの生垣の間の狭い道を、ゆっくりと下りはじめながら、金属を薄くのばした柔軟な板か、桃の果皮のようにひんやりしているのに、その薄い皮膜を通しててのひらと指に（むろん、指のほうがそれを敏感に感じとるのだが）皮膚という柔らかな肉体といったほうが正確かもしれない彼女の息づかいを確かめたことを、ありありと思い出すのだが、どの家もまゆみの生垣を四方にめぐらして幅の狭い小道にバラスを敷きつめて曲りくねった廊下のように続いている砂岩段丘の道を歩いて、どこへ行こうとしているのかは、いつも思い出せないのだ。そこに「洋裁室」のある私が住んでいた家があったはずなのに。

トゥワイス・トールド・テールズ

……物語や古民謡《ロマンセ》や、床屋の店や、劇場などに、しょっちゅう現われる女性が、肉と骨をそなえた本当の女で……

『ドン・キホーテ（前）』

桃の木は、家の裏手の庭にいじけたように生えていて、普通この地方《あたり》の庭で果実のなる庭木を植えるのだったら、梅に決っているし、花を愛でるのがねらいなら、桜とか藤、それにそこいら中の家の庭にたいてい植えられている白と桃色の夾竹桃《きょうちくとう》（お祭りで子供御輿をかつぐ女の子たちが頭に巻いたり首にひっかけたりしている品質《もの》の悪いスフの布地や泥人形の弁天様に塗ってある、いわゆる桃色で、暑苦しいし、下品な色だ、と伯母は、桃色の夾竹桃にケチをつける。大正時代の女工や女中が、お正月に桃割れに結って髪にさした髪挿しみたいだ）というところだろうに、それが、あえてこの地方《あたり》の気候にあっていない桃の木かといえば、この家の前の住人は、おそらく三月三日に待望の女の子が生れて、桃のお節句に生れた娘に桃子という名前を付けただろうし、その娘の誕生の記念のために桃を植えたのだろう、なぜ、待望の女の子ということがわかるのかといえば、今は「洋裁室」になっている離れの部屋を前の住人は物置きに使っていて、そこに何人分もの男の子供の遊び道具のガラクタの入った古びたリンゴ箱があったからなのだと伯母はローンの白地に黄色の小枝柄のブラウスのボタンホールをかがりながら自分の推理の能力を自慢し、ブラウスの黄色い丸い小花の咲いたギザギザのある緑の葉のついた茶色の細い枝の柄を、ミモザだと告げるのだが、もちろん伯母は家の前の持ち主で以前ここに住んでいた家族のことをよく知っている。男の子たちのうちの一人は戦争で死んだし、一人は肺病で、もう一人はこの家の庭の古い榎の枝に兵児《へこ》帯《おび》をかけて首を吊って自殺（つれない恋人に裏切られて、と母が語ってくれた）、もう一人は生きていて大学生なのだし、桃子と名付けられた娘と両親は、中央商店街と電車通りを貫いている東西の道を濠ばたに出て城跡の公園の入口に通じる道から複雑に枝分れして曲り、いくつもの行きどまりのある細い道のある町のどこかの家に、ひっそりと暮しているということを、私も知っていたはずなのだ。ミモザの花と小枝の柄のローンのブラウスは、同じ柄のギャザー・スカートがセットになっていて、スカートはもう裾まつりも、ウエストのベルトをとめるボタンもボタンホールも、共布の飾りベルトもほぼ、出来上って、ベルトの穴のボタンホールかがりを母がやっている。ボタンは透明なクリスタル・ガラスの二つ穴で刻み模様の入っていない平らなデザインにして、ベルトのバックルも透明なプラスチックにするのが、だんぜん、すっきり垢抜けるのに、注文主の娘は、黄色の半球形のプラスチックのボタンと黄色のバックルにしてほしいと言うから、そうしてやったけれど、黄色いボタンもバックルも、かえって逆効果でミモザ柄を引き立てやしない、ボタンはクリスタルで、共布のベルトは無し、白いエナメルのベルトに白いカッターシューズか、それとも枝の茶色にあわせて、茶色の細い革のベルトに茶色の革のサンダルでもいいし、テクニカラーのハリウッド映画だったら、黄色いエナメルのベルトとおそろいの靴か、それとも葉っぱの色にあわせて緑色を使うかもしれないけれど、いずれにしても、ボタンは透明なガラスに決っていて、無難ですっきりしているのは、白か茶をあわせることだ、と伯母は言い、ずっと昔、せんぜん、男の人と映画を見に行った話しをする。大学の教師で、妹の見合い用の少しくすんだ黄色いタフタのアフタヌーン・ドレスを仕立てたのがきっかけで知りあったのだ。少しくすんだ黄色のタフタは「織物と美食で名高いフランスの古都リヨン市」製で、男が留学先のパリで妹のために買い求めたもの。よく研いだ鋏《はさみ》で布を裁つと、鋏の銀色の刃が吸い込まれるようにタフタの織目をするすると裁ち切りながらすべって、柔らかな布地の感触が鋏の鋭い刃を通して右手に伝わり、おばさんの技倆《うで》だもの、黄色の深い光沢のあるタフタは上品で清楚ななかにも見合いの席のドレスにふさわしい華やかさと控え目な女らしい体の線の強調が調和《マッチ》したアフタヌーン・ドレスが仕上ったのは、モチのロン、言うまでもないことで、そう美人《シャン》というわけでもないお嬢さんの見栄えが五、六段は跳ね上ったので、家族中が大喜び。当のお嬢さんはもちろんなのだが、すっかり感激したのが、学者の兄さんで、高価で上等の贅沢なリヨン製の絹地の仕立てを、こう言っては大変礼を失するように聞えるかもしれないが、あなたが長年妹のドレスを仕立てて彼女のことを良く知っているとはいっても、実は、お願いするのに僕は反対だった、パリで洋裁の修業経験のある然るべきマダムのいる洋裁室で作らせるべきなのであって、普段着やちょっとした外出着には、あの人でいいだろうが、これは事情が違う特別の布の特別のドレスなのだから、と主張していたのだったが、しかし、出来上ったドレスを見て、今までの意見と主張を完全に撤回しました、いや、お見事、素晴しいドレスでした、と詫び、自分の誤ちを許していただくために、食事を御馳走させてくださいませんか、いや、妹も一緒ですから、お気兼ねなく、と誘われ、待ちあわせの資生堂パーラーに行くと、妹は急用が出来て（見合いの相手に音楽会に誘われたのだ）来られなくなったと詫び、それから、映画を見ることになり、どうも苦手なフランス映画に連れて行かれたのだった。ベルトの穴のボタンホールかがりをしている母はクスクス笑い、若いモダンガールだった伯母さんにはたくさんのロマンスというか、伯母さんは何とも思っていないのに、一方的に、熱を上げる男たちがいっぱいいて、誰にもはっきりしたことを言わないから、ずいぶん恨みを買ったのだと言う。

複雑で技巧的なカールがペイズリー柄のようにうねって丸い頭部を覆って結い上げられた髪が、薄い色の金髪というよりも銀髪とも称される艶のある白髪なのか判然としない、堂々として威厳のある太った体型の大女優の演じる南仏のホテルの女主人が、かつての養い子（パリの暗黒街へ出入りするチンピラでギャングのボスの情婦と熱い仲になってしまう色男）に女としての恋心を抱いたことからはじまる暗い映画《メロドラマ》はとても退屈でうんざりしただろうということは、ねえさんが持って帰った水彩画で黄色いミモザの木と女優の顔の描いてある表紙のプログラムに載っていた写真とあらすじからも想像がついたけれど、少壮仏文学者は、テンプラ屋での食事の後で、しきりに楊子で歯をせせりながら――かき揚げの小柱と三つ葉が乱杭歯《らんぐいば》の隙間にひっかかったのだ――ギリシャ悲劇やラシーヌにも比すべき名画と大女優の名演技を賞讃し、熱い焙じ茶を年寄りのように音を立ててすすり込み、ハァーッ、と大きな溜息を満足そうについたので、その後で二度目のお誘いの手紙が来たけれど、もちろん、何かいかにも素っ気なくてわざとじみた理由を作ってお断りの手紙を書いたのだった、と伯母はお話しのように語る。

榎はずっと昔（失恋した息子が首を吊った木を母親が見るのをいやがったのだ）に

切られてしまっていたから、切り株だけが残っていて、竹製の三十センチの物さしではとても足りそうもないから、「洋裁室」の巻き尺を持ち出し、円形は円形だけれども完全な円ではない灰色がかった緑の地衣類でところどころ覆われた切り株の一番長い直径を計ると、六十五センチか六十六センチあって、幾筋もにわかれ盛り上った根方が地中に深く喰い込んで、灰褐色のざらざらした木肌が楕円状のコブになって地中にむかって二つにわかれて根をおろしているくぼみのところには蟻の巣穴の入口があって、蟻たちは根株の周囲や根株の灰色がかった緑色の地衣類でところどころ覆われた年輪の上に右往左往して群がっているように見えるのだが、最終的には、巣穴から外に向ってうねうねと黒い点線のように流れる一本の線と、粒状の砂糖菓子やケーキのかけらや透きとおった爪ほどもない羽のある小さな羽虫や黄色い花粉の粒を運びながら巣穴に戻って来る点線の二つにわかれることになり、ある時、どのくらいかはわからないけれども、昔々のある時、ある男が夢のなかで蟻の巣の中に入り込んでしまうのだったが、それは大昔から何度も語りなおされたお話しなのだから、もちろん、最初にそのことは明かされない。アキノスケという若い金持ちの美男子が、とても暑い夏の日、仲間と庭の涼しい木陰を作る木の下で、御馳走を並べて楽しく酒盛りをしていると、急に眠むくなってそのまま眠むってしまい、ふと眼をさますと庭の向うに、こちらにやって来る立派で華やかな大名行列がいるのだ、と私は、裾まつりかボタンホールかがりか、ボタン付けといった単調な、同じ指の動きを際限もなく繰り返す針仕事をしている二人に話してやる。洋裁を習いに来ている手先きが不器用で（と、二人は言うのだ）不器量な（と、私は思うのだが、それは、むろん口には出さない）娘たちの前ではお話しをしたりはしない。ページの周囲四方が滲んだように薄茶色に変色していて、上部のギザギザした紙の切断面の下が一番濃く波形に滲んだように変色している文庫本の字はひどく細かい小さな字でごちゃごちゃと線が縦と横に入り組んだ漢字と振り仮名のせいで黒々していて行儀良く整列した蟻の長い長い行列のようなので、とても自分にそれが読めるとは思えないし、じっと見つめていると、涙の形を右下りの斜めにしたような、あるいは黒ゴマの粒というか、猫の深々とした毛皮にひそんでいた死んでひらべったく干からびたノミのようにも見える、テンやマルともども動き出しそうな感じがして、ようするにそれは、母か伯母か祖母に読んでもらうものなのだ。大勢のはなやかないでたちの若侍の引くあざやかな空色の絹をたらしたウルシ塗りの御所車は、トコヨの国の王からつかわされたもので、アキノスケは、意志というものが自分の体から溶け去るような奇妙な感覚のまま、いいなりに御所車に乗り、王国に到着すると、姫との結婚が待っている。黄色い絹の豪華な刺繡をほどこした服を着て、黒いいかめしい冠を頭にいただいた王に会い、黒い髪を高く結いあげた可愛らしい官女たちの長い長い行列に案内されて、夏の朝の光を浴びて輝くクモの巣の糸で織ったような帳《とばり》を何枚も何枚も何枚もくぐり抜けて長い長いアミダクジのように曲りくねった廊下を歩き、ようやく、幾重もの帳をめぐらし華美を凝らした調度のある広い部屋に到着し、そこで、夏の雨に洗い浄められたばかりの新鮮な空にかかる虹のような七色の薄衣を重ねた衣装をまとった美しい姫君と対面する。ほとんどの物語のなかで語られることに決っている試練や冒険や戦い——冒険だらけの七つの航海や、髪の毛が蛇で出来ている女の怪物、迷宮の奥にひそんでいる半牛半人の怪物、嵐や、巨人や、人喰い鬼、人喰い人種や、野蛮な土人やライオンや奴隷商人や人買いや海賊や悪い王様の軍隊といったもの、解けなければ殺される謎々や、人間を動物に変えてしまう魔女や、難破、漂流、無人島での孤独な生活、ポルトガルやチリでの大地震、理不尽な迫害、宗教裁判、モーロ人の囚われ人、夜襲、累々と横たわる死体、流される血と英雄的行為、仲間の裏切りと裏切り者のむごたらしい死、中世の城での、あるいは西部の町や牧場での決闘、悪者から逃れて隠れひそむ洞穴、湿った洞穴の中のサソリや毒蛇や毒グモ、悪賢しこく残忍な敵、囚われの美女と誘惑する美しい魔女、法師を守って旅する猿、美しい少女に変装する美少年と美少年に変装する美しい少女、忠実な馬と忠実な犬の助けと、その崇高な死、脱出と逃走、そして故郷への帰還——のいっさいがないままに、アキノスケはトコヨの国の王に命じられて島の総督となって二十三年間島をおさめるのだが、賢明で忠実な補佐役の部下がいるので仕事は少しも難しくなく、島は健康によいおだやかな気候と豊かに肥えた地味に恵まれ、住民はひどく善良でささいな犯罪をおかす者とてなく、悲しみや嘆きや怒りの小さな影のさすこともないのだ。美しい島の華美な宮殿の前の広場には緑色のすべすべした輝く石で見事に彫られた龍王が人工の池の中央にある島にいて口から水を噴き出し（王国の繁栄を保証しているように）、総督夫妻には七人の子供が次々と生まれ、子供たちはみんな丈夫で美しくすくすくと育ち、さまざまな楽しい小さな出来事が積み重なるばかり、と、私はつぎはぎ細工の布を集めて縫うように語る。心地良い退屈さ。ちょっとした騒ぎといえば、七人もいる兄弟たちの間でおこる、ありふれた他愛もないケンカやおたふく風邪といったものなのだし、七人の子供たちには恋の話しもまだ聞かれない。それから、不意に不幸がやって来る。王の娘が病気になって死んだのだ。話しの筋は誰もが知っているのだし、私だって、二度目か五度目か、それとも十回くらい話したかもしれないので、最後にやってくる一番の山場を前に、疲れて退屈してしまう。それから、私は「洋裁室」の南の窓際に置いている洋裁専門家用のシンガー・ミシン（夏になるとミシンは北側の窓際に移動するのだ）のひんやりした鋳物製の脚に額をあてて、もう一方のほうの脚の黒い鉄の網目状のアール・デコ模様の中に、ヒキガエルに見える図柄が浮び上るのを見つめ、黒い鋳物の網目模様に溜っている灰色の綿ボコリに少しむせこみ、ミシン油の微かに甘ったるい鉱物臭を吸い込んで深く溜息をつく。ミモザ柄のローンのブラウスとスカートが仕上ったら——袖無しのブラウスの前にびっしりと十二並んだボタンホールをかがりおえて、十二個の黄色いプラスチックの半球形のボタンを縫いつけ、共布のベルトのボタンホールかがりが出来上れば——私は白いつや紙を張ったボール紙の箱に入った乳白色のかさかさした薄葉紙に丁寧に包まれたブラウスとスカートを持って、とどけに行くだろう。花弁のない花粉だけで出来ているような小さな粒状の花、小さな小さなハチドリのタマゴをゆでた黄味のようなかたまりにも見える小さな黄金色の柔らかな球体が枝の先で重なって房状に垂れる花の咲くミモザの木が、焼けてしまった東京の家にはあったのだけれど、と伯母がいい、あたしはミモザの花粉にアレルギーがあったから、あの甘ったるい匂いにも頭痛がするし、いい記憶は持ってない、と母は言う。黄色の細かな花粉の微粒子が眼の縁や眼球や鼻といった湿った粘膜に付着してひどく腫れたし、咽喉にまで入り込み、咳に血が混ったものを吐いたこともあったくらいで、だから、この布地の柄を見ているだけで、眼や鼻がムズムズするほどなのだ。ミモザ柄のブラウスとスカート（袖無しで首にそった軽い刳りのラウンド・ネックで、スカートはソフトプリーツに近いたっぷりしたギャザー）にあわせる、黄色い麻のフレンチスリーブのボレロはもう出来あがっていて、注文主の若い娘が、ボレロを白い麻にしてそこにローンのプリントのミモザと同じ図案の刺繍をほどこしたいと言うのを伯母は必死でとめた、と笑い、なにもそんなにしゃかりきになることはないんだけれど、白い麻にミモザの刺繍のボレロなんて、ヘアケープみたいじゃないの、と言って反対してやったと言う。折り畳んで重ねられた布地や糸やバイアステープやリボンといった細々した洋裁の品々が整然と並べられた棚には何種類かの大きさの白いつや紙を貼ったボール紙の箱が積み重なって置いてあり、箱の蓋の裏には、横の長さが十センチで縦が五センチの長方形の四つの角を斜めにカットして、外側が太く内側が細い二本の線で囲まれたラベルがはってあり、箱屋から注文した箱がとどく前に母がゴム版を彫っておいたのだ。二本の太いのと細い少しギザギザしていてまっすぐではない線で囲まれたスペースには、アルファベットの大文字でモード・アトリエという文字の丸い曲線の部分がややゴツゴツした字で彫られていて、本当は伯母の名前と電話番号も彫る予定だったのだけれども、小さな文字を彫刻刀で彫るのに何度も失敗して、その部分は町のハンコ屋にゴム印を注文したものを使うことになった。幾つも幾つも棚に積み重ねられていた白い箱の数はなかなか減らないので、「アトリエ」を町の繁華な通りに移すべきだという願望や希望や計画が何度も口にされたし、それならばいっそ東京へ戻ったほうがいいという考えも何度も検討されたことはされたのに、ねえさんはどういう訳か結局、重い腰をすえたまま死んじゃった。戦前、アイリーン・ダンの映画があったけれど、それを撮り直したマーガレット・サラヴァンとシャルル・ボワイエの『裏町』が好きで、十回も見て、丁寧すぎるくらい丁寧に細かな縫目で洋服を作って、好きな人はいたのだけれど、その人には奥さんと子供がいたから、時々こっそり会ってはいたらしいけれど、シャルル・ボワイエのような美男だったわけじゃない。会社に連絡して、死んだことを伝えたら、お通夜に来てくれたから知っている、背の高い人で、少し猫背で、あおざめた顔をして、あたしとかあさんにお悔みを言って、かあさんが、死ぬ時まで親不孝な娘でございましたよというので肩をふるわせていた、その夜は、終戦後進駐軍に接収されていた海岸のホテルに泊ってお葬式にも来てくれて、話しぶりから、そのホテルでねえさんと会っていたらしい、食堂にアメリカ式のハンバーガーがあって、時々、おばさんがお土産にそこのハンバーガーを買ってきたのを覚えてるでしょう、あんたも。前の住人は桃の木を剪定《せんてい》していたのだが、私たちが住むようになってからは、ほとんど手入れらしい手入れもせず、気まぐれといった程度の世話しかしていなかったのに桃の花は季節になると濃いピンク色の花を咲かせるので、私は言いつかって前の住人の住んでいる公園の近くの入り組んだ道の奥にある古い家に切り口を水で濡らした新聞紙でくるんでその上から油紙を巻きさらに新聞紙で包んだ桃の花束をとどけに行き、白髪の目立つちりちりにパーマをかけた髪の、桃色と紫と黄色と茶色が斑《まだら》になった肌の色をしている女の人に、海岸のホテルでメイドをしている友達が、おばさんが背の高い男の人と一緒にいるのを見たと言っていたことを底意地の悪い好奇心とわざとらしい微笑で口許を曲げながら告げられ、どなたなのその男の人、御親戚の人？　と訊くのだが、知らないと無愛想に答え、家に戻ってもそのことは言わずに、桃の枝のおかえしというかお駄賃にくれた半紙で包んだ一握のカサカサした白とピンクと薄緑の薄い砂糖衣をまぶした安物のひなあられをお濠に捨て、お濠のコイが水音としぶきをたてて群がって来るのを眺める。それから、私はアキノスケの話しのつづきを語りはじめるというか、語り直す。七人の子供——五人の息子と二人の娘——を生んだアキノスケの妻で王様の娘のなきがらは、婚礼の夜に着ていた透きとおったクモの糸で織ったような、雨で洗い浄めた夏空にかかる虹の七枚がさねの衣装——スミレ色にサファイアの青、トパーズのダイダイ色と黄色、エメラルドの緑、ルビーの紅――を涙を流したり髪をひきむしって嘆きかなしむ行列を作った官女たちの手によって着せられ、おごそかで盛大な葬儀の後、海に臨んだ美しい緑の丘のいただきに立派な大理石の記念碑が建てられて埋葬され、アキノスケは行列を作って仕える奥方の官女たちの大仰な嘆き方よりももっと激しく真実心の底から奥方の死を嘆き悲しみ、このうえは自分も妻のあとを追って丘の下の地下の国へ行ってしまいたい、そこでなら、また二人の幸福な日々があるかもしれないと一心に願うほどで、話しに聞いたことのある異教のならわしのように、死んだ妻をよみの国から連れ戻す万難の待ちうける旅へ出ることも考えたほどなのだが、そうしているうちにも日と月は巡り、定めの一年の喪があけ、トコヨの国王からの使者がやって来た。使者は言葉をつくした哀悼の辞を伝え、わが君はあなた様の深い悲しみを思うにつけ、ここにとどまって亡き妻の思い出に心を痛めるよりは、そなたの生れた故郷に戻るのがよいとの仰せだ、と述べる。亡き妻の思い出につながってそなたの悲しみを新たにしつづけるのに相違ない七人の子供は、全て王孫なのだから、しかるべくふさわしい教育をこちらで受けさせよう、それゆえ、何一つ、そなたは案じることはない、と使者は王の命を告げ、アキノスケは言われるままに出発の用意をした。相談役や信頼する役人たちの働きで万端の事務も片づいて、後のことを憂えることもなく、送別の儀式もすみ、二十五年前に王国から初々しい新妻と共に華やかな絹布の帆と幾筋もの色とりどりのリボンを飾った新婚の船に乗って着いた島の港へ、役人や島の住民が長い長い行列を作って送ってくれ、丁寧な別れの挨拶の後、王国からの迎えの船に乗ると、この度は何の飾りもなく、ただ黄色い丈夫な絹織物の帆を張った船は、すべるような快速で風の吹き渡る青い空の下の青い海原に出て、やがて島は青い空と青い海の間の小さな緑色のかたまりとなり、緑色の小さなかたまりは点になって、それから灰色のしみのようにぼやけて明るくきらめく青い空と青い海の間に溶けたように、とうとう永久に消えてしまった。……すると、アキノスケの目が突然さめる。見まわすと、自分の家の庭の木の下で太い幹によりかかっているのだ。ほんのちょっとの間頭がぼうっとなって、めまいに襲われる。気がついてみると、木の下で仲間たちはしきりと笑いさざめきながら酒を飲んでいて、どうしたんだ寝呆けた顔をして、と話しかけて来る。自分の盃を手にとるとアキノスケは夢を見ていたと答える。白い透明な光の中で青い空と青い海の境に、島が小さな緑色のかたまりから点になり、ついに灰色のしみのようにぼやけて永久に消え去った瞬間の悲しみの名残りが胸を締めつけるように疼《うず》かせてはいたものの、眼の前の鮮やかな赤い毛氈《もうせん》の上の酒はまだ冷えてもいないし、陽気な友人たちは、あんたが眠っていたのは、ほんの二、三分だったと口をそろえて言うので、不思議の念にとらえられて、自分の経験というか、長い長い夢の話しを語ってきかせる。島では、美しい奥方に自分がトコヨの国へやって来た不思議ないきさつを語ると、奥方は軽く揺すると芳香が微かな風と共に立ちのぼる透きとおった扇子を顔にあてて笑い、それはあなたの御覧になった夢のお話しなのではございませんかと言ったものだった。それから、友人は、アキノスケがうたた寝をはじめた時、小さな黄色い蝶々が一羽、彼の顔の上をヒラヒラと舞い、まるでその黄色い蝶々は彼の口の中から飛び出して来たように見え、木の根元にとまると、たいそう大きな蟻が根方の巣穴の入口から出て来て蝶をつかまえて穴の中に引きこんで行ったのだったが、あんたが眼をさますまえに同じ蝶が穴から出て来て、顔の上をヒラヒラと舞っていたのが、ふいに消えてしまった、と不思議そうに言う。黄色い蝶々は間違いなくアキノスケの魂にちがいないとしても、それが彼の見た夢とどのような関係があるのだろう、と友人たちは言いあい、アキノスケは、木の根方に昔から大きな蟻の巣があることを知っていたので、そこを掘ってみようではないかと言った、と私は話す。とうさんが家を出ていった本当の理由がなんだったのか知らないけれど、あたしとまだ小さかったあんたを置いて、白い開襟シャツに進駐軍の放出品のカーキ色の綿ギャバジンのズボンに麦ワラ帽子を被って庭用のちびた下駄をつっかけた庭仕事をする時の普段着で自転車に乗って、ちょっ自転車は、いくらボロ自転車とはいえ、駅前の自転車置場に鍵をかけて置いてあったのだから、いつか、いきなり戻って来るかもしれない、と母は言いながら、熟して細かなうぶ毛のあるクリーム色のかたい表面が濃い桃色になっても生で食べると渋味があった果汁の少ない桃のジャムを庭のカマドにかけた大きな鍋で煮る。町の糸屋のおばさんから借りてきた大きな鍋の中で、少し茶色がかったピンクのジャムがぷつぷつと煮え立ち、果物と砂糖の混った甘い匂いのする湯気がたちこめ、どろどろに溶けて沸き立つ熱い半透明のバラ色のはねが私の額に小さな丸い斑点になって張りつき、母が悲鳴をあげ、あぶないから顔を近づけちゃいけないって言ったのに、と言う。木のまわりの地面の下には途方もない大きさの穴が掘りぬかれていて、その中にはワラや粘土や植物の茎で丹念な精巧さで造られた小さな建物の並ぶ町に似たものがあり、その中心には他よりもずっと大きな建物があって、黄色がかった羽に長くて黒い頭をしたたいへん大きな蟻がいて、そのまわりにたくさんの小蟻が群がっていたものだから、アキノスケはそれがトコヨの国の王なのだということがわかった。それから、あの自分の暮していた歓びの島を探すと、それは都の西南のほう——木の大きな根の左側にあって、掘りかえしてこわされた巣穴の土と泥の中に小さな塚状に盛りあがった土のいただきに水で磨滅したなめらかな白い小石が置いてあって、その下には深く土に埋もれて一匹の羽の生えた蟻の死骸があった。家は去年取りこわされていたので、まだ残っている「洋裁室」に遺品のガラクタがつめ込まれているのだが、それをどうにかしなければならない。家の建っていた場所も庭もすっかり整地され、榎の根も桃の木も引き抜かれてしまったので、どこにいったいそれがあったのか見当もつかないし、建て付けの悪い戸や窓の隙間から「洋裁室」に入り込んだ薄茶色のざらざらした細かい土埃が、ミシンや洋裁用の人型や茶色に変色したボロボロの白いつや紙をはったボール紙の箱や、タンスや本箱や、中に入っている物を黒いフェルト・ペンの癖のある文字で母が書いておいた幾つものダンボール箱の上を覆い、窓を開けようとして、色の褪せた黄色い綾織り木綿のカーテンを引くと、ひだの間に溜っていたかわいた薄茶色の細かな土の粒が土埃のように舞いあがって、それに私はむせて激しく咳き込む。

ピース・オブ・ケーキ

ありきたりの、というか、ごく普通に洋品店で売っている安物のキャラコの白いハンカチ、ゴワゴワした布地なので、手を拭く時にはそれでも、まあいいのだけれど、顔や首筋の汗を拭こうとする場合には、手になじむ柔らかさがないし顔に布がゴッゴツといった感じであたって汗を充分に吸い込まないし、シンチュウの蛇口がずらっと並んだコンクリートの手洗い場で、汚れた手を洗った後に広げて手を拭くと、びしょびしょに濡れて手のひらにはりついてしまうので使い心地は悪いのだが、ほとんどの男の子はキャラコのハンカチを使っていたし（近所の葬式のお返しに配る習慣があるのだ）キャラコの白い大判ハンカチ——一センチくらいの幅で縁がミシンのドロン・ワークでかがられていて、ちゃんとしたハンカチーフは婦人物紳士物を問わず、縁は手縫いの巻きかがり、たとえミシンにしても巻きかがりでなければいけないのだ、と母親と伯母は口をそろえて言う——以外のハンカチを持っているのは全て女の子だったし、まして、二ミリか三ミリの細かい格子柄が浮き織りになっている木綿のローン地の縁を巻きかがりにして、白い糸でイニシャルを刺繍したハンカチなど誰も持ってはいないのだから、それはとんでもないいやな気取屋の証しということになって、エンジ色の縁のモンロー型の（いやらしい、と言うことは、アメリカ風の、性的な気配がどことなく感じられる）眼鏡をかけているばかりか、毎日別の洋服を着てくるというので七面鳥と呼ばれているオールド・ミスの教師がそのハンカチを、とても洒落てる、おかあさまのを持ってきちゃったの？　と言ったものだから、七面鳥にひいきをされているという噂だけではなく、あいつのハンカチには香水がふりかけてあるという噂までたてられてしまったし——それは、たぶん、屈辱的なことだったので——町の糸屋の、きちんと四角に畳まれた何種類もの柄のハンカチを少しずつずらして扇子を開いた形に飾ってあるショーケースには置いていなくて白いボール紙の箱の中に一ダースごとに束ねられて入っている白いキャラコのドロクサイハンカチを三枚、伯母にたのまれたちょっとした買物（穴糸、ボビン・ケース、ピンクと白と青と黄色の入っているチャコ一箱、スナップ一箱）と一緒にツケで買う。

　キャラコのハンカチは、手を拭くというよりも、ベーゴマやビー玉や、濡れた道路の水溜りに浮かぶガソリンのギラギラした虹色の油膜にもそっくりだし、きらきら色を変えて光る玉虫の羽にも似ているので絶大な人気のあった青くて真ン中が微かに盛りあがって平べったいガラス製の石蹴りのコレクションを包むことや、水で湿らせた砂の城砦を造る時、砂のかたまりの上にひろげ、その上から手のひらで何度も何度もパタパタとたたきながら押しかためたりすることに使うし、家から出て狭い折れ曲ったまゆみの生垣のある道を抜けて五軒目の家の角を曲って左に折れたところにあるアキヤの野っ原同然に雑草が繁茂して荒れはてた庭（と、母と伯母は言う）のユスラウメとキイチゴとヤマモモを拾って包んだりするので、誰のものであれ薄汚れているうえに紫色じみたシミだらけで、鼻血やすり傷の血のシミが薄茶色く付着していたりもして、たいてい縁の部分に墨汁で持主の名がカタ仮名で書いてあり、抜きうちの衛生検査の時に机の上に出して調べられるハンカチとチリ紙と爪の清潔度に合格はしないし、女の子たちの間の流行なので誰でもが持っている小さな平べったい桃色や水色のビニールのケースに入った安物の香水やイチゴやレモンやメロンの匂いがプンプンする半分透き通った薄いゼリーのような紙セッケンでもったいぶって手を洗い、ギャザー・スカートのポケットから縁にレースの縫いつけてあるのや、水玉やスコッチ・テリアの柄のハンカチを出して手を拭く時、私を含めて男の子たちは洗ったというか、水道の水でちょっぴり濡らした手に付着している水を切るために両手を勢いよく振り、それでもまだ残っている水気はズボンの脇にこすりつけるか、内心気になっている女の子のブラウスの背中に、意地悪にことよせて、こすりつけたりもするのだが、ツベルクリン反応のむずがゆい赤い斑点が大きくひろがって、砂場とか教室、二棟の校舎の間の渡り廊下のコンクリートの手洗い場や石ころだらけの校庭やアキヤの荒れはてた庭やそういったことから切り離される。父親が若い時にテーベーで兵役免除だったんだから、この子が弱いのはイデンかもしれないよ、と祖母が言う。朝早く、小柄な体格で体重も軽い私は自転車に乗せられて（後輪の泥よけの上の荷台にまたがるのではなく、サドルとハンドルの間のフレームに水色のペンキ塗りの子供用の座席が取り付けてあって、そこに座るのだ）、公園の池のハスの開くのを見にいったのではなかっただろうか、と考える。水色がかったもやのかかった夏の涼しい早朝で、まだ朝露の乾いていない草の甘いような青臭い香りがあたりの空気にただよっていて、夜の間花弁を閉ざして眠っていたハスが開く時に、ごくごく軽い小さな音をたてると父は言うのだ。ほんとうに？　と訊くと母は、さあ、と笑うだけで、とにかく、ほんとかどうか自分の耳で確かめてくればいい、と言う。水色のペンキ塗りで鉄製の幼児用座席は、肘置きと背もたれのついた小さな椅子のかたちをしていてフレームにしっかり取り付けてあって、そこに座ってしまうと見えないのだけれど、背もたれの部分の三本の板の真ン中の少し幅の広いところにコマドリの絵が描いてあり、そこに座った何人もの小さい子供たちのむずむず動く背中にこすられて枝にとまった足のさきと背中が消えかかっているのだが、丸い頭と小さな黒いビーズ玉のような眼と赤いぷっくりふくらんだ胸は、はっきり残っていて、それを取り付けると、何度もパンクしたタイヤを修理したし、サドルの革もひびだらけの中古自転車は、クック・ロビン号に変り（と、父が言うのだ）、ペダルを踏めばクランクの回転も軽やかに、錆《さび》を落したばかりのリムとスポークを輝かせて、軽快な走りを見せ、朝だから、発電機を動かしてヘッドランプをつける必要はないけれど、このスピードで漕げば、ヘッドランプはピカピカだぞ、と父親は言い、自転車は人気《ひとけ》のない広い通りをすべるように走り、水色がかったもやが風に吹き流され、風が顔と眼球の表面にあたり、錆を落したのに車輪のどこかの部分がギシギシ音をたて、公園の入口近くの水飲場で、ポンプに鎖で取り付けられているデコボコに形が変形したアルマイトのコップで、少し鉄くさい味がして薄く茶色っぽい色のついた井戸水を飲む。もちろん、本当は生水を飲んではいけないのだけれども、咽喉がひどく渇いていたし、公園の中でラムネやジュースやひょうたんの形をしたゴム入りのシロップや、アイスクリームやアイスキャンデーなどの駄菓子を売っているほったて小屋のような売店はまだ閉っていて（ありあわせの古材の板が狭い入口のところに縄で巻くようにしてあてがわれている）、もし開いていたとしても、そういう店で売っているラムネもジュースもゴム入りシロップも青いペンキ塗りの木製の氷を入れた冷蔵庫の中に入っているアイスキャンデーやアイスクリームも、不衛生でセキリかエキリになるから食べたり飲んだりしてはいけないと母親に何度も何度も念を押されていて、実際、ついこのあいだ、米屋のあの色の白い太った女の子が何を食べたのが原因か知らないけれど、エキリで一晩で死んでしまったのだ、と母親はいい、その前の日の夕方、その子が造酒屋の庭で近所の子供たちと石蹴りだか一段飛びで遊んでいて、前を通りかかると、おばちゃん、と、ニタニタ笑いながら声をかけられて、子猫は元気にしてるかって訊かれたのだ、アコは米屋のタマが産んだ子猫で、家まであの子が抱いて連れてきてくれたんだもの、カツ節のかわりにお米を一升付けて抱いてきてくれたから、ホット・ケーキの残りのタネに粉を足してドーナツを揚げてやったら、おばちゃんのところではドーナツを家で作るのかって目を丸くして、ドーナツ型で抜いた真ン中の丸いところを揚げた小さいボール状の形を珍しがって幾つも幾つも食べて口の周囲を油とお砂糖でベタベタにして、スキムミルクを出してやったらミルクより麦茶がいいってグビグビ飲んでいたから、さすがに、太ってるだけに食べ方が違うって感心したけど、お腹こわしゃしないかって心配にもなって、残りは家に帰って弟に分けてあげるようにって言ったけれど、だから、確かにあの子は喰いしん坊だったから、アイスキャンデーを一度に三本も四本も食べたのではないだろうか、と母は、銀色の指はめのようなユビヌキを光らせてスカートの裾まつりをしながら話しつづけ、何度も聞かされた話しであるにもかかわらず、伯母も祖母も、ウンウンと頷きながら耳を傾ける。クック・ロビン号で公園に行くのなら、テレモスに詰めてコンデンスミルクをたくさん入れた紅茶を持っていかなければいけない、と母が言うのだが、テレモスの栓のコルクが粗悪なのでいやな臭いがして、それが中に入れた飲物に移ってしまうのがどうもいけない、中味がお燗をした酒だったら、即席の樽酒になるかもしれないけれど、と父は言い、私たちはわざとコンデンスミルク入りの甘い紅茶を置き忘れてきたのだ。以前、父親と一緒に公園に来た時は、おかあちゃんには内緒、と言って、ほったて小屋のような売店でひょうたんの形をしたゴム袋に入っているイチゴ味のシロップを父親が二個買い、売店のバアさんの伸びた爪に溜っているまっ黒な垢と、身に着けて以来一度も洗ったことのなさそうなドロドロに汚れたカッポー着を見ただけで、バイキンだらけのバアさんだって、おかあちゃんはヒステリーおこすぞ、と笑い、ベンチに腰をおろして、ハチス織りのポロシャツの胸ポケットから灰色のしんせいの箱と赤地にツバメの絵柄のマッチ箱を取り出して一服すると、ポンプを押し水を流して顔を洗っていた公園で寝泊りしている浮浪者が、それを見て煙草をもらいにやって来る。すっかり生地の性《しょう》が抜けたヨレヨレのピケの登山帽と黄色に変色してところどころ穴の開いたハチス織りのポロシャツと進駐軍の放出品のダブダブの大豆色の木綿のズボンをベルトがわりの縄をしめてはいて、ネズミ色のゴム草履に、古びて底の革と持ち手にひびの入っているズックのボストンバッグを持った男は、一本抜きとったしんせいを口に咥《くわ》え、父がマッチで火をつけてやると、深く吸い込んでから煙を吐き、ベンチに並んで座って、これでも外地では相当いい暮しをしていたのだ、とクドクドした口調で語りはじめる。上部は輪ゴムで堅く止めてあって底のところにポッチリ小さな乳首のように出っぱってる部分を歯で嚙み切って、中のシロップをチューチュー吸い込むのだ、と父がひょうのうに似たゴム袋入りシロップの飲み方を手本を見せて教えてくれるのだが、濃いボタン色の液体の充満した白っぽい小さなゴムの乳首はグニャグニャしているのに奇妙に堅くてなかなか嚙みちぎれないし、糸切り歯でグギッと嚙むのだと言われるので、左手の人差指で口の中の上のほうの歯を触ってみるのだけれど、人差指は前歯の抜けたところの歯茎の小さな穴状のくぼみを触りはしても、どれが糸切り歯なのか、鏡でも見れば別かもしれないがわからないので、抜けていない前歯で思いっきりゴムの乳首を嚙み切ると、ゴムのむっとする匂いのする甘いというより苦さが舌を刺すサッカリンとイチゴの合成香料の液体が口の中にあふれ、氷イチゴに似てはいるけれども、それよりもゴム臭い味が強い変な味のイチゴシロップ入りのゴム袋を口から離すと、持っていた手に思わず力が入って噛み切ったゴムの乳首の穴から、二筋の細い赤いシロップが水鉄砲のように勢いよくほとばしり、白い開襟シャツの胸のあたりにボタン色のシミを作ってしまう。熱のある頭のせいでぬるくなったゴム製の水枕の中の水とか、薄いクリーム色のゴムのひょうのうの中で溶けた氷の水にイチゴの香料とサッカリンを混ぜたようなシロップのシミの出来てしまった白い麻のシャツは、海辺の町のサガンダンキュウというところに住んでいる伯母から送られてきたもので、何度か家に来たこともあって、おばさんは好みにうるさい人だから、子供にはもったいないくらい上等で家の生活にはとても不釣合な衣類を送ってくる、と、あんたのとうさんはいつも皮肉っぽい口調で文句を言って、このシャツはまるでリトル・ロード・フォントルロイが植民地の領地に旅行する時用みたいじゃないか、なんて言って、あたしはセドリックが着てるシャツはフリルが付いてるわよって答えてやったけど、パパは貧すれば鈍するというか、ひがみっぽくなってたのね、と母はふとした折り、言っていたのだったが、白い麻地に吸われて滲んだボタン色のシミはすぐ洗わなければ落ちなくなってしまうから、坊っちゃん、シャツを脱いで、おじさんが洗ってあげましょう、と公園の浮浪者は言い、吸いかけのしんせいをベンチの座席の板でもみ消してから右の耳の上に挟み、ポンプの水を流しながら、シャツのシミを器用な手つきでアルマイトのコップの底で叩いて消してしまったと言うのだけれど、鉄分のある井戸水のせいで白いシャツは薄いベージュに染ってしまって、でも、あの人はそんなことは気にしないから、国鉄の管理部にいた共産党員の知りあいに頼んで、浮浪者に仕事を見つけてやって、その人も最初はひどく喜んで真面目に働いていたらしいんだけれど、管理部の売店の売り上げを盗んでチクデンしてしまって、あの人は身元引受け人に判を押したんだから、そのお金を弁償することになったのよ、と、母は、全円のフレア・スカートの裾まつりがびりくまないように注意し指先きでこまめに布を調節しながら語る。外地には妙な人がいっぱいいたもの、と伯母は答え、ほんとにここは不便なところだ、と溜息をつく。魚屋は御用聞きが来るし、野菜も売りにくるけれど、ちょっとした物を買うのにも、ずいぶん歩かなければならない、この子におつかいを頼めなかった時は、あたしたちずいぶん忙しかったじゃないの、自転車があれば楽かもしれないけれど、狭い折れ曲ったまゆみの生垣のある坂道を何度も曲って下るのはともかくとして、なにしろ砂岩段丘の坂道になっているから、帰りの上りが自転車ではきついだろうし、坂を下って五軒目の家の角を曲って電車通りに通じる道に出る前の角の家には質《たち》の悪いシェパードがいて吠えるし、映画を見て帰って来るのだって、夜遅くなるとこのあたりは暗くて怖いじゃないの、と言い、母は麻布にいた時だって、銀座で遊んで帰ってくるとこのあたりは暗くて怖いって、ねえさんいってたじゃないの、と笑う。

あんたがロクマクエンにかかった時は、あたしもかあさんも、ほんとにショックだった、戦前とちがっていい薬があるのだとは言われても、それはとても高い薬で、だからあたしたちは死にもの狂いで稼がなきゃあ、と言いあったの、あの人が家を出ていったりしなかったら、ねえさんに迷惑かけることもなかったのにってかあさんがメソメソしたことを言ったので、あたしはかあさんを叱りつけて、そんなことを言ったってはじまらない、あたしたちが疲れて陰気な顔してたんじゃあ、あの子の病気だってよくならないと言ったのだ、と伯母は語る。長期に学校を休むことになるのは、病気にしたところで、夏休みが終わったと思ってがっくりしたとたん、すぐに今度は長い冬休みがはじまったようなもので、あたしがあんただったら嬉しくってドキがムネムネしちゃうけどなあ、と言うので、祖母が笑いながら、あんたはだって我家のズベ公さんだったんだもの、学校さぼってスキーに行って停学になったじゃないの、と答え、たしかに曖昧なはっきりと形をとらない不安はすっかりというか、なんとなく消えてしまい、むしろ自分が特別の一種の幸運——いくらか悲劇的なニュアンスの含まれた——に恵まれたような気持になるし、母は、あたしは二月に女学校の受験があるのに、あんたは編むのが上手で早いからって、スキー用のミトンとおそろいの靴下と帽子を編むのを徹夜で手伝わされて、赤い地にグレーの縞とイニシャルの編みこみのあるやつ、そのかわりにクリスタル・ガラスの裏側に白鳥が彫ってあって、平らですべすべした表から見ると氷づめになった白鳥のように見える銀の縁飾りのあるブローチをくれるはずだったのに、あれは落してこわれちゃったって言って(嘘だって知ってたわよ)、キャサリン・ヘップバーンのブロマイドくれたじゃないの、くやしいったらなかったわよ、と言うので、伯母はペロリと舌を出して、だって、あんたあのブロマイド欲しがってたじゃないの、伊東屋で赤いセルロイドの額縁買って来てあげたら、机に飾ってたじゃないの、と笑う。

　ながいながいだるい時間がゆっくりと流れて、折り畳み式の木の脚を低い位置で固定して寝椅子のように広げたキャンバス地のデッキ・チェアに寝そべって天気の良い午前中は日光浴をする。砂岩段丘の中腹のここからは見えない海から微かに潮のにおいのする風が吹いてきて、「洋裁室」からミシンを踏む音と布地の上を規則正しい速度で上下する針の音がきこえ、風呂場の窓からは寝汗をかいた下着とパジャマを洗っているドラム型の洗濯機の騒々しいモーター音と羽根が水の中で回転する音がきこえ、声楽科の受験を二度失敗した隣家の次男がピアノを弾きながら発声練習をする声がきこえ、やがて耳障りに悲し気で陰気な旋律のシューベルトの歌曲（夏なのに、歌っているのは「冬の旅」なんだからと伯母が文句を言う）を歌った後で、隣家のイカレポンチ（と、伯母と母は言うのだ）は、お使いは自転車で気軽にゆきましょう、と、シューベルトを歌う時より大声を張りあげた重苦しい調子のバリトンで歌い出す。そよ風が頬っぺたをそっと撫でてゆくよ、お日さまもあの空で笑って見ています、お使いは自転車に乗って颯爽と、籠を小脇にちょっと抱えてチリリリリンリン。それだけならまだ我慢するけれど、それだって、こっちが変になりそうなところへもってきて、イカレポンチがイカレポンチたるゆえんは、その後に必ず続けて「天国に結ぶ恋」を歌うことで、あれを聞くと、こっちの頭がどうかしてしまいそうだ、と母と伯母は言いあうのだが、祖母はバリトンが案外気に入っていて、家の仕事をしながら調子外れに、今宵名残りの三日月も、消えてさびしき相模灘、なみだにうるむ漁火《いさりび》に、この世の恋のはかなさよ、あなたを他所に嫁がせて、なんで生きよう生きらりょう、僕も行きます母さまのおそばへあなたの手を取って、ふたりの恋は清かった、神様だけがご存じよ死んでたのしい天国であなたの妻になりますわ、と口ずさみ、ずっと昔、といっても戦前、大磯の坂田山で大学生とその恋人が心中した事件があって、それを流行歌にしたものなのだと教えてくれて、こっちに越してきたけれど、坂田山には行ったことがない、と言いそえ、この家に前に住んでいた一家の長男が失恋して庭の木で首を吊って自殺したことをそっと告げ、だから、なんだかお隣の坊っちゃんの歌が供養になっているような気がするのよ、失恋自殺だから、天国でも地獄でも誰とも結ばれないんだけどさ、と溜息をつく。たとえ、かあさんがそう思ってるにしたって隣の次男が単なるイカレポンチ以上におかしいことは、はっきりしてるじゃないの、と母はおひつから御飯をよそいながら言い、晩酌に一合を二人で分けて飲む祖母と伯母は、七月に入ったので、キリギリスと朝顔が青色で描いてある筒形の小さなチョコ（祖母用）とそれより少し大きいハスの葉の上に雨ガエルが乗っている柄のチョコに変えたのに気がついて、ああ、このおチョコを使うのは一年振りだわねえ、と言いあい、食器も夏用の物に変って、ちょっとしたことだけど清々しい気分になるものだ、と、もっともらしくうなずきあい、私の食が細いのを心配するのだが、もちろん、ほとんど何もしないで本か雑誌を読むかラジオを聴くか、いつまでたっても出来あがらない模型のヨットを作っているだけなのだから食欲はたいしてありはしなくて、祖母は毎朝ラジオ体操をするくらいの運動とか散歩くらいは必要なのではないか、水泳だのなんだのって疲れることをやるわけじゃないもの、少しは体を動かさなければ、かえってよくない、と言うのだったが、体がだるくてラジオ体操なんてまっぴらだ、と私は思う。そうかもしれない、大事にしすぎるのもかえって健康的じゃないかもしれない、伸び盛りなんだし、じっとして本ばっかり読んでたんじゃあ、子供らしさがなくなる、と伯母が賛成し、明日から毎朝、海岸まで散歩することにしよう、海岸まできつかったら、クリモト牧場まで、牧場でしぼりたて牛乳を飲めばいいじゃないの、配達してもらうことないわよ、そうしましょう、と、はりきり、母は、じゃあ、おばちゃん、明日から早起きしてね、と笑い、それから、隣家のイカレポンチが薄気味悪いのは、と言って顔をしかめ、魚政の御用聞きの、ほら、トニー・カーチスに似てるって、お隣の女中さんたちが騒いでるあのアンちゃんが隣の女中さんに聞いたのだけどって、話してくれたのよ、この家の庭に幽霊が出るっていうの、あの例の木の切株のあたりに、白っぽい単衣《ひとえ》の若い男が手に紐を、こうダラリとさげてぼうーっと上をむいて立っているんですって、木を切られちゃったから、紐をかける枝がなくて困惑してるんだって、女中さんたち、こわがってたって言うけれど、普通なら、そんな話しして女中さんたちをからかってるんだって思うけど、そうじゃなくて、あの次男は本気らしいのよ、あの子には本当に見えてるから、女中さんたちが怖がるのよ、いっくら足柄山の奥から新制中学出てやってきた女の子たちだって、今時さ、幽霊なんて信じやしない、と母は言うのだが、祖母は曖昧な調子で、そうとばかりは言えない、だって、女中さんたちは半分本気で信じているもの、と言い、この家を買ったのは、死んだ父さんの高校の同級生の家だったからで、だから事情はもちろん知っていたし、息子さんというのも医科に通っていた頃、一、二度麻布の家に遊びにきたことがある、あんたが、と伯母に向って、まだ女学校に行く前だったから、昭和五、六年、見るからに真面目そうで、父さんが、娘が女学校を受けるから勉強を見てやってくれないかって、お父様亡くなった後だったので、まあ、アルバイト代稼ぎと思って言ったところ、男のお子さんならいいんですが、自分はこういう無骨者ですからお嬢さんもいやがるでしょうし、わたしも女の子は苦手です、なんて言ってた青年だったから、二、三年たって首を吊ったと聞いた時には、ほんとに驚いた、ここを買うことになって、奥様におあいした時、いろいろグチ混りにきかされたけれど、ほんとかどうか、だって、なんだか大時代な小説みたいな話しなんだもの。

それから私は、ながい間早くから寝るようになった眠りを眠る。八百屋と魚屋はとっくに店を閉めて、木やトタン板の雨戸を引いているので暗くなっているはずだけれど、酒屋からは締め切ったガラス戸にひかれた白と青のたて縞木綿のカーテン越しにオレンジ色がかったあかりが薄あかるく漏れているはずだし、商売屋ではない家の戸口や窓からも、もちろん、まだ白熱燈や蛍光燈のあかりが漏れていて、前庭に植えられた曲りくねったさるすべりの枝やアオキや夾竹桃の影がぼんやりと浮びあがり、電気を切ってしまっているので、今はただの乳白色のガラスの円柱にしか見えない、赤と青と白の縞が斜めのラセン状にグルグル回転する床屋の広告塔が見え、犬の吠え声はずっと後《うしろ》に遠ざかり、それからその先きに一晩中小ぶりなネオンの青いあかりのついているテーラー・テラサキが見え、もう市電は廃止されて通っていないのに道路に埋め込まれた上りと下りの線路が残っていて電車通りと呼ばれている大通りはすぐで、大通りを越えて、銀行の赤いレンガ造りの壁と陰気な灰緑色の化粧タイルを張った商工会議所と長い黒い板塀の続く旅館と化粧品問屋の土蔵の並ぶ暗い道を通って、南北につづいている中央商店街通りまで出てしまえば、商店街通りには夜の八時まで店を開いている八百屋と肉屋と、十時まで開いている酒屋があるのだし、何度も何度も、おつかいを言いつかって歩いた道なのに、歩いてきた道を振りむいてみると、戻る道がわからなくなっているのだ。中央商店街通りを北に行けば商店街の外れで、市を南北に走っている電車が二手に分かれて西の方面に分岐するカーヴの停留所があって、そこを東に向って歩けば、どっちにしてもくねくねと曲った坂道の続く一角にある家に帰れるのはわかりきったことで、家から電車通りまで出る道は、遠まわりをすれば四つあり、四つの道のどこを通るにしても、行きつくのは、どの家もまゆみの生垣を四方にめぐらして曲り曲った廊下のように続いている一角で、土地は徐々にゆるやかな斜面になって町の背後の薄茶色の和三盆の落雁のようにくずれやすい砂岩段丘にむかってのぼって行くのだが、幾つもの直角の曲り角があみだくじのように折れ曲っているまゆみの生垣の間の狭い道を、何回も角を曲って歩いているうちに、このあたりが砂岩段丘に続いている斜面だということを忘れてしまう。

「くゎいだん」

……あるいは、作者が無精だったのかもしれない。あるいは、出版元と衝突したのかもしれない。あるいは、とつぜんその小さな文机から呼ばれたまま、帰って来なかったのか、または死んだために、ちょうどその文章のただなかで、筆をとめたものかもしれない。が、なぜこれらのものが、未完結のまま残されたかは……

『茶碗の中』ラフカディオ・ハーン、田代三千稔訳家に帰ると、蜂蜜色のつやつやした牛革のランドセルが〈とどいた〉と告げられたのだ。〈字〉を読むことは出来なかったのだから、〈手紙〉は当然母が読んでくれるわけで、だから、全部の〈字〉を平仮名で書く必要もないはずなのだし、それに、今の子たちの教科書では、カタカナではなく平仮名から習いはじめるし、それにもちろん、新仮名を習うのだけれど、あんたのとうさんには、そういうことはわからないから、めちゃめちゃの仮名づかいで書く、と母は言う。いや、蜂蜜色につやつや光っていた革はランドセルのカヴァー兼フタの内側だったかもしれない。三つずつ正確に並んだ毛穴が目立つので豚革だということがわかる、内側の部分が蜂蜜色で、外側は濃い栗色の牛革、肩にかかるベルトの部分には白い部厚いフェルトが裏張りしてあり、背負ったランドセルの背中にあたる部分は、三つずつ毛穴が並んでいる豚の柔らかい腹革につめ物をしてあたりが柔らかくなっている。茶色の寒冷紗張りの丈夫な防水紙に包まれて指で触れるとチクチクする麻紐でしっかり結んである小包で送られてきたランドセルは〈約束〉のものだったし、それに小学校の入学式は、〈もうすぐ〉だと言われてもいたし、まだそれを買ってもらっていないのは——ランドセルに付随する、筆箱とか通学用の靴、白い替え襟のついた紺色の通学服とか、金色のボタンの付いた黒い学生服といったようなものもあったけれど——私だけのような気がしていたので、それが〈とどいた〉時はとても嬉しかったのだ。あたしとまだ三つだったあんたを置いて、家を出ていった時、とうさんは白い開襟シャツに進駐軍の放出品のカーキ色の綿ギャバジンのズボンに麦ワラ帽子を被って庭用のちびた下駄をつっかけた庭仕事をする時の普段着で自転車に乗って、ちょっと出かけて来る、と言ってそれっきり帰ってこなかった、と母は何度も何度も言うのだが、私は六歳にはなっていて、〈来年〉は学校に入るんだから、その時には牛革のランドセルを買ってやると父は言っていたはずでもあるのだ。牛革のランドセルなんて、あなたの〈お友達〉に言わせればブルジョワ的なんじゃありませんか、だって、テーブルにテーブル・クロスをかけて花が飾ってあるのを見て、あの人たちは、奥さんはブルジョワ出身だからって言うんだから、とあたしはとうさんに言ってやった、とうさんは、党の人たちに、花を飾るのは、友遠方より来たる、せめて食卓に花を飾りて迎えん、と、毛沢東は延安時代に詩を作っているひそみに倣《なら》ったのだ、と、でたらめを答えて黙らせ、牛革のランドセルについては、しろがねもこがねもたまもなにせむにまされるたからこにしかめやも、と答えた、と母親は何度も何度も口にする。白い大きな箱に柔らかな薄紙に包まれたランドセルと一緒に入っていた手紙には、〈にゅうぐゎく、おめでたう。ぐゎっこうでは、しっかり、べんきゃうして、げんきにあそびなさい。おかあさんのいふことをよくきいて、おてつだいをして、げんきにあそびなさい。ぐゎっこうで「じ」をべんきゃうしたら、みじかくてもよいから、おとうさんに、おてがみをください。おとうさんも、きっと、ごへんじをかきます。〉と書いてあって、私には何のことやらわからないのだ。かあさんとねえさんは、妻子を置いていきなり黙って家出して、なんの説明も詫びの言葉もなく、こういうお涙ちょうだい式に子供に点数稼ぎをするような物を送ってくるのが腹が立つ、ランドセルは捨ててしまえと怒ったけれど、あたしとしては、とうさんがあんたのことを好きだってこと知ってほしかったのよ、と何度も何度も、何度もそっと告げる。あの人は性格が優しいからといえば聞こえはいいけれど、優柔不断で無責任で利己主義者のくせに、他人にはいい顔をしてみせる人だ、と、かあさんとねえさんは悪口を言う。そう言われてみると、ほんとにそうだって気がしてくるけれど、と母はためらいがちに軽く口ごもり——そういう時、内心の不満をはっきりと口にしないで、自分だけが我慢しているということを顔で表わそうとする時、それが意識的なのか無意識的なのかはともかく、あんたは唇をとがらせるのだけれど、そうすると上唇が軽くめくれあがって、おかしな顔になる、と父はいつも言っていたと、母は語る——ホオズキの実の色の口紅を塗った唇にガラスの器に盛られたアンミツの白い粉砂糖をまぶした薄桃色の求肥と粒餡だけを器用にスプーンに載せて運び、口の中でゴロゴロする赤インゲン豆は〈余分だから〉と言って、私のクリーム・ミツマメの器にスプーンですくっては入れてしまい、白蜜と寒天の水分と溶けたアイスクリームの混った白い液体の中に、結局、赤インゲン豆と寒天が残ってしまうことになるのだが、店を出ると母親は上機嫌に歩きながら、赤い柔らかな革のボール形の小さな財布を片手でお手玉のように投げ上げては、てのひらで受け、今のお店の人が、可愛い弟さんですね、と言っていたとクスクス笑う。厚ぼったい八角形の小ぶりなグラスが赤い縁取りのある小皿に載っている。二杯目の焼酎を頼むかどうか、いつも少しためらうのは、まだ一杯目のグラスに三分の一程の焼酎が残っている時で、これでおつもりにしようか、それとも、もう一杯飲むか、どっちにする？と訊くので、私は店の中の天井を除いた木の部分（ガラスの入った扉、柱、窓枠）が全部赤く塗ってあって油の煙で汚れてエンジ色に見える中華料理店で熱いワンタンを呑み込んだために火傷した舌の先をコップの水に入れて冷やしながら、うん、とうなずき、〈うなぎの寝床〉のように幅がなくて細長い、客が父と私だけしかいないものだから、狭いのにもかかわらずガランとして物さみしく薄暗い店に、文字というより模様のように見える「喜」の字を二つ並べた赤い紙の切り抜きが張ってあるガラスの扉が動いて、二人連れの若い娘が入って来て、父に挨拶をした時には、ほっとした気持になった。赤い毛糸のマフラーを首に巻いている娘の方が可愛い顔立ちで、青っぽい柄の人絹の皺の寄ったネッカチーフで頭を包んでいる娘は、とても不美人だと思ったけれどそのことは口にしないで、これからメトロで見ることになっている〈カウボーイ映画〉のことを口にするのだが、それにはカウボーイは出て来なくてホースソルジャーとインディアンが出る、と父は言う。夜の一番最後の上映で二本立ての一本だけを見ると夜間割引きになって、それが焼酎の一杯分にあたるし、もう一本の映画は、『三人の妻への手紙』という女好みの退屈なメロドラマだと言うのだが、さっき挨拶した不美人の方の娘が、聞えよがしに、今見てきたばかりだけれど、あたしたち未婚の女性が見ても、結婚というものについて考えさせられるとてもいい映画だったと思う、と赤いマフラーの娘に向って話しかけるので、父は、これは失言でしたね、と笑い、赤いガーター編みのマフラーの片側を前に垂して首に巻きもう一方を背中に垂している娘はウフフと笑っただけだったけれど、もう一人の美しくない娘は、女を馬鹿にしないでくださいよ、と答えてツンとすましてから笑う。そう言って笑い、それから娘たちも笑った、と私は母に問われるままに語った。国鉄の管理部の売店で働いている若い女性の一人がシンパで、もう一人の同僚を誘ってよく我々の集会に顔を出していて、御主人は親切だから女の子に人気があって、そう言ってはなんだけれど、一人の方が売店をやめて田舎の実家に帰っているというものだから、時期も重なるし、一時は一緒に出奔したのかもしれないとも思ったが、それは違っていたし、自分等にも、さっぱり思いあたることはない、と父の知人たちは言うし、それにあの人はあの町に友達といえるような人はいなかったのだから、結局のとこ何がなんだか、あたしにはまるでわからない。もしも管理部の売店の女の子とかけおちをしたのだとしたら、顔が可愛い方の娘《こ》でしょうね、赤いマフラーを首に巻いていた方のきれいだっていう娘《こ》、そう思うのがあたしの〈自尊心〉というものなのだ、と上の空で言うので、私はうなずき、家を出る時に隣家のおばさんが汽車の中で食べるようにといって渡してくれた、小ぶりでひらべったい青竹の籠に六つ入っているリンゴをここで食べていいかと母に訊くと、どうぞ、と答えたので竹籠に被さっている薄い赤紫色の紙とセロファンを縒《よ》った紐の間からリンゴを強引に引っ張り出そうとしているうちにリンゴが二つこぼれ落ち、母が座席から立ってそれを拾い、私は籠の中から別のリンゴを取り出して歯を立て、甘酸っぱい香りの果汁のしぶきを口と鼻に浴び、青く輝いている川の流れを見つめながら鉄橋を渡る汽車の轟音でよく聞えない母の言葉を無視する。

鍵をかけて駅前の自転車置場に置いてあった自転車も、鉄製で水色のペンキ塗りのところに赤い胸のコマドリの絵の描いてあるフレームに取り付ける幼児用座席も置いて、私たちは何本もの汽車と電車に乗りかえて、と思っていた遠い海辺の町の砂岩で出来た丘の住宅地に引っ越すのだ。カウボーイは登場しないけれど、カウボーイのように、というかケンタウロスのように〈人馬一体〉となった男（と父は言うのだが）がまっさおな空と赤い岩場を猛スピードで馳せ抜けて、深くきり立った大地の裂け目を跳び越し、男を追いかけて来たインディアンと彼等の馬たちには、裂け目を跳び越すことなど、もちろん不可能なのだ。インディアンの方が本当はずっと〈人馬一体〉の乗馬をしているのに。クーパー以外のカウボーイなんて、てんで興味がない、と言って母は映画を一緒に見に行かなかったのか、それとも、何本もの汽車と電車をいろいろな駅で乗りかえて、川を幾つも渡って〈かあさんとねえさん〉の住んでいる家に里帰りをしていたのだろうか。映画館では白地にブルーでとても下手な富士山の絵の描いてある紙に包んだ小さな長方形のヘギの箱に入ったアイスクリーム――ヘギの杉板のにおいがジャリジャリしてクリーム分の少ない貧相な味のアイスクリームに移っている――を食べ、自転車の後の荷台にまたがって、暗いお濠端の道を通って家に帰ったのだったが、お濠の水面でぴしゃりと鋭く水の撥《は》ねる音をさせてコイが跳ね、私は杉の木のにおいのするアイスクリームと消化の途中のワンタンと胃液の混ったものをお濠の中に吐く。夜の七時すぎにアイスクリームを食べたのが消化によくなかったと父は狼狽し、近くの知りあいの家で水で口をゆすいで薬を飲むことにしようと言い、管理部の売店の娘が下宿している親戚のおばさんの家に行く。アイスクリームを食べたことも吐いたことも、おかあちゃんには秘密にしておこうか、あの人は怒るとこわいから、と父は小声でそっと言い、お線香ともぐさのにおいと、練炭の燃えるにおいと煮魚のにおいの入り混った薄暗い湿っ気のある台所の木製の流し台に、鉄臭い錆びの味のするぬるま湯に塩を溶かした〈しおみず〉で口をすすいで吐き出し、着物の上に黒い襟のついた絹物の半纏を着た管理部の売店の娘のおばさんが、ちょっと苦いけど、ポンポンの具合が悪い時には、これが一等いいのよ、〈セイロガン〉は絶対に飲んじゃいけない、と言って赤い半透明なグラシン紙に包まれた〈クマノイ〉の三分の一量を取りわけ、赤いグラシン紙を二つ折りにした真ン中に載せ、おぶを少しお口に入れてアーンをしたらおばさんが薬《おっく》を入れますから、そしたらもう一口湯飲みからおぶを飲んで、グイッとやりなさい、ぼっちゃん、と、くどくど説明するのだが、薬を飲ませてもらう時、母はいつも薬の入ったままの包み紙を器用に三角に折って小児用の分量の半分を、ピンク色の赤ン坊を抱いた、奇妙な形の巻き髪《ロール》を頭にたくさん付けた若い母親の絵の柄が蓋にあるシッカロールの丸い紙の箱をずっと薄べったくしたような（蓋には何の絵も印刷されていない）丸い箱に入ったオブラートの上に載せて小さな小さなロールキャベツのかたちに包んでくれるか、そうでない時には、三角に折ったグラシン紙の底辺のとがった先を開いて少し外側に折りたたんでちょうどスコップの先の形のように作って口の中に薬を入れてくれるものだったし、ポンポンやアーンやおぶやおっくといった耳慣れないので卑猥に響く幼児言葉にも、ためらいを持ち、白い陶器に青で松竹の近景と沖に浮かぶ小さな日本の帆かけ舟が描いてある大きな茶碗の生あたたかい感触を両手のてのひらに感じながら、身動きができずにいる。多分、母は汽車と電車を乗りかえて、砂岩段丘の中腹にあるあの家に行っていたのかもしれない。地図の上では海がすぐ近くなので、窓ガラスにはシオの粒が付着するし、あらゆる金属製のものはすぐに錆びが浮き出すし、風があっても洗濯物がなかなか乾かないけれど、あそこへ行けば何もかも忘れてぼうーっとしていられる、と母は言い、グレーのフラノのスーツにタマゴ色のメルトン地のショールをかけ、茶色のパンプスをはいて小さな茶色の革のボストンバッグを持って出かけたのではなかっただろうか。ホオズキの実の色をした口紅をつけて。それとも、池と小さなタイコ橋と藤棚のある庭を背景に、ほとんどが派手な大柄の模様のある和服を着ていて、全員の顔に写真館が修整を加えたものだから、全員の顔がひどく冷たく意地悪そうに写っている記念写真を〈自分とは思えない〉といって嫌っていた女学校のクラス会に行って一泊した時だったろうか。ほら、いやんなっちゃう、おかあちゃんを見て、これじゃあ、まるでえばりくさった奥様みたいだよ。とりとめのない〈世間ばなし〉を父とおばさんがしている間、管理部の売店の娘は、マフラーと同じ赤い毛糸で輪っかを作って私とあやとりをしながら、最近覚えたという歌を透きとおった高い声でうたう。ああかいさらふぁんしぃたてながらあ、しみじみかあさんかたるよう、もえるよおおな、そのほほも、いまにごらあんよ、いろあせる。指にあたると少しチクチクする赤い毛糸のあやとりは、娘のしなやかに動く両手の指の間で伸び縮みしながら川に網、橋、ゴム、カニ、ほうき、と姿を変え、私たちは、油を差したばかりなので各部分が滑らかに動いてギシギシと音をたてなくなった自転車で家に帰ったのだったが、何があったのかは秘密なのだ。あの人は、あんたのとうさんは、とても変っているところがあって、あたしに何度か話して、きみも同じことを感じなかったかと言うのだけれど、もちろん、あたしにはそういうなんだかめまいがして気持の悪くなるような記憶はない。あの人はこう言うのだ。母親の体が弱かったので夏になると葉山の漁師の家の離れを借りて、土曜の夕方から父親がやって来て月曜の朝東京に戻ることになっていた頃、小学校の三年か四年の時だから十歳になる前、毎朝起きると、漁師のおかみさんが作ってくれる、やけに分量の多い朝食を食べる前に、歩いてすぐの砂浜に出かけて、学校のプールでは泳げたけれど海で泳ぐのは怖かったので、少しずつ怖さを克服して海で泳げるように、そこいらの漁師の裸の真っ黒に日焼けして痩っぽっちの子供たちが砂浜にやって来て、おっかながり屋とからかうのには我慢が出来なかったから、朝早く〈たった一人で青い青い大きな海原を前に呑みこまれる恐怖と闘いながら〉練習していた時、とうさんは、というより、やがて、とうさんになるはずの男の子は、いきなり、なんの理由もなく奇妙な想念が頭にわきあがって頭がはちきれそうになった、と語るのだ。青い青い光り輝く、穏やかな波が打ち寄せる海を前に、もし今自分が後を振り向いて体のむきを変えると、自分の背後にある砂浜や草の生えているなだらかな斜面の向うにある漁師の家や自分たちの泊っている小さな古びた離れや道や道に続いている村、その向うにある小高い丘や丘の中腹のお寺、さらにその遠くにずっと続いている世界、今は自分の後になっているから見えてはいないのだけれど、そこにあることは確かだと信じている世界が、なんと言ったらいいのだろうか、たとえてみれば透明なセルロイドの半円形の分度器の上に載っかっていて、自分は丁度半円の底辺の端に立っていて、だから振り向いて体の向きを変えると半円のセルロイド状の世界が自分と同時に回転して、何もない空虚な世界に直面してしまうのではないかと思え、背後で朝食が出来たと大声で呼んでいる漁師のおかみさんに、怒ったように肩をつかまれて腕を引っぱられるまで身動きが出来なかった、と語ったと、母は話す。それも、自分で経験したことではなく、本で読んだのかもしれない、と溜息をつき、一息おいてから、想像してごらんよ、と、あの人はおかしそうに笑う。色の黒いまずい御面相のたくましい体をした荒っぽいおかみさんが自分と一緒に体の向きを回転させてしまったら、ぼくは、このおかみさんと二人で世界の無に向きあうことになってしまうとあせったよ。気味の悪い、いやな話しで、理由《わけ》はわからないのだけれど、あたしは両手で耳を塞いで、やめてやめて、と眼をつぶって声をあげる。本を読んでくれるのも〈おはなし〉ももっぱら母だったし、父の本の読み方は、ぶっきらぼうで早口だったから面白くなかったし、子供に子供むきの〈おはなし〉をするのは遠野の語り部のばあさんたちじゃあないのだから、わざとらしいことをするのはいやだ、と言っていたと母は笑う。字を読めるようになるまで、あんたが読んでやればいい。だから、天和三年の一月四日――つまり、今から二百何十年まえのこと、と言っても、ようするにずっと大昔ということだね、と父が椿と百合とアジサイとアヤメとアオイの花の絵が表紙に描いてある文庫本を閉じて、少し眼を宙にむけて、はなしはじめた時、私は布団にくるまれて白い毛布の毛さきが首のあたりにチクチクあたるのを感じながら、足の指先をもぞもぞさせる。ある殿様が従者たちを連れて年始まわりの途中、江戸の本郷白山の茶店に立ち寄って一休みする。一行のうちの若い侍のセキナイという者が、ひどく喉が渇いたものだから、大きな茶碗に茶をなみなみと注いで、口にもってゆこうとすると、透きとおってみどりがかった黄色い茶のなかに、自分とは違う顔が映っているのにふと気がついて、ぎょっとしながらあたりを見まわしたが、そばには誰もいない。お茶のなかに映った顔は、髪型からみてもまだ年の若い侍のようで、茶碗の中の液体に映っているにしては不思議なくらい鮮明で、若い男というより美しいきりっとした若い娘のようにも見えるきれいな顔立をしていて、その顔が生きている証拠には眼や唇が動いたのだ。セキナイはこの不思議な顔のまぼろしに驚いて、お茶をすてて茶碗を念入りに調べてみたものの、別になんの変哲もない白い無地のごく安物のありふれたもので、何か特別なしかけや細工がほどこされている形跡はもとよりない。ほかの茶碗を取ってお茶を注いでみると、やはりその顔がお茶のなかに現われたので、今度は、新しいお茶を店の者に持ってこさせて茶碗に注ぎなおしてみたが、またしても、あの不思議な顔が、透きとおった黄みどり色のお茶の中に今度は嘲《あざ》けるような挑戦的なうす笑いをうかべながら現われたので、セキナイは奇妙な出来事に単純に腹を立て、貴様が何者であろうと、もうおれは瞞《だま》されないぞ、と、いささか剣の腕に覚えのある自信とサムライの意地を張って叫び、顔もろともにお茶を飲みほしたものの、内心は、もしかしたら幽霊か何か得体の知れないおぞましいバケモノを呑みこんだのかもしれない、と不安ではあった。おなじ日の夜のおそい時刻にセキナイが殿様のお屋敷で当直の番についていると、見知らぬ男が部屋のなかに音も立てずに、いきなり、すうっと入ってきて、軽く会釈をしてから、名前を名のり、今日はじめてお目にかかった者だが、貴殿はそれがしを見覚えなさらんようですな、と低いよく通る声で告げる。さっき自分が茶碗の中に見て呑みこんでしまったのと同じ不吉な美しい顔が、茶碗の中でと同じ嘲笑をうかべ、嘲うような微笑《ほほえみ》のために少し右の端がつり上って歪んだ形の良い唇のうえの、じっとこちらを見すえるぎらぎらした光をはなつ大きな両眼には、挑むような蔑みがありありと浮かんでいて、セキナイは単純で一本気のサムライだったから、むっとして、見覚えはありません、と冷やかに答え、なぜ、案内もなく屋敷へ入れたのか厳しい調子で問い詰めると、客は皮肉な調子で、ほほう、それがしを見覚えなさらぬと申されますか、と叫び、美しいハカマを両手で優雅に押えながら膝で畳の上をにじり寄り、いや、それがしを見覚えなさらぬとはね！　だが、貴殿は今朝、それがしをひどく傷つけなされたのですぞ！　と鋭く詰め寄る。水の入ったコップの中でゆらゆらと揺れている紙細工の水中花に似ている、お茶の葉を丸く束ねた細工物の中に押し花のように乾燥した花が入っていて、茶碗の中に入れてお湯を注ぐと、お茶と花がゆらゆらとゆっくり開く中国の不思議なお茶のように――ずっと昔、北海《ペーハイ》公園の水辺のテラスで、〈人を待つ時間をつぶすために〉南瓜の種の皮を前歯で割りながらそれを何杯も何杯も飲んだことがあると、父は言う――若いサムライの顔は人を苛立せる蔑みの笑いを浮かべて、淡い黄金色に透きとおったお茶の中に中国の細工茶の花のように浮かんでいたのかもしれないし、そう見えただけで、やはり、ほんとうのところは、実体のない影だったのかもしれない。けれど、腕に覚えがあるばかりか野蛮なくらいに生真面目なセキナイは、シキブヘイナイと名のった若いサムライにむかって、やにわに腰の小刀を抜いて喉元を激しく突き刺したのだったが、けれども刀は空気に向って突き出されたのと同じに何の手ごたえもなく、同時に闖入者は座ったままの姿勢で音もなくふわりと浮き上がるように後ざまに壁際まで飛びのき、それからすっと壁を抜けて行ってしまった。まるでローソクの灯《あかり》が提灯の紙をすかして光るように、壁をぬけて行ったのだった。あくる晩、セキナイが非番で両親と家にいると、夜もふけたころ見知らぬ三人のサムライが訪ねてきて、折目正しいうやうやしい態度でセキナイに、自分たちはシキブヘイナイの家来だと告げ、主人が昨夜わざわざお訪ね申したさい、貴殿から受けたひどい傷の治療のために湯治に行かなければならない、しかし来月の十六日には帰ってくるから、いずれそのさいには、よろしく返報なされましょう、と言うので、それ以上は耳もかさず、セキナイは刀を手におどりいで、見知らぬ者どもを斬りまくったのだが、三人の男は隣りの屋敷の塀に飛びつき影のようにすっとその上へ飛びあがって、そのまま……と、ここでこの〈おはなし〉は、そのまま終ってしまい、誰もその続きを書かなかったから、その後はどうなったのかわからない、と父は少し眠むそうな、くぐもった声で言う。この〈おはなし〉を誰かに聞いて本の形で再話した〈くゎいだん〉の作者は、セキナイがヘイナイの魂を呑みこんだ話しのつづきは、読者が想像するほかにないと書いているけれども、どんなものだろうか、とうさんも子供の時に、とうさんのとうさんに、眠むる前寝床の中で波の音を聞きながらこの短い妙な話しを話してもらったけれど、はなしの続きなんか何も考えなかった、今にいたるまでね。とうさんのとうさんは九州の人だったので、とうさんも中学の頃まで九州にいて、まわりが皆、はっきり〈くゎいだん〉と発音するので、とうさんもずっと〈くゎいだん〉と言っていた。やっとの思いで作った新しい〈ぐゎいとう〉を盗まれる貧しいかあいそうな男のロシアの話しもしてくれた、いつかその話しもしてやろう。きみが〈ぐゎっこう〉へ行くようになったら。それから私はあくびをし、不承不承としてうなずき、何か言おうとするのだが、それをやめて白いチクチクする暖かなラノリンのにおいが残っている毛布に顔を埋めて眠る。眼をさますとここからは見えないのだけれど、音だけがする波の音を聞きながら一人で透きとおった黄色い渋いお茶を飲み、赤ジソで漬けた小梅を楊子で刺して舌の上にのせるだろう。それから、ゆっくりと後を振りむいて、自分の場所を確かめる動作を繰りかえしてから散歩に出かける。

満州娘

　あたしだって、外地から引き揚げてああなっていたかもしれない、なったって何の不思議もないんだもの、と伯母は言った。泣き腫したというほどでもないけれど、あきらかに涙を流したせいで赤く腫れぼったくなった瞼を少ししぱしぱさせ、銀の地にコハクとヒスイがチューリップの形に埋め込んであるコンパクトをバッグから取り出して、白粉の剝げた鼻の頭を小さな絹のパフではたき、甘いスミレの匂いのする白い細かな微粒子が埃のようにあたりに舞いあがるので鼻がむずがゆくなる。陰気な感じのするみかん色の箱から煙草を取り出し、カウンターにもたれるようにして頬づえをついて雑誌を読んでいた喫茶ガールに、ねえ、あなた、マッチをいただけないかしら、と声をかけると、開店したばかりで、あいにく、注文した店のマッチがまだ出来てこないので、どうぞこれをお使いください、とカウンターの中からマスターが陶器の小さなマッチ入れを差し出すのだけれど、黒いセーターに黒いフレアスカートを着て半円形の周囲にぐるりとフリルのついた小さなサロン・エプロンをかけた娘は少女雑誌に夢中で気がつきもしないので、マスターがこれをお客様にお渡しして、と声をかけ、娘はふしょうぶしょうといった様子で、のろのろと陶器のマッチ入れを持って私たちの席の横に立って、いきなり陶器の容器からマッチを一本つまみ出し、容器の底のザラザラした紙にこすりつけ火のついたマッチ棒を差し出し、まだ口に咥えておらず煙草の箱から出しかけたままにしておいた伯母は、あわてて煙草を口に咥えて喫茶ガールの突き出しているマッチの火に近づけて火を点け、うんざりした調子で、ありがとうと言い、娘がマッチ入れをカウンターに戻すので、マスターは、それはお客様のお席に置いときなさい、と小声で言う。陶器のマッチ入れは五センチくらいの高さのつやつや光った黒い猫のかたちをしていて、行儀よく前足をそろえて座り、くるっと巻いた長いしっ尾《ぽ》の細っそりとした端っこを前足に載せ、緑色の眼と銀色のヒゲと赤い首輪と銀色の鈴が描いてあり、背中の部分に開いた丸い口にマッチ棒を入れるようになっている。伯母はコーヒーとサンドイッチを注文し、私にはホット・ミルクと、ガラスの丸いボウルを伏せたような蓋を被せてカウンターの上に置かれたケーキの皿の中から、勝手に伯母が選んでしまった銀色のアラザン飾りをちりばめたピンク色のクリームの、自家製手作りケーキが注文されるのだが、本当は、ケーキの皿の隣りにおいてある白い陶器のコンポートに盛られた白い殻と茶色の殻のとが混っているうで卵を塩とコショーを付けて食べたかったのだし、あたたかいミルクではなく冷たいバヤリースのオレンジ・ジュースが飲みたかったのだ。客が私たちしかいなくて暇なものだから、白いフリル付きのサロン・エプロンをかけた腰の大きな娘は、少女雑誌のマンガを読んでいるらしく肩を震わせて笑うのだが、笑い声を立てる時に息を呑み込むものだから、ウッウッウッと嬉し泣きに泣きじゃくっているように聞え、あとで伯母は、箸がころんでもおかしいという年頃のああいう笑い方は若い娘の発情期に特徴的なもので、ちゃんと躾《しつ》けられた娘は、あんな、あたしは発情してますという笑い方を人前ではしないものだ、と言って肩をそびやかす。何かに文句をつけたり誰かを批難したりする時、ねえさんが肩をそびやかして顎をツンとしゃくるのはディートリッヒの仕草の真似で、女学校の時、ふざけて真似をしていたのがクセになってしまったのだ、と母は言い、あの人の話しが出るといつもねえさんは肩をそびやかすと溜息をつく。妻子を置いていきなり黙って家を出て行って、置き手紙も何も残さなかったし、この子が小学校に入る時にランドセルを送ってきた時だって、子供に短い手紙を書いてきただけで、あんた宛には一言だって何も言ってこない、おくびょうな卑怯者よ、といつも言う。蠟《ろう》びきの紙を細く堅く巻いた半透明な薄黄色の棒の先に赤い小さなポッチのように少量の火薬が付いたマッチ棒の入っているきれいな陶器の黒猫を、私が手にとって眺めていたのだとしたら、それは多分、そういう陶器の動物の形のマッチ入れが物珍しかったからで、喫茶店のマスターは、黒猫の他にもオウムやオンドリ、ウサギ、ロバ、犬（これはいろいろな犬種があるのだ）の陶器のマッチ入れがあると言って、カウンターの背後の壁の棚に飾ってあるコレクションを取り出して見せてくれて、伯母に向って説明するのだ。親類の者が瀬戸でこういう物を作っているのだが、アメリカ向けのメイド・イン・ジャパンのハンド・メイドで輸出用だから国内に出まわっていない、むこうではメイド・イン・ジャパンの一ドル・ブラウスがダンピングだというので縫製業者の組合がサンフランシスコの港でブラウスを燃やそうとして騒いだのをアメリカのニュース映画で見たけれど、こういう細かいオモチャのような物はどうなんでしょう、結構注文があって忙しいようだけれど、絵付けに手間がかかっている分儲けは少ないと親類の者はこぼしていた、一ドルというのはあっちの感覚では日本の百円くらいだっていうけれど、百円ブラウスが日本でも出回ることになったら——もっとも、ミシン目のあらい雑な作りなのだろうが——お宅の商売なんか響きますよね、と言うので、伯母は肩をそびやかし、言ってみれば百円で買えるブラウスを着るような人は、もともと自分のところへ洋服をあつらえに来はしないのだから影響はないと答え、マスターは笑いながら、うちの女房に映画スターみたいな派手な服を作ってくれるな、と言ってから、陶器のマッチ入れの動物の好きなのを一つ選ぶように、と私に言う。私は全体が赤い色で、頬のあたりに水色と白と黒の模様のような斑点のある頭部を少し傾むけて黄色いクチバシに花の咲いた桜の枝を咥えた金色の眼のオウムを選び、マスターはそれを周囲を波のかたちと言うか、ホタテのカラの縁に似たかたちにカットした紙ナプキンに包んで渡してくれるので、それを、キャラコのハンカチに包んだ赤茶色のザラついた錆の浮かんだベーゴマが六個入っているので重くふくらんでいるズボンの右側ではなく左側のポケットに入れ、ピンクのクリームと銀色のアラザンの粒で飾られたケーキのグルナディン・シロップとマーガリンの味が、べったり張りついたように舌に残っているし、ぺんてるのきみどりとしろを混ぜたような色のぬるいホット・ミルクはメロンのシロップの味がして飲む気になれなかったので口の中が甘くなっていると言ってコップの水のおかわりをすると、マスターはお口直しにと、白いほうので卵を一個てのひらに載せてくれる。あたしは喫茶店よりギョーザ屋をやりたかった、むこうではチャオズっていってたけど、あれがうまいから、店をやったら流行るって思うんだけど、と言うのだが、伯母は、だってチャオズはむこうではお正月に食べるのよ、と答え、マスターは、だって内地とむこうじゃ違うんだから、ギョーザが受けて、うまくやってる引き揚げ者仲間がいるのだ、と我慢強い口調で説明する。いやだ、ねえさんたら『浮雲』なんて、子供には退屈なだけで何もわかりゃしない、『バンビ』を見に行ったんだとばかり思ってた、と母があきれたような顔をすると、幼い子供たちに夢をあたえるはずのディズニーの『バンビ』の森の火事のシーンで空襲を思い出して泣き出した女の子がいたという新聞の投書を読んだことがある、と答え、だってこの子は終戦の年に北京で生れたんだもの、知らないじゃないの空襲を、と母が言うので、また肩をそびやかす。それから私は、右側のポケットにキャラコのハンカチに包んで入れておいたベーゴマ（学校を休んでいる間、同級生の誰とも会っていないのだからやる相手もいないのに持ち歩いていた）を取り出して、庭に面した南側の廊下の隅に置いてある、いろいろな形と色の厚みのある木がパズルのようにきっちりと長方形の箱を埋めていたのに、大半の木片がどこかでなくなってしまって、ふかみどりの長方形と桃色の丸形だけが残っていて、ごたごたと遊び道具の詰め込まれた積木の箱にベーゴマを入れ、左側のポケットに入れておいた、結局喫茶店では食べなかった白い殻のほうのうで卵と紙ナプキンに包んだ陶器のマッチ入れのオウムは茶の間のちゃぶ台に載せる。まあ、きれい、と母が言い、お土産はなあに、カゴのオウム、言葉もたったひとつ、いついつまでも、と、高い声で少し調子っぱずれに歌い、デコちゃんが歌ったのよ、この歌をうたった人、今日あんたの見てきた映画に出てたでしょ、と言うので、オカダマリコ？　と訊くと、ちがうちがう、タカミネヒデコ、と言い、伯母が、ちがうちがう、「南の花嫁さん」はタカミネ、ミエコの方よ、と訂正し、ずっと前、あんたがこの家に来た時、パパに教わったって言って歌ってくれた、と笑う。覚えてる？　それで私は長いこと忘れていた歌を思い出したのだ。ねむの並木をお馬のせなにゆらゆらゆらと花なら赤いカンナの花か散りそで散らぬ花びらふぜい隣の村へお嫁入りお土産はなあにカゴのオウムことばもたったひとつ、いついつまでも、と私は両腕をフラダンスのようにゆらゆらとそよがせて踊りながら歌ったのだという。冬の寒い日で、石炭をいっぱい燃やしたものだから石炭ストーヴの胴体の部分が赤くなって、あたしはなんだかそれが南の国の太陽のように見えたし、とても踊りと歌い方が上手だったので、今度歌う時には、麻布の家からかあさんがあたしの兄さんの形見だから、是非にといって持ってきた白い上等のフェルトを張って赤と白の縮緬《ちりめん》の紐をねじりあめのように縒りあわせた手綱の付いた揺り木馬を庭の木小屋から出して、去年死んでしまったダルマインコのカゴも出して歌ったら、とても楽しいだろう、と伯母は言ったのだという。「南」というのがどこなのか、タカミネヒデコと、シンリンギカンのモリマサユキが出会うことになるアンナンあたりだろうか、だとしたら、花嫁はシナ服にデザインの似ているけれども、もっとずっと体の線を強調してぴったりと仕立てたアンナン服を着ているのに違いない。ねえさんが縫ってくれたウエディング・ドレスは、終戦後の北京で家の門番ボーイのおかあさんが、息子の結婚式で上海育ちでモダンな花嫁さんに着せたいというので食料（小麦粉とお砂糖と塩漬け豚肉を乾燥させたハムのような塊一つと、おまけにくれた小さな赤ン坊用の赤い絹で精巧に作ったお獅子の顔《かしら》のかたちの帽子とおそろいの布靴）と交換してしまったけれど、あれはとても親切な取り引きで、だって、縮緬の訪問着や毛皮のコートを二束三文にたたかれて売った人たちが大勢いたのだから、あたしの場合はとても得をしたことになる。ローウエストの切り替えのあるフレアで全体は細っそりとしたシルエットで、ローウエストの切り替えにはバイアスに裁ったサテンの飾りベルトがサッシュ風に縫いつけられ、一つ結んで前に垂れ下っていて中世風なスタイルで、飾りベルトには銀白の糸でギリシャ風の連続模様の刺繍があって、端には銀色のビーズの房飾り、浅いVネックの襟と細っそりした袖のカフスも同じ刺繍のあるサテンが縁取ってあって、きれいなドレープで広がるフレアスカートの裾にも、同じサテンの縁取りをしたウエディング・ドレスは食料に変って、門番ボーイの若い花嫁さんの衣装になって、それからどうなっただろう。もうみんな生きてはいないのかもしれない。私の知っていた人たちも、実際には知らない人たちも。

夢の中でいろいろなものが混りあってしまうので、引き揚げ船の着いた佐世保で、搗《つ》きつぶしたサツマイモ入りの甘みのあるお餅と交換したという赤い絹のお獅子の顔《かしら》のかたちの帽子とそろいの靴など、それを身に着けていたことがあったにしても、見たことなど絶対ないのに、夢の中で私は赤い絹のお獅子の帽子を被って——いったい、それはどんな形をしているというのだろう——小さな赤い絹の刺繍の靴をはいて歌をうたう。その子は子だくさんの一家の三人の姉妹と四人の兄弟の末の男の子で、姉や兄たちとは、一番年の近い兄とも七歳も年が離れていたから、可愛いがられるというより甘やかされて赤ちゃんあつかいされた、はっきり言ってスポイルされた（と、当時流行した言葉を使って）子供だったけれど、でも確かにいかにも可愛い子だった、と父と母は噂をする。いつだったか、とうさんと公園に夕方の散歩に行った時、いや、そうではなくナリタ町のポポロ診療所で耳を診てもらった時かもしれないけれど、北京のヘーチマフートンに住んでらしたおじさんでしょうと男の子に話しかけられて、その子があの子で、もう高校生になっていた。この町に住んでいる二番目のお姉さん夫婦のところへ遊びに来たといっていたそうだから、あんたもその子を覚えているはずだ、と母は言うのだが、もちろん覚えてなどいない。佐世保で別れて以来、手紙のやりとりは何度かあったけれど、二番目の娘が夫の転勤でこの町に住んでいることは知らされていなかったから——上の姉二人は結婚して内地にいたから、おじさん御存知じゃないでしょう、と男の子は言う——偶然の再会を喜んでなつかしがったあの人は（とても感激屋のところがあるのだ）もちろん、姉さんの家の帰りに家に寄って泊って行くようにお宅には電報を打っておけば、御両親も御心配なさらない、とすすめ、男の子のノートブックに地図をかいてあげようと言うのだが、姉夫婦の住んでいる家の住所をきいてみると、同じ町内なので、庭に大きなイチョウのあるボロ屋だからお姉さんにおききになればすぐわかると告げる。満鉄でロシア語と中国語の通訳をしていたマチダさんが、そっちの仕事のほうが給料がいいのに北京の女学校の教師になったのは、シナに渡ったからには満州のような辺境ではなく、中国三千年の歴史の華の北京か上海で暮したいと願ったからで、上の娘二人は内地の人のところへかたづいていたとはいっても、上の男の子二人は東京に下宿して高校生と大学生、残りの三人の上の二人が中学と女学校で、なにしろ教育にお金がかかったからマチダさんの奥さんはつましくつましく倹約して、ほんとの良妻賢母というものだったわね、と母は語る。夏になると、どういうつもりなんだか、日本の浴衣地を自分で仕立てたシナ服を着る日本人の女の人たちがいて、外地の住民の戦時下のケンヤク精神のあらわれとかなんとかってことらしいけどそれならアッパッパのほうがずっとまし、浴衣地はシナ服を裁つ幅がないから真ン中を手縫いで縫い合わせて、おおきなお尻を浴衣地の四幅の中に詰め込むものだから、お尻の縫い目は開いてしまうし、もともと木綿のシナ服の生地は織目のつんだしっかりしたものなのに、浴衣地は薄いし、まして古い浴衣をほどいて仕立てるのだから、目もあてられない、色のあせた白地のおむつみたいな浴衣のシナ服からズロースが透けてみえるし、中国人はさぞや馬鹿にしてたでしょ、北京に訪ねてきたねえさんとこれを称して「国辱」といわずしてなんの「国辱」ぞって（荷風が不快そうに戦中の日記の中に書いてるっていう、モンペに包まれたおおきな平べったい鈍重そうなお尻も醜悪だけど）、こっちのほうがもっとはるかに、人を馬鹿にしてる、と怒ったものだったけど――あたしは淡いピンクのボタンの花が地紋織で浮き出している絹に黒いパイピングを打あわせとスリットにやって、飾り紐も同じ黒のシナ服をトンアンシーチャンの専門店で拵え、白い羽二重が裏地になって、全部手縫いでそりゃあきれいなシナ服だった、ねえさんは銀灰色のバラの地紋の生地で仕立ててもらった――マチダさんの奥さんは、大阪の人でケンヤク家だったけど、御年賀の手ぬぐいをはぎあわせてダンナさんの寝間着は拵えても、おむつみたいな、シラミが織目を自由に出入りできそうな生地でシナ服を作るような人じゃあ、なかったと言い、父はそうそう、マチダさんの奥さんは眼鏡をかけていて、なんとかって女優、松竹の、ふけ役の、ヨシカワミツコに似てた、と言う。高校生の男の子は、母親に見えるくらいの年配の年の離れた姉さんと一緒にやってきて、姉さんはあちらで家族がお世話になりながら御挨拶にも伺わないでとクドクド語り、主人の田舎がこの近くで、つぶしたニワトリをとどけてきたからと油くさい匂いのする麻袋に入った丸いかたまりを置いてゆく。バリカンで刈りあげたばかりの青っぽい丸坊主の高校生になっていたのだから昔の話しをすると、すごく恥しかったというのだが、その子はどこで覚えたのか、多分、お酒の大好きだったマチダさんが上機嫌に酔っ払った時に教え込んだのだろうけれど、お客が来てマチダさんメートルが上ると、姉さんの銘仙の赤い椿かなにかの柄の羽織を後前に着て、毛の長い中国犬の毛皮で作った丸いドーナツ形の防寒用の耳あてを付け、クーニャンの二つのお下げを耳の上で丸めてとめた髪型に見立てて歌をうたうのだ。わたしゃ十六満州娘はーるよ三月雪どけにインチュウホゥアがさあいたあなーら、お嫁にいきますぅ隣村ワンさん待っててチャブダイネ、と、当時八歳か十歳にはなっていたのかもしれない男の子は歌い、中国の建物に畳を敷いて日本式にした部屋にはお客用と家族用のチャブダイが二つ置いてあるのだったが、父親と客はパイカルと蒸した豚の耳や鼻の置いてあるチャブダイであぐらをかいているから（いつものロシア文学と中国文学についての議論を、中止して）、もう一つのチャブダイに、王《ワン》という名前のペキニーズの雑種が跳びのってワンと吠え、男の子は犬におじぎをして二番を歌う。ドーラやタイコにおくうられなっがーら、はーなのマーチョにゆられてーく、はあずうかしやら、うーれしやら、おっよめにいく日の夢ばかりー、ワンさんまっててチョンマゲネ。犬は今度はチャブダイから跳びおりて伏せをし、ワンワンと二度鳴き、男の子も二度おじぎをして、三番を歌う。ゆーきよ、こおりよ、つっめたいかーぜえは、きーたのロシアで、ふっけばよおいはーれぎもハハとぬうてーまつ、まんしゅのふぶきよとんでこい、ワンさんまっててチャブダイネ、で、白と黒の混ったふさふさした尾をせわしなく振って待機していた犬は再びチャブダイに跳びのってワンワンワンと三回吠え、男の子は、椿の関西好みに派手な柄が、鮮かなオナンド色の地に赤と白と黄と緑で染めてあるので、南半球の熱帯の密林に住んでいる大きなインコかオウムのように見える羽織の袖に通した腕を胸の前で組みあわせてシナ式のおじぎをし、シェイシェイ、シェイシェイと客たちの拍手に応える。その子はもう高校生になっているので、そんなことは忘れたし、満州娘の歌も覚えてない、と答え、学校の美術の授業で作った緑色の八角形のボール紙製の小さな箱に赤いオウムをデコパージュした精巧な細工物を私にくれたのだが、私は何度もその話しをきかされたので、いつの間にかそれが自分だったような曖昧な気持になってしまう。あんたが歌ったのは「南の花嫁さん」で、引き揚げの時に中国兵にとられないようにおむつの間に入れて隠して持ってきたピンクのボタンの花の地紋で黒いパイピングのあるシナ服を着て、あんたが歌ったのは「南の花嫁さん」で「満州娘」ではない、「満州娘」も歌ったかもしれないけれど、それは北京でのことではないし、マチダさんの息子でもない、マチダさんは学校の先生ではなくて、軍の関係の仕事をしていたのが東亜新報の資材部にきて、大きな顔をしていられる資材部の部長なのに、やけに愛想よく記者とつきあいたがるので特高のスパイだという噂があったので、あたしは大嫌いだった、あんたのパパはそんなのは単なる噂だって言ってたけど、と語り、あんたのパパと結婚する前に好きだった人からプレゼントされた小さなルビーの指輪を、引き揚げの時、使いかけの石けんを水に漬けて柔らかくしておいてその中にめり込ませて隠して持ってきたのに、あんたのパパがそれを質屋に入れて流してしまった、と文句を言い、あたしが死んだらこの家は壊してしまえばいい、それが一番いい、と、一人でうなずく。丹念にニスを塗り重ねて、ウルシのようにつやつや光る緑色で八角形の赤いオウムがカゴの中のとまり木にとまっている絵を同じ形に切ったボール紙に張り重ねてあるので絵の部分が盛り上って見えるその小さな箱に、私は陶器のオウムをていねいに真綿にくるんでしまい込む。

そうしたはずだし、そうしたのだ。

ジャニー・ギター

どんな具合に池に落ちたのか、と訊かれたと思ったのだ。

竹馬にはじめて乗った時はどうということもなくすぐに歩きはじめることが出来たのだったが、何度やってもなかなかお皿の部分にボールが載らないケン玉で遊んでいると、母親はブキッチョな子だと笑い、「変に不器用で動作がぎこちなかった」父親のことを持ち出し、運動神経はさっぱりなのだけれど、そのくせ奇妙に手先の器用なところがあの人にはあって、糸が切れてバラバラになった真珠のネックレスの、両端の小粒なものから中心の一番大きな珠に向って大きさの違う珠がグラデーションになっているのを、鉄の火箸の入っていた細長い桐の箱の中に半紙を畳んで珠が一列に並ぶくらいの幅の溝《みぞ》をこしらえ、真珠の粒を大きさの順に並べて、ロウを塗って二本どりに撚りあわせて丈夫にした白い絹の穴糸を通して修理してくれたことがあると語り、淡いピンクがかった色の真珠のネックレスなんか少しも欲しいと思わなかったのに、かあさんの親類からやっと手に入れて、四里も離れた山の村から自転車で運んできたお米と野菜とトリと卵の半分を、引き揚げの時に同じ列車だった人が子供を大勢抱え乳児もいるのに妻の体が弱ってお乳がでないと嘆くので分けてやってしまい、そのお礼に野暮ったい柄の縮緬の友禅の巾着のような袋に入った糸の切れた真珠のネックレスを持ってきたのだ、と言う。赤い地に白と紫の乱菊の模様の古い縮緬で裏地は紅絹《もみ》の細かい針目で縫った小袋に入っていた糸の切れたネックレスは、子だくさんの中年の夫婦がずっと昔新婚旅行で行った上海で、アメリカ人の若い水夫から買ったものだ。もちろん、ネックレスの糸は切れてはいなくて、濃いエンジ色のヴェルヴェットを張った平べったい、小さな銀製の繊細な細工の蝶番《ちょうつがい》で開閉の出来る蓋のついた箱に入っていて、蓋の内側にはベージュのモアレが張られて、金箔でミキモトのマークが押してあり、若い水夫（『港々に女あり』の若くたくましく美しいヴィクター・マクラグレンのように凄く大きい胸板の）は、アメリカの田舎町で自分を待っている婚約者《フィアンセ》のお土産に神戸で真珠を手に入れたのに、上海に着いてみたら、彼女から手紙がとどいていて、申し訳ないけれど、もうあなたを待てない、自分は結婚したと書いてあったから、もうこのネックレスは不用で、船乗りで男らしく稼ぐ自分を振って、故郷の田舎町で父親の経営する雑貨店で働いて、いずれは店の経営者になる地道な眼鏡の男との結婚祝いに贈って、自分の鷹揚な男らしさを見せつけてやろうとも思ったが、そんな見栄を張るのより現金が必要なのだ、と若い男は言い、品物は上等だけれど、ケチのついたいわくのある物だから安くしておく、と言ったのだそうだ。船員のクセのある英語を通訳してくれた中国人のホテルのボーイは、このての売り方には箱《ケース》だけ本物で中味は偽物という場合《ケース》の方が多いのだが、この真珠は質のいい養殖で買得だと断言するので、つい買ってしまって、結局、こっちに帰ってからお定りの質屋に持って行ったところ、養殖は養殖だけれどミキモトの品などではないし、質のいい物でもないし、糸も切れていて修理代も必要だからそうは出せないと言われたものなのだが、という説明つきで、お米と野菜とトリと卵のかわりに、あの人はもらってきた、と母親は言うのだったが、それは、入学式か葬式の時に、ウエストを絞ったデザインの黒いウールのスーツを着た母親が首に巻き、うなじの尖《とが》った骨のところで両手の指で押さえているネックレスの、釣り鉤《ばり》のように先のところが曲った銀色の薄い小さな金具を、もう一方の端についている爪くらいの大きさで、句点ほどの大きさの小さな真珠の粒が周囲を取り巻いている百合の花のようにも魚のようにも猫の耳のようにも見える留具の受けの穴にすべり込ませるようにして差し込み、パチリともピシッ、ともきこえる軽く響く音がするまで指の腹で押すようにして留めてくれるように私に頼む時に――それとも、それとは反対の手順で指を動かして、留具を外す時だったか――聞かされた話だったろうか。そんなに高い物ではないにしても、ガラス玉を真珠色の塗料で染めた模造真珠ではない養殖真珠なのだから（それも、苦労して持って来たおついの大島と交換したお米と野菜とトリと卵の半分のかわりにもらった）、いつかあんたのお嫁さんになる人に、これをあげる、と母親は言うのだ。

　だから、それはケン玉で遊んでいた時で、鼓のかたちをした胴の左右にある受皿の小さい方の受皿にボールをなかなか載せられない私に苛立って、ブキッチョな子、と言い、コツを呑み込めたら簡単に出来るのだと何度も言って、自分でやり方を見せるのだが、糸のさきにぶら下った木のボールは素早く引き上げられて、それほど大きな動きをするわけではないのに、するりとすべるように胴の受皿に載り木と木のぶつかりあう軽く心地良いかちゃりという音をたてるのに、私は何度繰りかえしても、玉が木の皿の横にぶつかって落ちてしまう。コツを呑み込んだら簡単なのだと口にしながら、何がコツなのか母は言葉でうまく説明することが出来ないので、あたしのやり方をよく見るように、あたしだっておばさんだって、人に教えてもらったわけじゃない、上手な子がやっているのを見て、なんとなく見よう見まねで覚えたのだと軽く溜息を吐き、腕をそう乱暴に動かして玉を引き上げると、真っすぐに垂らした糸と玉が揺れて安定が悪くなる、腕を動かすのじゃなく、腰を使って体全体で調子をとりながら、ヒョイと玉を持ちあげて、その下にすっと皿を静かに平らに置けばいいというか、皿は本来、玉の下にあるはずなのだと母親は言い、それから、ケン玉が出来ないからって、別にそう大したことじゃないのだし、それに学校の休み時間にケン玉をみんながやっているのに、あんただけが出来ないというのだったら、かあいそうだから教え方を考えて工夫するけど、流行ってるわけじゃなくて、たまたま死んだ兄さんの荷物の中からこれが出て来たので、昔とったキネヅカで、今でも体が覚えてるかどうか試してみただけなんだから、興味が無ければやらなくてもいいのだと言うのだが、軽く苛立っている様子が伝わってきて、というか私の投げやりに手を動かすだけのブキッチョさにあきれているのだ。だから、どうして池に落ちたりしたのか、いったいどうやって落ちたのかと質問するのだが、もちろん、私にはうまく説明することができない。

学校の帰り、お寺の庭の池のコイに給食で食べ残した薄甘いサッカリンの味のするコッペパンをやることを思いついたのは、いつも群青色の地に胸のところと袖のところに黄土色の縞が二本編み込みになっているセーターを着ている太った男の子に誘われたからで、その子の姉さんは洋画専門の銀星座の切符売り場で働いているものだから、いつもタダで銀星座で上映している映画を見ることが出来るのを自慢にしていたのだったが、本当のところは、自転車屋の店のガラス戸の入口の横のモルタル壁に取り付けられた水色のペンキ塗りの木の枠に毎週新しく張り替えられる東映と大映の時代劇のほうがずっと好きで、町角の目立つ場所の丁度いい空いた壁のある商店と映画館はケイヤクしてポスターを張るのだが、そうすると毎週二枚か三枚、あるいは交渉によってはもう少し多くて、五枚か六枚くらいの切符をタダでもらうことが出来るのだといういうことを教えてくれる。ジャムかマーガリンでもついているのならともかく、煮込みうどんに何も塗ってないコッペパンなんて食えたもんじゃないから三分の一も残っている、と、銀星座の黒と緑色のタイルで飾って黒い模造大理石の小さなカウンターのある切符売り場で、大人と学生と小人と夜間割引きで、三色に色わけされている切符（フジ色にスミレ色の文字の印刷、桃色に赤い文字、若草色にオリーヴ・グリーン、最終上映の一本だけを見る夜間割引きの切符はフジ色にスミレ色で印刷してある大人用の切符に割引という赤い判子が押してある）を売っている、化粧が濃すぎてパンパンみたいだと母と伯母の言う切符売り場の娘の弟は言い、捨てるのももったいないから寺のコイにコッペをやろうと思いつき、それから、もし十円持っているんだったら、肉屋でコロッケを二つ買ってソースをかけてもらって二つしか買わないからキャベツは付いてこないだろうが、給食の残りのコッペにはさんで食べられるのだけれど、自分は五円も持っていない、おまえはどうだと訊くのだが、私のズボンのポケットにはキャラコのハンカチと濡れたアスファルトの上に滲んでいるガソリンの油膜のような青っぽい虹色をした、パイプを咥えたポパイの顔が線描きで浮きあがった模様になっているガラスの石けりと、リリアン編みの木製の筒と、くしゃくしゃになった青っぽい一円札が三枚入っているだけなので、そうすることは出来ず、コッペパンはコイに投げあたえることになる。映画館の株主にも、タダの切符が配られるのだと切符売り場の娘の弟は言い、銀星座と東宝と日活のポスターの張ってある飲み屋のおばさんは、そんなもの見たって無駄だといって映画を見ないので、三館のタダ券を半額でお客に売っていることや、二階席にはアベックがいやらしいことをしているので、それを見に来るやつがいるということやらを話し、今度、銀星座のタダ券をやる、と約束する。水色のペンキ塗りで上の方に雨除け用の小さな幅の狭い木の屋根が付いているのだけれど、小さすぎて雨除けの役を少しも果さないから、ポスターは大雨の降った後ではびしょびしょに濡れ、饐《す》えたような匂いのする小麦粉の糊が溶けてベロリとはがれ、下から先週の映画のポスターが見えているのがそのままになっていて、自転車の荷台に丸めたポスターの束と刷毛の入った臭い糊の缶を乗せたポスター張りの男がその上から新しいポスターを張るので、何枚も重なったポスターは糊でガバガバして派手な鮮やかな色彩の女優の顔の表面にはデコボコが浮かびあがっていてゆがんで見えるのだが、むろん、そんな事は誰も気にしたりはしないし、映画館の入口の看板屋がペンキで描いたスターの顔が、映画雑誌の後のほうのページに小さく載っている鉛筆で描いた似顔絵とか、夜店で売っている木で出来た腕が動いて元の図をなぞると図案そっくりに拡大する図形拡大機の宣伝用に張ってある映画スターの顔と同じように、それはそれなのだし、隣りの家の女中さんは、御用聞きに来る魚政の次男に、夜店で買った拡大機で描いた東千代之介の似顔絵をプレゼントされて、あの人、芸術家なんです、と感激して魚屋にお嫁に行ったのだ、と伯母と母はクスクス笑うのだが、私は魚屋の次男にもらった2Bのデッサン用鉛筆で描いたモーリン・オハラの小さな似顔絵——木の腕木の動きが原画の上をなぞる金具の動きを別の紙の上に鉛筆で透きうつす拡大機を逆の方向に使って描いた——を父親からとどいた小包の中に入っていたイギリスのビスケットのきれいな缶——薄いクリーム色の背景に水色のリボンを首に結んだ赤茶色のトラ柄の猫と赤いハンカチを巻いた黒と白のブチの猫が向いあって後足で立ち上り、前足をのばしてアーチを作っている下を、白と黒のトラの小猫が走り抜けている絵が印刷してあって、まわりにはアルファベットの文字が並び、ロンドン・ブリッジ・イズ・フォーリンダン、フォーリンダン、フォーリンダン、マイフェアレディ、と書いてあるのだと伯母が説明し、母は戦前のニュース映画でロンドンの小学生が地下鉄にガスマスクを着けて避難する防空演習を見たと言い、かん高い声の男のアナウンサーのナレーションで、空襲にそなえて小さな勇士たちも真剣そのものです、という説明が入ってバックには、この歌が流れていた、残酷よね、発想が、と言う——の中に、仕上った洋服用の箱に使う半透明の薄葉紙に包んでしまっておいたのだ。あの子があんたを池に突き落したのではないか、なんだか乱暴そうな子だし、よくクラスの子とケンカをして泣かせたり、女の子のスカートをめくったりするという話しを耳にしている、と母親が言い、伯母は、いわゆる「問題児」ね、とうなずいて「光」の煙を吐き、だからって、なんでその子がこの子を池に突き落すのよ、ケンカでもしたんなら別だけど、もし、そうだったとしても、何かのはずみでしょ、だってそうじゃなければ、あの子がこの子のランドセルと濡れたソックスを木の枝にぶらさげて持って、家まで送って来るかしら、と言い、どうして池に落ちたのか、誰も怒ったりしないんだから、ほんとのことを言いなさい、と少し笑う。池の水は夏の間に繁殖した水藻と水草と水底の泥に溜った腐敗臭が混りあっていて、池にすべり落ちた時に尻もちをついてしまったので、白い新しいズックの運動靴と灰色のフラノの半ズボンの全体が、黒い泥と濃い緑色のヌルヌルしたものがこびりついて汚れ、切符売り場の娘の弟は、風邪をひくからズボンと中に水の溜った靴と靴下を脱ぐようにと言うのだったが、ズボンを脱いで全体が微かに湿ってところどころ緑色の濡れた汚点のついているキャラコのパンツで道を歩くのはいやだったからズボンも脱がなかったし、半年もたたないうちに足が大きくなるのだからといって少しサイズが大きい運動靴の中には水が入ったものの毛糸のソックスにまで滲み込んでいなかったので、ズックの中に入った水を捨てて、大きな穴が開いた爪先とカカトの部分をカーネーション色の毛糸で編み直した霜ふりのチャコールグレーソックスをはいたまま濡れた靴をはいたのだが、歩いているうちに靴の中に残っていた水が足のうらに押されて毛糸に滲み込んで、足が水でぐにゃぐにゃにふやけそうになってくすぐったいので途中で脱いでしまい、切符売り場の娘の弟が小石だらけの乾いた道端に落ちていた二股に分れた木の枝をひろい、二つに分れた枝に一つずつソックスを差し、日本では雪村いづみが歌っていて、姉さんが友達の持っているレコードの歌詞カードの英語にカタカナのカナが振ってあるのをノートに写して、姉さんはそれを丸暗記しているから英語で歌えるのだと弟は自慢してメロディーをハミングしてところどころを覚えている歌詞を口ずさみ、中学生になったらギターを買うのだと言う。プレザギャタプレザゲン、マイジャニー、もいちどきかせてマイジャニー、メビユコー、バユルソーワムインサー、アイワズアルエーアフー、マイジャニギャターと歌えることは歌えるけれど、伴奏のギターがないと気分が出ないし、姉さんの彼氏はギター弾きの人で、片目を戦争で失くしたので義眼を入れているのだけれど金縁の青いレンズの色眼鏡をかけていて、ショーヘイの人たちも、そういう色眼鏡をかけているけれど、そういう人たちが弾くのはアコーディオンで、ここはおくにをなんびゃくり、とかなんとかって野暮ったい曲だけど、その人はギターでヨーガクを弾いて、ジャニー・ギターも凄く上手で、姉さんはそれを聴くといつも泣けてしまうと言うのだ、と話す。今のお嫁さんと離婚して二人は新天地の大阪に行くことになっている、だから、そうなると銀星座のタダ券はもらえなくなってしまうから、今のうちだけなのだ、と弟はもったいぶって、声をひそめて告げる。子供だけで映画を見に行くのは、ちょっと考えものだと祖母と伯母と母は言い、モギリの娘がその子の姉さんだっていうのだから、まあ、あれだけど、でもねえ、と三人とも、曖昧な口振りで、はっきりと行っていいともいけないとも答えず、マッチ箱くらいの大きさの上下が切手の縁のようにギザギザになったミシン目のある薄っぺらな水色の銀星座のタダ券は、母親がエンジ色のガマグチの中にしまって、それきりになってしまう。銀星座の中二階には二階へ通じる階段の下に水色の木で出来たアイス・ボックスとガラスの小さなケースの置いてある売店があって、売り場のおねえさんは、切符売り場の娘の親友だから、時々、薄緑色の厚ぼったいガラス瓶に入ったラムネと三角形の透明なセロファン袋に小さく折り畳んだ、くすんだ桃色のおみくじが一緒に入っている一袋二十円のお好みあられをおごってくれるし、桃色の紙のおみくじには、六つの四角の中においなりさんのおつげが書いてあるのだけれど、それを知るためには、紙の真ン中に描いてあるおいなりさんがとがった口に咥えている巻き物に、マッチの火を直接点けるわけにはいかないのでタバコの火を点けて、眼には見えないようにあらかじめ塗ってあるロウがチリチリ細い赤い火の線になって燃えながら消えたところがそれなので、映画館で誰かタバコを吸っている人に、ここに火を点けてくれるように頼まなければならないのだが、たいていの大人の男は面倒臭そうな態度で、子供がこんな映画を見てこんな物を買って無駄づかいをしていいのかってイヤガラセを言ったり、もっと、いやな奴はおみくじを取りあげて返してくれないけれど、売店のおねえさんがタバコの火を点けてくれるから安心だし、おいなりさんの口に咥えた巻き物からチリチリ焦げながらアミダクジのように折れ曲った焦げあとをつけて紙が燃えて行くのを見るのが面白いので、訳のさっぱりわからない迷信のおつげの内容などは、どうでもいいのだ、と説明してくれたのだったが、それから、その翌日だったのか、一ヶ月あとだったのか、夏休みが終った時だったのか、その子はいなくなってしまう。八月のお盆の時だったんじゃあないの、ぜんぜん面白くなかったけど『白鯨』が特別料金でいつもより入場料が高かったし、お客が一杯入ったから、入場料をかっぱらってギター弾きとドロンしちゃったのだって銀星座の奥さんが言っていた、ノウイッケッツで寝たきりのおかあさんと弟を置いて、ギター弾きの奥さんも赤ン坊と置きざりにされて、事情を聞いてあんまりかあいそうなので銀星座の切符売り場で働かせることにしたけど、ダンナを盗って逃げた女の着ていた制服の上っ張りを着せるのは哀れなんで、新しい上っ張りを、お宅に拵えてもらうような上等なものじゃないから、あたしがミシンで縫ったのよ、と銀星座の奥さんは語り、民生委員もやっている母子寮の寮長さんと母子《おやこ》の身の振り方を相談していたら、腕にイレズミのあるテキヤみたいな感じの（ちらりとアロハ・シャツの袖口から見えたのだ）長男という人があらわれて、オート三輪に母親と弟とほんのちょっぴりの家財道具のようなものを乗せて、そのまま排気ガスと砂けむり立てて行ってしまったそうだ、と伯母が話すので、どうするんだろう、どうなるんだろう、あの子、と母親は言い、アンタンたるものがあるわねえ、と溜息をつき、こんなことだったら、あの時、映画を一緒に見に行かせてやればよかった、と言いながらピケ織りの黄色いチューリップのアプリケがポケットになっているエプロンから、小さなガマグチを取り出し、水色のタダ券を取り出して、ほら、と私に渡してよこすのだが、月曜日に私たちは学校をさぼって、午前中の最初の上映の回からずっと、昼間の間は誰もいなくてガラガラ空きの二階で、青い色眼鏡をかけたギター弾きが近くのお寿司屋で買ってきてくれた助六の折詰めを食べながら、その週の特別に三本だて映画とニュースとおまけに上映されるバックス・バニーのマンガを見ていたのだ。私たちは切符売り場の娘の弟が姉さんからくすねてきたタバコを吸い、ひどく咳き込み、黒と赤い布地が二重になっている遮光カーテンをパタパタさせて煙を外に出し、前の座席の背もたれに伸した足を載せて、もう上映が始っているスクリーンの中では、荒れた岩場を主人公の冴えない男が馬で越えると草地にいじけた木がまばらに生えている狭い窪地に出て、そこには小さな川が流れていて高い切り立った崖になっている岩場から滝が落ちている。一見、何でもないただのありきたりの滝なのだけれども、孫悟空の住んでいた花果山の水簾洞やトム・ソーヤーが見つけた滝の後に広がる鍾乳洞のように、流れる水の簾《すだれ》というかカーテンのような滝を通りこすと奥が開けていて崖の後に続く山に通じる小道があり、川の方からは決して見えない盗賊団の隠れ家があり、その映画が、複雑にからんだ複数の男女の何年にも亘って続いた愛憎と激しい嫉妬の物語なのだということなどわかるはずもないし、前に見た、年を取った女が黒っぽいふわふわした羽根か毛皮の飾りのついたドレスの裾を持ちあげるようにして膝を組み、いかにもドレスとは不釣合いな、けれど、特別な舞台衣装としては魅惑的な華奢で豪華な装飾のあるカウボーイ・ブーツをはいた長く美しい脚を見せ、無頼の男たちであふれた酒場でギターを弾きながら、低くふるえるような甘美なかすれ声で歌をうたう映画と、中年の女が白いドレスを着て人気《ひとけ》のない酒場でピアノを弾き、暴徒に追われて逃げ込んできた少年のような若い無法者を、大きく広がって何ヤールも何ヤールも白いジョーゼットを使ったのに違いないと伯母の言っていた大きな落下傘のようなスカートの中に隠す映画の、両方で男たち（年齢はよくわからないけれど、冴えない感じで、腰に拳銃を吊って、拍車のついたブーツをはいたガンマン）が女のことで争うので、様々なシーンの断片がどっちがどっちの映画の中でのことだったのか、ごっちゃになってしまう。それから、戦後のドイツで、病気の父親を毒殺した孤独な子供が焼けあとの建物の窓からとびおりて死ぬのを見て、その後でクレイジーな出っ歯のウサギがかん高い奇声を発して跳びまわるマンガを見る。

泉の乙女

「泉の乙女」の役を踊ったのはバレエ団のプリマダンサーで、あたしは「村の娘」だったけれど、「泉の乙女」の次に踊りの多い準主役だったし、プリマダンサーの八重垣いづみはバレエ団の主宰者の娘でプロのバレリーナになるように生れついていたのだから当然のことだったし、その頃もそうだったし、今考えてみてもそうなんだけれど、あたしはプリマになりたいなんて、はなっから全然思わなかった、と、母は言い、アンナ・パブロワの孫弟子のバレエ教室に通っている銀星座の館主の娘が隣の市の公会堂のバレエ公演で着る、淡いバラ色のクレープデシンの衣装にマーガレットの造花を縫いつけながら、軽いため息をつき、昔、バレエ衣装専門の職人の上野にあった仕事場に行ったことがあるけれど、そこにあった仮縫い用の人型はロシア製で、洋裁に使う標準形人型は日本女性の体にあわせて作ってあるから当然なのだけれど、それに比べるとあんまり細いのでびっくりしたものだと笑う。銀星座の館主の娘は、もちろんプロのバレリーナを目ざしているわけではないのだが、小学生の頃からアンナ・パブロワの孫弟子だった人の教室に通っていて、父親は、バレエはブームだし、上品で優雅なうえに日本舞踊などより体を使うから運動にもなるし、長唄で日本舞踊を素人の娘が踊るのはどうかといった艶《えん》すぎる歌の文句が気になるものとは違うし、日本の踊りは、あれはフジヤマゲイシャと言うか四畳半趣味というか、なよなよしていて見るに堪えないけれど、バレエはきっぱりしていて健全でこれからの良家の子女向きである、という考えの持主なのだ、と伯母が軽蔑的に鼻を鳴らすし、下町生れだったかあさんは女学校の一年の時、音楽の授業で初めて、女学生に人気のあった若い女の先生の弾く「月光」を聴いてすっかり感激して、ピアノを習いたいと言ったら、おじいちゃんが、仮りにおれが脳溢血でたおれて、奥の座敷で寝込むことになったような時、娘が習った音楽を聴きたいなと思っても、奥の座敷にピアノを運び込むのには店の従業員が何人も必要で大騒動になるけれど、三味線だったら、ひょいと抱えてお前さんがおとっつぁんのところに来ればいいんだから、三味線におし、と反対されたのだか説得されたのだか、納得したようなしないようなまま、結局長唄を習うはめになってしまったけど、せめてマンドリンを習いたかったのに、ほんとに旧弊なおとっつぁんが口惜しかったから、あんたたちがピアノをやればいいと思っていたんだけど、バレエでも、まあ同じようなものかといつも言っていて、おじいちゃんはおじいちゃんで、お前たちのおっかさんは少し音痴なのか三味線がカラッ下手で、あれじゃあピアノをやったって駄目だったろう、テニスは上手いんだって自慢してたけど、と笑っていた、とクスクス笑いあう。『くるみ割り人形』から幾つかの場面を踊る公演で、「花のワルツ」や「コンペイ糖の精の踊り」の群舞用の衣装は東京の専門の舞台用貸衣装屋を使うのだそうだけれど、銀星座の十四歳の娘はマリー役で、父親に言わせるとバレエ教室のプリマとして、アンナ・パブロワの孫弟子のバレエ教師が大変力を入れていて、王子とのパ・ド・ドゥ用のギリシャ風スタイルの膝が隠れるくらいの長さのドレスを作って、記念のために残しておきたいと言うのだ。バレエ教室の先生と一緒に採寸にやって来た娘は背丈はそう高くはないけれど、頭と顔が小さくて手足の長い華奢な娘はウエストが五十三センチで、バストが六十八、腰が六十七しかない、いわゆる小妖精とでもいったような無口な美少女で、顔は、父親にいわせるとマーガレット・オブライエンに似ているということになるのだったが、伯母と母と祖母の意見は、ちょっときつそうな顔立ちがポーレット・ゴダードか『赤い河』のときのジョーン・ドルーに似ていて、マーガレット・オブライエンとはまったく別のタイプで、映画館経営《やって》るのに、あの親父は映画を見たことがないのだろうと言いあう。ポーレット・ゴダード（か、ジョーン・ドルー）に似た美少女のバレエの才能については、踊りを見たことがないのだから判断の下しようはないけれど、でも、あの娘《こ》はちゃんとしたバレリーナを目ざすべきだし、そうでなくてもあのスタイルだもの、ファッション・モデルになれると伯母と母は言いあい、淡いバラ色の胸と背中を大きくカットして小さなランプ・シェードのような袖のついた、胸のあたりの高い位置の切りかえにクレープデシンの生地よりも少し濃いバラ色のサテンの飾りリボンを縫い込んで貝殻骨の形が浮き出ている背中で蝶結びのリボンが長く垂れているマリーの衣装の仕上げをつづける。あたしが舞台で踊ったのは、「花のワルツ」と創作バレエの「泉の乙女」の村娘だけだったし、南太平洋のどこかの島の話だから村の娘の衣装は、バレエというよりも、フラダンスの腰ミノ風で、振り付けと演出もして主役の酋長のアキを踊った袖川先生が、もちろんゴーギャンの絵をもとに衣装をデザインしたんだけれど、あたしはとても好きにはなれなかった。母はドレスに灰を落としたりしないように、煙草を吸うために隣の茶の間に行き、風呂から上って丁字の香料の入った石鹸の匂いをさせて浴衣を着た祖母が、精が出るねえ、もう今夜はやめて、一風呂浴びたらどお、と声をかけ、伯母は、淡いバラ色で細い細い筋状のシボが小波のように揺れて透きとおるクレープデシンの軽いふわふわしたドレスの肩のところを両手の指でつまみあげるように持ちあげ、私に針に糸を通してくれるように言ってから、もう少し、もうあと六十センチくらいで裾の巻きぐけが終了《ワンラ》だから仕上げてしまうと答え、手もとを照している電気スタンドの眩しい光のせいでバラ色の雲のように微かに輝いているドレスをふわりとテーブルの上に載せ、左手の親指と人差指で眉毛の付根をもみ、眼を閉じてまぶたを何度か軽く押えてから、てのひらで軽く何度もなでおろし、首を回しながら肩を揉んで、ああ肩が凝ってる、と言うので、祖母はもう一度、今夜はそこまでにしておいたらどおなの、根をつめちゃ体に毒だよ、と言いながら、タオルをかけた肩から胸の方に長く垂れているフノリで洗った髪にクシをあて、そうやっている祖母を見るのは珍しいわけではないのに、いつもは後頭部にうねうねと丸めて何本ものピンでとめている髪が長いまま、片方の耳と首を見せて胸の前に垂らしていると祖母はひどく若く見えて、なんだか変なのだ。それから私は、アルミの半球の形をした笠の蛇腹状になった首を曲げると光源の角度を変えることの出来る電気スタンドを自分の眼の位置にぴったりくるように調節してから、淡いバラ色のつやつやした絹糸の巻いてある小さな木製の糸巻を手に取ってとても細くてキラキラ銀色に輝いている針は、小さくて眼をじっと凝らさなければ見わけることが出来ないし、見わけるためにじっと見つめていると、ぼうっと眼の前がかすんで寄目になってしまい、左手の指に持った針が揺れて何本もの光った線のようになってしまう針の糸通しの穴――老眼の出かかっている伯母は小さな糸通しの針の穴のことをラクダが針の穴を抜けるのと同じくらいに困難な狭き門と冗談のつもりで言う――も、糸の先を少し唾液でしめらせて指で縒ってとがらせた淡いバラ色の細い絹糸も、太陽の光線のなかで見るクモの巣の糸のように透きとおって輝き、ほとんど透明な光の細い細い線のようになったかと思うと、ぼうっとした淡い曖昧なリボンのようにふくれあがったりするので、とても難しい糸通しの作業にとりかかる。木製の糸巻に巻いてある縒りの強いミシン糸を、繊細な薄い優美な布地にあった細い針の穴に通し、縒りが強いうえに木製の筒型の糸巻に巻かれているので癖がついていて一本にひきのばすとクルクルと丸まったコイルのように輪っか状になっている糸を針の穴からそっとひいて、テーブルの上の針山――コティの白粉のパフの図柄のつや紙を張った丸い紙箱の中に茶色のモスリンで包んだ、椿油で手入れをしている祖母の脱毛が、一本一本の長い髪の表面を覆った椿油で針が錆びないというので入っていて、モスリンの織り目に何度も刺して針目の穴があいたところからかたい髪の先がピンピンとび出ていて、なんとなく汚い感じがするのだけれど、脱けた髪は食物の中に混って咽喉にからまったりしたわけではないのだから、むろん、そのことについては口を閉ざしつづける――に刺し、そのまま糸をひいて二本目の針に糸を通して針山に刺し、同じようにして五本の針に糸を通して針山に刺すと、伯母は針一本につき五円也を支払ってくれるので、母は、いくらなんでも高すぎる、一本一円で充分、と文句を言い、ねえさんはこの子を甘やかしすぎるんだから、と嘆く。かあさんだって、肩たたき十分で十円この子にあげるし、お金をもらわなければ家の仕事をしない習慣になってしまうではないか、と言うのだ。

バレエの『くるみ割り人形』を見たことはないし、「花のワルツ」の古いレコードがあって、ジイジイとオケラの鳴く音のような雑音の入るレコードを母は時々チクオンキにかけて聴くことがあるのだが、マリーと王子の踊るパ・ド・ドゥの曲のレコードはなかったので、淡いバラ色の高貴な美しさで透きとおる優雅なクレープデシンを二重にかさねて流れるような豊かなドレープが波打つスカートに背中から垂れた、トゥー・シューズと同じバラ色の繻子《しゅす》のリボンをきらきらと軽やかにひらめかせて、一度も見たことのない話しのなかだけで聞く銀星座の館主の少しも父親に似ていないし、マーガレット・オブライエンにも似ていない美少女が王子様とどのように優雅にあるいは激しく踊るのか想像もつかないのだけれど、淡いバラ色のギリシャ風スタイルのドレスの胸高の位置にあるウエストの切りかえにつけられたサテンのリボンは、熱のある悪夢のようなものがたりの中で、兄のフリッツの乱暴なあつかいのせいで、小さな歯が三本欠けて下あご全体が外れてぐらぐらになってしまったくるみ割り人形の看病のために、マリーがいつも腰に着けているすばらしく美しいすべすべとつめたい絹のリボンを外して傷を負った顔の周囲にやさしく巻いてやった包帯としてのリボンのことなのだろう、と私は考える。いや、そうなのだと熱心に思った。

昔、北京のコットゥ屋でパパがしんちゅう製のリスのかたちをしたくるみ割りを買って来た、というのも、あんたがお腹にいた時、無性にくるみが食べたくて、ひっきりなしにくるみを割って食べていたから、しょっちゅう、胃がムカムカしていたけれど、それでもまだ食べたくて、それまで使っていた簡単なペンチのような作りの金属製くるみ割りがこわれてしまい、あんたのパパは眼も悪かったし、おかしなくらいの音痴で、身体もひょろ長いだけで丈夫じゃないし、運動神経も鈍いほうだったけど、水泳と歯が達者で、煙草を吸うのに真っ白い粒のそろった丈夫な固い歯でくるみを割ってくれるのだけど、会社に出かけてしまうときみのためにくるみは割れないし、それに毎日何十個ものくるみを割りつづけていたら、どんな丈夫な歯の持主だって、歯が欠けるかアゴの蝶番が外れてしまうということにもっと早く気がつけばよかったのに、くるみを歯で割ると、きみがあんまり嬉しそうにコロコロ笑って眼をキラキラさせるものだから、その顔が見たくて割っていたけれどそろそろ蝶番の限界だね、と言って、可愛いというより、こわい顔をした古いリスのくるみ割り人形を買ってきたのだ、と母は言う。コットウ屋の老主人は、リスのくるみ割りは紫禁城の宦官《かんがん》だった老人から出た品物だから西太后が食べたくるみをこれで割ったのだ、リスは西太后の守り神だったからね、と説明したのだが、もちろんそんなことは作りばなしに決ってる、とパパは嬉しそうに笑った。それだったら、眼にヒスイでも入ってそうじゃないか。小さい尖った耳と、つぶらというより陰険そうな眼付きをしたリスで後肢で立って胸の前にそろえた両前肢には小さな爪まで刻んである悪どいくらいに細い細工のしんちゅうのいいもので、大きな太い先のほうが広がっている毛ばたきのような形の尾を持ち上げると、普通のリスの体のバランスとしては大きすぎる顔の大きすぎる無気味な様子の口がパクッと開いて、そこにくるみを押し込むと、パキッという軽い乾いた音がして、二つに割れたくるみは、どういうわけかとても上手にリスのそろえた前肢の上に重なって載るので、それをあたしはつぎからつぎへと食べつづけ、何度も何度もリスの尾を持ち上げ、リスはしんちゅうの小さな尖った鋭い歯でくるみを割りつづけて小さな前肢に殻を受け取り、それからしばらくすると不意に、あたしはくるみを見るのもいやになって、それから、あんたが生れた。伯母の会心の作のマリーの衣装——淡いバラ色の薄く軽い透きとおったクレープデシンで、細っそりと形よく裾に向って優雅なドレープを波打たせて広がるスカートは見た目よりもたっぷりした幅があるのに、裾のかがりのごく細かな針目の巻きぐけ（それもただの巻きぐけではなく、小さな半円の花びらか貝殻のような縁飾《ヘム》りがずらりと並ぶ巻きぐけのコットヘムという技法で縫った）のせいで、重くならず軽やかなドレープのリズムに揺れ、バラ色のぬめぬめしたサテンのリボンは極楽鳥の尾羽のように輝いて揺れ、大きくカットしたドレスの胸と背の蝶結びのリボンにマリーの無邪気な愛らしさを強調するために母のアイディアで縫いつけたマーガレットの造花は、ドレスの完成後、これがあると少女趣味すぎて野暮ったくて中原淳一になっちゃう、という伯母の意見でとりはずされた——を見るため、私たちは隣の市の県立公会堂に行くことになる。松林に囲まれた敷地に噴水のある四角い大きな池があって、池の正面に、みっともなく物ほしげなアテイネ式の円柱（と、父が言ったのだ）で飾った入口のある県立公会堂があり、公会堂の方から見て池の左側の藤棚の下にはベンチが並んでいて、私たち（私と、父）はそこに座って、公園の売店で買った、バヤリース・オレンジのびんよりももっと細っそりした、優美な曲線が人形の体のように見える薄緑色の気泡の入ったガラスびんのコーヒー牛乳を飲み、白いケシの種子を振りかけて蒸した三角形の黒砂糖蒸しパンを食べ、両方とも甘いので、コーヒー牛乳ではなく、普通の白い牛乳を買えばよかった、と会話の話題がないまま、ポツリと言いあい、はっきり顔を覚えてなどいない父は、微かな記憶にあるのよりずっと頭が禿げていて、濃い緑色のレンズの入った銀色の縁の色眼鏡をかけ、どうしてもきみの顔がみたくてね、と、朝の光がまぶしいかのように(眼を細めて、あるいは、恥しそうに?)笑い、ぐゎっこうはどう? おかあさんもおばさんたちも元気にしてる? と言う。大丈夫、心配しなくても。おかあさんはきみがパパにあうことを御存知なんだから。おかあさんがよく許してくれたと、とても感謝しているんだけど、おかあさんは、会いたくないっておっしゃってね、と父は堅苦しく少し舌をもつれさせたかすれ声で言い、それから私たちは、クラウンに夏用の白いカヴァーを被せたツバのついた制帽をかぶった運転手の運転する自動車で箱根に行ったのだったが、それは祖母と伯母には内緒だったので、母は私が一晩留守にすることを二人に説明するための理由を考えて私に教え込み、私たち(私と、母)は、仲良しの同級生の加山くんのおとうさんが転勤して引っ越すので、お別れの記念に御両親と一人っ子の加山くんと箱根に一泊して遊ぼうと誘われた、という筋を作る。加山くんの一家は本当に引っ越すのだから、もしかして町で、おばさんかおばあちゃんが加山くんのおかあさんに会い、箱根のお礼を言って、相手に戸惑われる、という危険もないわけよ、それに、あの子とあんたは、そうやってお別れをおしんでも不思議じゃない親友でしょ、と、ありもしないことを勝手に決めて母は筋立ての上手さに我ながら夢中になる。藤棚の花の盛りはとっくに過ぎていて、大きなナタ豆のようなサヤが何本も何本も棚からぶらさがり、父は、おおきくなったねえ、と眼を細めてまぶしそうな顔をして、ぐゎっこうは何年生になったのかしら、と言うので、私はそのなまりをクスクス笑った。アンナ・パブロワの孫弟子の教室のバレエ公演のピンク色のプログラムは地味なつくりで写真も絵も印刷されていないのだが、東京のバレエ団から何人かの本格的バレリーナが客演することが記されていて、プログラムを見ていた母が、大きな声で、あらやだ、「泉の乙女」のパ・ド・ドゥをやるのよ、と叫けぶ。絶対、見なくちゃあ。南洋風の花とシュロで作った冠状の飾りを頭にかぶって、前日の夜、何本もの固い三つ編みを作って癖をつけて南洋の女風に縮らした長い髪を垂して、顔も茶色のドーランを塗ってゴーギャンの絵のような化粧で、肌色の全身用のタイツにフラダンスの腰ミノを着けて、レイみたいな花輪を首に下げて、とてもいやだった、馬鹿みたいな振り付けで、ねえさんたら、あたしをからかって踊りの真似をして笑うし、でも泉の乙女と酋長のパ・ド・ドゥは舞踊雑誌に写真入りで批評が載ったりして評判だったのだと説明し、その雑誌はなくしてしまったかもしれないけれど「泉の乙女」の話しが載っている本は、探したらまだあるかもしれないし、第一幕の盗賊たちの合唱と踊りも覚えている。力強きオマタイアヌク、褐色のアヴァーヴァ、背高くそびえるオウトゥートゥ、われらの前にヤシの木の黒い影のごとくそびえよ、眠れる者の眠りを深め、風の眠りを深め、水の眠りを深め、おぐらき夜の闇を深めよ、と魔法使の盗賊たちが歌って踊るのだ。「泉の乙女」のパ・ド・ドゥも話しも好きだったし、あたしにとっては大切な思い出だけど、でも、今回、あたしたちにとっての最大の見物《みもの》は、おばちゃんの縫ったドレスがどんなに舞台で見事に映えるかなのだ、と母は、造花のマーガレットが取り外されたことに少しこだわりながら、わざとらしい浮き浮きした調子で言い、「泉の乙女」が現われる以前は自分の恋人だった酋長のアキの心変りを嘆き悲しむ南洋の島の村の娘の踊りの振り付けを、少しやってみせたのだ。『くるみ割り人形』ならば、ロクマクで学校を休んでいた時、伯母の買って来たくすんだバラ色の表紙の本で読んだことがあって、微熱の浅いまどろみと混りあった胸苦しく気怠い甘美な夢のように——いわば、男の子らしさを欠いたなまめかしさで——残っていて、マリーは、首からはえている七つの頭に七つの王冠を被った大ネズミに襲われ、後へよろめいた瞬間、ガラスをはめ込んだ飾り戸棚に肘を強くあて、割れたガラスの破片が腕に突き刺さって怪我をするのだが、それでもくるみ割り人形たちと一緒にネズミの王の軍隊と闘い、七つ頭のネズミの王を自分の上靴を脱いで手に持って叩き殺し、それから腕の傷の突き刺すような激しい痛みで気を失い、死のような深いねむりから目をさますと自分の小さなベッドに寝かされていて、母親が、多分、ネズミが飛び出してきて驚いて、よけようとしたのだろう、それで、おそらくあんたは戸棚のガラス板を一枚腕でつき破って、ひどく腕を切ったのよ、傷口に刺さっているガラスのかけらを、お医者さまが取り出して、もしもガラスが血管を切ってでもいたら、一生、片腕がきかなくなってしまうか、もっと悪い場合には出血多量で死んでしまっていたかもしれない、と言っていたと言う。本を読んでくれていた母は途中で曖昧なぼんやりした顔付きで、なんだか無気味で変なはなしで、ゾクゾクする、病気の子供向きではないみたい、だって、訳がわからないじゃないの、と言い本を閉じて読むのをやめてしまい、もっと別の、『宝島』とか『オリヴァー・ツゥイスト』とか『十五少年漂流記』とか『ロビンソン・クルーソー』とか、そういった本を読むべきなのではないかと言って、黒い合成樹脂のサックに入った体温計を取り出し、脇の下をタオルでふいて――まだ、汗をかいているわけではないのだけれど――体温計をはさんで五分間じっとしているように、と言う。それで、とうさんはどんなだった、と母は私の持っていた茶色の小さなボストンバッグを取って左手に持ってぶら下げて歩きながら訊くので、どう何を答えていいのか見当がつかず黙っていると、元気そうだった？　と言い、私は、よくわからない、と答えると、母は苛立って、以前《まえ》と比べてどんな様子だったか、と言うから、覚えていたより禿げていて、箱根では神社かお寺のような建物のホテルに泊って、その建物の陰気な食堂でエビ・フライを食べて、昔のことを話すのを聞いたと答えたのだが、母は不満そうにため息をつき、右手の親指の爪を前歯で噛み、さっさと早足で私を無視して歩き、おかあさんがパパ以外の人とも一度結婚するって言ったら、あんたはどう思う？　と振り向いて平べったい声で言う。

風

長い凪の間、青い海は一面の真っ平な鏡面のようにスミレ色のあふれんばかりの太陽の光を反射させ、しんと静まりかえったはてしもなく広がる青とスミレ色の輝く巨大なドームの中で、どちらの方向から吹いて来るにせよ、唾液で濡らした人差指の先きに一吹きの風の冷たさを感知したなら、すぐさま何本もの多様でややこしい名称で呼ばれるロープを操作して、それ以上に多様でややこしい名称がついているせいで、何度読んでも決して覚えられもしなければ、半ば以上は覚える気さえないたくさんの帆やマストや帆桁に風を受けて、青とスミレ色と緑と白光に輝いて時がとまってしまったかのような不動の天空と海のドームから脱け出すことが出来るのだが、と水夫たちはジリジリ照りつける太陽を帆布の陰でよけ、体中から吹き出す汗にまみれながら、帆船上での過酷な労働のあれこれを何もすることがないので、針仕事をしたのだ、と伯母は言う。彼等は果しない遠くを見つめる眼のせいで、細かな針仕事の縫目もよく見ることが出来たのだ。

もちろん自分の着ているシャツやズボンや下着や靴下のつくろい物も、必要だからしたけれど、風と波の荒々しさで名高いアラン島の漁夫たちが海に出られない時化の日々、ラノリンを脱脂していない羊の毛糸でジャケツを編んだように、片方の耳に（時には両耳に）穴を開けて金の耳輪をはめた帆船の水夫たちは、凪を利用してそれはそれは手のこんだ絹糸の刺繡をほどこしたクッションを作り、色とりどりの金糸や銀糸も混った美しいなめらかな光沢のある最高級品の絹糸や布は上海や汕頭《スワトウ》で買いもとめ、それより品質は落ちるけれど価格の安い絹糸や絹糸のような艶のある木綿糸や細くよった毛糸は、トンキンやサイゴン、マニラ、スラバヤ、ラングーン、カルカッタ、マドラス、コロンボ、ボンベイといった港々で買いもとめ、シナのテンソクをした女たちの小さな布靴や絹の服に刺された精巧な刺繡の図案を手本に、ボタンの大輪の花や胡蝶を縫い取って仕上げたクッションを、ニューヨークやボストンやリヴァプールやロンドンやマルセーユで売ってお金を稼いだのだし、だから針仕事をあんたが習ったって、おかしなことはないのだけれど、あたしの見るところ、あんたは根気強いたちではないし手先きが器用なほうでもないから――ホーズキの実の皮の中につまった、ねばねばしたオレンジ色の液体に混っている種を皮を破らずに取り出すようなことに苛々するし、五目並べも下手だから――あまり向いていないかもしれない、だから、おつかいを頼まれてくれるか、それとも、あたしとかあさんが裾かがりやボタン付けや、アプリケや刺繍をしている時、本を読んでくれたら助かる、と言うので、私はおつかいの方を選んで行く。秋のはじめか夏のおわり、どちらで呼ぶにせよ季節の移りかわりを告げる風と空気の混りあう時期で狭い折れ曲ったまゆみの生垣のある坂道を下って行くと、靴下をはかずに素足に直接はいたズックの靴のなかで足の指の間に湿って生ぬるい汗の感触がするのだが、どの家にもまゆみの生垣をめぐらしたゆるやかな勾配のある道は、ところどころザラザラした穴だらけの灰色の板状に切った石（ザラザラした石の切り面には何本か溝が彫ってあって、その細い凹んだ砂のまじった道を行列を作って行進する小さな黒い点線のような蟻を熱心に見つめている小さな男の子が、指に唾をつけて付着しやすくしてから指のさきについた蟻と砂を一緒に舌に載せて舐め、お酢のようにすっぱい、と言い、ザラザラした穴だらけで水はけのための筋の彫り込まれた石の板の上にしゃがみこんで桃色と白のハクボクで大きな猫とヒマワリの絵を描いていた女の子たちも、指に唾をつけて蟻の味をためしてみる）が敷かれているが大部分の場所では地面がむき出しになっているし、勾配が急角度なうえに道が折れ曲っているところもあるので、ゴム底のズックの中で足の指に力を入れるせいでそうなるのだ。それから私は商店街の通りを歩く。ほとんどの店はあかりを消して、入口のガラス戸や昼の間は玩具やとても小さな黄色の頭のマネキン人形の着た流行の婦人服や花の飾ってある明るい飾り窓にはカーテンが引いてあったが、どの店の入口のガラス戸も二、三十センチほどずつ開いていて、青と白の縞柄の丈の縮んだようなカーテンが風でふわりとふくらんだりだらりと垂れさがったりしながら規則的に揺れ、二、三十センチずつ開いている戸口から流れて来たラジオの音だったのか、それとも、一年に一度小学校の講堂にやって来てグリムやアンデルセンのお芝居を演じたり歌を歌って帰って行く地方劇団員（みんな！　また、来年あいましょう！　元気でね、さようならあ、と、鼻筋を白く、鼻の横を茶色に塗って立体感を出し、煙草ほどの幅の黒い目張りを入れて金髪のカツラを被って、王女や王子や魔法使に扮したまま、彼等は講堂の舞台の上から手を振って叫び、子供たちも手を振って、叫びかえす）のフリルがスカートに何段もついたピンクの薄汚れた人絹のドレスを着たロマンチックなソプラノの歌い手が声を震わせて口をつき出すようにして、まるで口笛を吹いているように歌った歌が耳に残っていたのかもしれないのだが、高くふるえる不快な声で女が、誰が風をみいいたでしょ、ぼくもあなたも見はしない、けれど木の葉をふるわせて風は通りすぎて行く、と歌うのがきこえ、どの店の入口でも青と白の縞の洗濯して丈の縮んだ化繊のカーテンが風に吹かれて揺れ、時々風が強く吹くと、風を孕んだカーテンの布が重い木枠のガラス戸の間から道のほうへ大きく翻って軽い心地のよいはためきの音をたて（まるで帆船の帆のように）また急にだらりとうなだれたように力を失ってガラス戸の間に吸い込まれ、木の枠のガラス戸や、美容院のクローム・メッキの縁で囲まれたガラスのドアには、白や銀色や金色のペンキで店の名前が描かれているのだが、オモチャ屋の水色に塗った木枠のガラス戸には、緑色の吊りズボンに緑色の帽子を被ったディズニーのピノキオの絵が描いてあり、その店で私はブリキの小さなトランペットの形をした音階の吹けないオモチャのラッパと、白いテンガロン・ハットを被って首に赤いネッカチーフを巻いたジョン・ウェインの顔の描いてある凧と、ブリキのピストルを買ってもらう。学校をずっと休んでいるのだし、映画だって見ていないのだし（映画館は空気が汚れていてバイキンやビールスが、映写機のレンズから暗闇の中をスクリーンに向って放射される光線の筒状に広がる灰色がかった光の中に浮遊している埃に混ってウヨウヨしているのだ）、少しは娯楽というものがこの子にも必要だと伯母が言い、近くの元軍医のやっている医院（戦争に負け軍隊がなくなってから急に腰が低くなって、注射をされて泣く少国民に軍隊式の気合を入れることをやめたという噂のある）を家中の者が誰も信用していなかったし、そこにはレントゲンもなかったので、海岸近くの療養所の病院へ通い、帰りにオモチャ屋で何かを伯母が買ってくれるのだが、母はそれをあまり快く思ってはいない。レントゲン室は病院の建物とは別棟になっていて、コンクリートの土間にすのこを置いた屋根付きの渡り廊下で結ばれていて、渡り廊下に通じる汚れて灰色がかった白いペンキ塗りの扉の横手には地下の霊安室に通じる薄暗い穴ぐらめいた下り階段があるものだから、その前を通ってレントゲン室に行く時、母も伯母も少し顔をしかめ、古い木造の病院の建物全体に滲みついているクレゾールやアルコールの消毒薬が渡り廊下の外気に出て薄れたのにほっとしながら、レントゲン室に行く前に霊安室の前を通るというのは骨折した足とか腕のレントゲン写真を撮るという患者ならばともかく、肺でも胃でもいい気分はしないだろう、と、ささやき、レントゲン室の前の廊下の窓の下に置いてある表面にひび割れが出来て表皮の下の薄茶色の繊維質がむき出しになっている黒い革張りの堅い長椅子にしゃちこばって座り、待合室で編物をしていた人がいたけれど、あたしは病院でそういうことをする気になれない、石炭ストーヴの石炭の燃える匂いに混ってあんなにクレゾールの匂いがするのは、だって、それだけバイキンがいるってことじゃないの、と文句を言う。レントゲン室の裏手の煉瓦造りの煙突のあるゴミの焼却炉の脇にある小道を通って松林を脱け、砂地の斜面を下ると砂浜の続く海岸に出るのだが、私たちは病院に来るだけで疲れてしまい、砂浜まで歩いたことはなく、松林の間に見える季節と天気によって違う色に見える海の匂いをかぎ、病気がなおったら、毎週二本だての映画を見に行くのだと話しあう。レントゲンの機械の前に置かれた台に乗り、石油ストーヴは置いてあるけれど、触れた裸の胸がぴくっとする程冷たい金属製の箱に胸を押しあてて部屋にこもっている技師の着ている防護用のゴムの匂いが息苦しいし、息を吸って吐いて止める動作をするだけの撮影はすぐに終ってしまうのだが、尖った鎖骨がひやりとした冷たいガラス板にあたるむぐったい感じを意識しながら我慢していると時間はとてもゆっくり流れ、咽喉がむずがゆくなり咳き込みそうになるのだ。廊下に出ると、古びた革張りの長椅子に座っている母か伯母は、パンプスをはいた脚を組んで膝の上にハンドバッグを置き、煙草を吸っていて、開け放された窓から差し込む淡い光の中に薄い紫色のもやもやした煙が吸い込まれるように流れ、パーマネントのウェーヴのある髪につけているオリーヴ油のせいで髪のウェーヴがぬめぬめと光り少しこけた暗い陰のある放心したような頬の輪郭が逆光の中に浮びあがり、まったく似ていない顔立ちの姉妹なのに、そうした光線のなかで彼女たちは眉根に深い皺を寄せて、とてもやつれているように見え、区別しがたい程似ているのだ。だんだん弱々しく薄れていく午後の日差しのなかでのように、水平線なのかそれとも地平線なのかはっきりわからない、ずっと彼方のぼんやりした空間の印象はますます不分明になり、いつの間にか眠りにひきこまれていることを意識しながら、微かな抵抗をこころみるのだけれど、手足の先きから灰色の空間に溶けかかって、やがて重く甘美な灰色が腰のあたりや額のあたりまでひろがりはじめ、そのために唇の周囲がゆっくりとゆるんで微笑を浮かべているように見えたりするかもしれないのだが、意識はもう何も判断してはいなくて、指の先きから溶けこんで行く灰色の空間は部厚い埃のように曖昧で重みがあるのか無いのかもわからず、そうやって幾つもの日と夜が過ぎたかのような眠りが訪れて、私は年老いる。生え際が後退しはじめて白髪の混った短い少しちぢれた癖のある頭髪と、生ぬるい錆の色で薄赤く染った水で洗ったせいで少し湿り気をおびた丸い額といくらかあおざめて老いの兆しを刻んでたるんだ灰色の皮膚が鏡に映り、ふと気がついてみるとひどく咽喉がかわいているのに気がついて廊下を歩いて台所へ行き冷たい埃の溜ったリノリウムの床のざらついた感触を足のうらに感じながら、食器戸棚からガラスのコップを取り出し、長いこと使っていないので錆の溜っている水道の蛇口をひねり、薄赤い錆の色が気にならない程度に薄れるまで水を流してからコップに受ける。流しの上の小さな窓が開いたままになっていて湿った冷たい空気が流れ込み、ぼんやりした濃い湿った灰色の闇のなかで、紫陽花のしげみが風に揺れ半球状の重そうな花と大きな葉がゆっくりと左右にゆらめき、庭の道路に面しているフェンスの近くのヒマラヤ杉と桃の木が揺れ、それまでもしとしと降りつづけていたらしい雨が急に強くなり、流しの上の窓を閉めると汚れてくもったガラス一面に雨滴の小さな粒がひろがって、流しの前に立っているパジャマ姿の年寄りじみた男の姿が映り、コップに八分目ほど受けた生ぬるい水を飲み干す。あんなに咽喉がかわいていると思っていたのに飲み込んだ水は胃の中で妙に冷たい重たさで溜って、胃液と混りあいもしないでねばつく重い胃液の上で水の層になって――水藻が繁茂して、底のほうには腐敗した泥の溜っている「お濠」の水のように――微かに波打ちながら咽喉を逆流して口腔にあふれそうになる。伯母は「針仕事をするヘスター」の章の続きを読むようにうながすのだが小さな蟻の行列のように文字がびっしり並ぶ薄茶色の本に書いてある古風で奇妙な曖昧な断言と飛躍する言葉は、ほとんど意味がわからないので、別の「物語」とごちゃまぜになって溶けあってしまう。「風の土地」と呼ばれる広大な荒野に吹く激しい北風《ノーザー》がそこに住む女と馬を狂わせる大平原に、身寄りを失ってたった一人になり、従兄をたよってやって来た若い美しい娘がやがて犯すことになる殺人、彼女が見る風の化身の荒れ狂う白い幽霊馬、同じ若い娘は、革命下のパリの町でたった一人の身寄りである盲目の姉と離ればなれになり、別の町では暴力をふるう残忍な父親に殺され、貧しい中国の美しい青年が彼女の死をみとるのだし、別の若い娘なのか、それとも同じ娘なのか、その娘の場合は、騒々しい音を何人も何人もの安い工賃で働く貧しい女たちの踏むミシンがたてる工場の中で目まいをおこし、部厚い布地の労働着を作る縫製工場の鋭く太いミシン針で自分の手を縫いとめてしまう大ケガをして、ささやかな収入を失い失意と貧乏の底に沈むのだが、やがて女優として成功することになるのだし、その娘とよく似ているけれど別の田舎町の雑貨店の娘は、町に立ち寄った美男の実業家と恋に落ち、田舎者で嫉妬深い婚約者を捨て、家出同然にシンシナティの河船の上で船長のもと、二人きりで結婚式を挙げようとするのだが、婚約者に邪魔され、やっと船つき場にやって来ると、船はすでに出航した後で、船上で娘を待ちつづけていた青年実業家は、ぎりぎりになって彼女が自分への愛に賭けることをやめたのだと考え深い傷心のままニューヨークへと向い、やがて娘も青年を忘れられぬままニューヨークへ出て、お針子として苦労し、もともと才能があったせいでファッション・デザイナーとして成功するのだが、五年後、娘はすでに結婚して妻子のある実業家と出あい、初めて出会った時よりもさらに激しく深くお互いが愛しあっていることを知り、ヒロイン（アイリーン・ダンのもマーガレット・サラヴァンのも、スーザン・ヘイワードのも見たけれど、もちろん、アイリーン・ダンが一番いいと伯母は言う）は、日の当る表通りの正式な夫人としてではなく、裏街の愛人として彼を愛しつづける決心をするのだったが、大きな底知れぬ深い水のような眼を持った美しい若い不幸な娘や女たちの話は、布の上をすべるように走る針の銀色の瞬くような輝きと共に語られる。荒野を走る列車の窓に、激しい風に巻きあげられて灰色の雲のかたまりのような砂が、大粒の雨のように叩きつけられ、娘の大きな瞳（底知れぬ水のように深い）がおびえて気も狂わんばかりに（というか、狂気を孕む兆しを暗示しているかのように）スクリーン一杯に見開かれるので、瞳は本当の湖のように見え、長く黒々とした睫毛は湖の周囲の森林のようなのだ。若い美しい娘は列車の窓ガラス越しに荒れ狂ってもうもうとたちこめ、何もかも吹き飛ばし飲みつくそうとする（何もかも、とは鉄道の線路や人々や人々の住む町や家、家畜、といった「文明」のことなのだ、と伯母は説明する）大砂塵を見ているのだが、大平原の砂地にしがみつくように浅い根をはっているセージブッシュは根こそぎにされ、幾つもの幾つもの丸いボール状になって灰色がかった砂塵の中を舞い狂い、風の粉挽き機が微細に粉砕した粉のような砂が窓ガラスに粘りついて張り付き、この無音の光と影の世界では音は眼で聴く以外にないのだが、パウダー状であれ粒状であれ、あるいは小石や煉瓦ほどの大きさであれ、北風《ノーザー》に混った砂は、湖ほども大きい若い娘の瞳（悲しみや絶望や苦悩によって、その瞳は黒い睫毛の森林に囲まれた底知れぬ黒い沼のように翳り、喜びとほがらかな笑いが、木の間ごしに差し込む日の光に躍る小さな清らかな泉のように絶え間なくわき出ることもある）の中に吸い込まれてしまいそうだ。伯母はすっかりそらで覚えているので、「そのガウンの胸には、きれいな赤い布地に、金糸で手のこんだ刺繍と風変りな飾りで縁かがりのほどこされた、Aの字が見えていた。それはまことに見事なできばえで、そのうえ空想の豊かさと目もあやな派手やかさをそなえていたので、彼女が身につけていた衣装にこれほど似つかわしい飾りはまたとあるまいと思われた」と、ゆっくり歌うように語り、人妻の身でありながら不義の子を宿し、不義の相手の男の名を告白することを拒んで監獄に入れられていた誇り高い威厳と性格の強さを持つヒロインが、それのみか美しい顔と肉体を持っているのは「小説《ロマン》」なのだから当然のこと（もっとも、「小説《ロマン》」では、威厳や性格の強さや持って生れた知性が、美しい顔と肉体に恵まれていない生れの女を、ある種の美しさで引き立てることになっているのだが）であるにしても、重要なのは（と、彼女は言ったのだろうか、それとも、こころひかれるのは、と言ったのだろうか）彼女がとても巧みに針仕事をすることだ。もちろん、針仕事は女のやることだけれど、実のところ、そうとは限らない。専門のテーラーや刺繍師がいるし、帆船の水夫たちは、と彼女は膝の上に展《ひろが》っているボタンホールかがりをしていた赤い絹のたっぷりした袖に何本ものプリーツがたたんであるブラウスをそっと縫いかけの衣類を入れておく黒と朱色に塗った籃胎《らんたい》漆器の乱れ籃《かご》に入れ、使い込んでぴかぴか光っている真鍮の指貫《ゆびぬき》をはめたまま煙草に火をつけ、凪の時にクッションを作るのだ、とつぼめて皺のよった唇から煙の輪を吐き出しながら言う。マストの柱頭高く、帆桁《ヤード》の上での仕事がない時、水夫たちは空気の精の集りさながら、帆桁の上で小型の補助帆《スタンスル》を折りたたんでクッションにして、体をもたせかけて、パイプをくゆらせ、港々や海上での冒険や奇談のほら話し《トール・テール》に花を咲かせることになっているけれど、と伯母は言い、そういうことが書いてある小説を、死んだ兄《にい》さんの本箱の中で見つけて読んだのだと告げる。薔薇の蕾《ローズ・バッド》という名前の商船から拉致されて軍船の水兵にさせられる若い美しい水夫の出て来る小説で、先きを小刀でけずって細く尖がらせた赤鉛筆の細い細い線が小さな蟻の行列のような文字のところどころに引いてある、ページの周囲が染めたように茶色に変色している本の中で。その本の中には刺繍をする水夫は出て来ないけれど、びっしり糸で布を埋めつくす、チェッカーボードステッチや、まるで織物の織り目のように見えるオリエンタルステッチやムーアリッシュステッチや、刺した糸がビロードの毛足のように見える凝った技巧のステッチで水夫たちは布を埋めつくし、布地と針目に集中していた指先きを見つめていた眼を、ふと上げると、青い青い抜けるように青い空と海がどこまでもどこまでも広がり、トンキンの港で拾って飼っている口の周囲と長い尾の先《さ》きっぽと四つの足の先きとお腹が白い黒猫が膝に頭をこすりつけて甘えた鳴き声を出すのだが、猫の片耳には水夫の飼猫にふさわしく穴を開けて小さな小指の先きほどもない（あるいは耳かきくらいの）金の輪っかの飾りがついているのだ。口のまわりと尾っぽの先きと四つの足の先きとお腹の白い黒猫の眼の色は、片方がイタリアのパルマのスミレの色をしたアメジスト、片方がうでて薄皮を剝いた銀杏（か枝豆）のようにつやつやと濡れたようなウンナンのヒスイ、首には赤いビロードに金と銀の髪の毛のように細い糸で小さな小さなネズミを十二匹刺繡した首輪。その猫がクッション作りの水夫の粗いウールのコートを着た肩の上で長い尾っぽで巧みにバランスをとりながら座っているのを見て、高いお金を払って買いたいと声をかける者は港々に数多あったけれど、水夫は決して猫を売らない、売れば、やがてディック・ウィッチントンのようにロンドン市長になれるかもしれないけど、と、伯母はうっとりと語りつぐ。安っぽい印刷だし、あまり似ているとは言えないのでそれがジョン・ウェインであるということは、間違ったスペルで書いてある Red Liver という文字から、かろうじて判断する以外ない絵なのだが、私たちはその図柄の凧が気に入って買い、母がリボンやバイアステープを入れた箱の中から黄色い人絹のリボンを出して、尾を二本セメダインで凧にはりつけるのだが凧は揚げられることはなく部屋の壁の上で埃を被り、いつの間にか風にとばされて飛んで行ってしまい、祖母と母は、伯母の遺品を整理しかけてはやめてしまい、納棺の時に着せたドレス——着るつもりはなく、ただそれを縫って完成させるためだけに縫った黒いサテンに濃い深味のある赤いビロードの縁飾りのついた夜会用のドレス——が青白い肌によく似合ったことと、あんなにたくさんの花に飾られて、指には真鍮の指貫、あの娘《こ》の好みにぴったりだった、と言いあって、いつまでも涙ぐみ、子供を五人も産んだのに四人はあたしより先きにいってしまった、と溜息を吐く。「洋裁室」に何人分もの遺品のガラクタがつめ込まれているのを、なんとかしなければならない。先きを細く神経質に尖らせた赤鉛筆で、ところどころ線の引かれた（受難《パッション》のドラマ、最も深遠な情熱の劇はおのれの役を演ずるのに、絢爛の王宮の舞台を必要としない）変色した本やミシンや洋裁用のトルソーや茶色に変色したボロボロの白いつや紙をはったボール紙の箱や、タンスや本箱や、中に入っている物の名を黒いフェルト・ペンの癖のある文字で母が書いておいた幾つものダンボール箱の上に、建て付けの悪い戸や窓の隙間から入り込んだ薄茶色のざらざらした細かい土埃が被り、窓を開けようとして、色の褪せた黄色い綾織り木綿の重いカーテンを引くと、ひだの間に溜っていたかわいた薄茶色の細かな土の粒が土埃のように舞いあがり、私の眼の中に侵入する。

草

　赤い細い筋が熱の高さを示す目盛のところまで上下する体温計が入っていたのは、黒い革のサックではなく、内側にオレンジ色のあまり質の良くないビロードを張って、壊れやすいガラスの管と、ガラスよりもっと壊れやすくて、ちょっとしたほんのはずみの衝撃で糸のように細い水銀が切れてしまう体温計を保護したプラスチックかセルロイドかベークライトの筒で、螺旋《らせん》状の溝がかみあって閉る小さな蓋の付いている本体の筒に、オレンジ色の人絹で筒状に編んだ細い紐の端を結んだ輪っかが通してあり、体温を計った後のガラスの体温計を黒いベークライトかセルロイドかプラスチックの内側にオレンジ色のビロードの張ってある容器に戻し、蓋を閉めて、輪っかになっている紐を両手の人差指にひっかけてクルクル回転させると、36度7分か8分か9分、時々、37度2分か3分のところまで上昇した糸のように細い赤い水銀の柱が、もとの位置に戻るはずなのだ。人絹のオレンジ色の機械編みの組紐は少し薄黒く汚れていて、枕元のエンジ色の塗りに五人の唐子《からこ》の描いてある丸いお盆の上に載せられる。唐子の絵の描いてあるエンジ色の塗りの丸いお盆の端の二箇所はウルシの塗りが欠け落ちていて木の部分が細長く浮きでている。木目が川の流れを描いた線がきの絵のように透けて見える塗りの上で、くりくり坊主の頭の両耳の上のあたりにそり残した毛で小さなおかしな形の髷《まげ》を結った唐子たちは——中国のずっと昔の、何時代だかは知らないけれど、多分、唐といわれた時代の豊かな階層の子供たちのことで、唐子は絵の中や食器の模様のなかに描かれるものなのだ、と、祖母が説明する——一人は二本のバチを持って陰陽の柄の描いてある太鼓を叩き、茶色の裾の広いズボンに朱色のゆったりした長い袖の上着を着ていて、一人は跳びはねる茶色の小犬と輪まわしをし、緑色といっても、彩度の低い抹茶色の上着に朱色の紐飾りをつけ朱色のズボンをはいた子は、鋭い穂先きが三つに分かれた槍を両手で上に投げあげ、落ちてきた槍の柄を両手でつかもうとしていて、その隣では茶色の上着に朱色のズボンをはいた子が片足を上げて緑色のマリを蹴り、もう一人の子は、川の流れのように見える木目の川辺の、抹茶色の細長い草のはえた場所で、草むらに体を隠しているように腹ばいになり、朱色のズボンと茶色の上着は、体の曲げ方にそってゆったりとドレープがたたまれている様子から絹地で出来ているのがわかり、抹茶色の細長い草は、腹ばいになっている唐子の体の上に三本の線で描かれているだけなのだが、相手から自分が見えないように、そっと草むらに体を隠して何かを覗き見ていることは、好奇心で瞳が見開かれていると同時に笑っているように上まぶたの形を描く線が下へさがっている眼の上にかざした片手と、不用意な声をたてないために口を覆っているもう一つの手からも想像がつく。螺鈿《らでん》や蒔絵《まきえ》で雲だの先端が尖ってそり返った屋根のお寺が描いてあるわけではないし、塗りそのものも大していい物ではない安物なのだけれど、唐子の絵が気に入っておばあちゃんのかあさんがこれを買ったのは、おばあちゃんがあんたよりもっと小さかった頃だったから、ずっとずっと昔のことで、江戸時代ではないけれど明治時代のことで、歴史の本のように言えば十九世紀のことだ。中紺屋町から大手前に曲る角の白いしっくいの壁で木に薄黄色のペンキを塗った西洋風の建物の勧工場《かんこうば》の中にある瀬戸物屋で、病気で寝ている子供の枕元におかゆやお豆腐や白身の煮魚といった食事を運んで食べさせるために買い、お盆の唐子の絵にあわせて九谷焼きの蓋付きの御飯茶碗とお皿と塗りのお椀がそろっていたのだったが、茶碗やお皿やお椀はいつの間にか長い長い時間のあいだで無くなってしまいお盆だけが残ったのだ、と祖母は言う。欠けたり、塗りが剝げて、裏庭に掘ったゴミ捨ての穴に捨てられて、穴が一杯になると、穴を掘った時にすぐそばに盛り上げておいた土を被せて踏みかため、また別の新しい穴を掘るのだが、土を被せて踏みかためた穴の上にはすぐ草が生い繁って他の場所と区別がつかなくなってしまい、草の下の地面は腐敗したゴミのせいで柔らかくなっていて雨が降ると溜った水がいつまでも干上らずに泥水の水たまりを作り、夏にはもちろん蚊がわく。裏庭には幾つもの小さな水たまりが日のひかりをキラキラ反射させ、水たまりの中から伸びたネコジャラシの細長い草に飛び散った泥水の汚点《しみ》がてんてんとこびりついて乾いているのを私は二階の窓から見つめる。水たまりは三つあって、直径が八十センチほどで、風が吹くと、黒と黄土色の混った泥水の表面に、温めたミルクの上に浮かぶ膜を口をすぼめ息を吹きかけて、ミルクの入った白い陶器のカップの湾曲した対岸に脂肪の膜を押しやる時の被膜の表面に出来る皺にそっくりの小波《さざなみ》が立ち、泥水から細長い葉を出している草がこすれあいながらとがった葉先きに光を反射させて微かにそよぎ、真昼の光を反射させるので、黒と黄土色の混った泥水は、草むらの中できらきら白く輝いてあたりに光をまきちらし、水面に映っていた草がかき消され、まだ土を被せて埋めていない水びたしのゴミの穴から、すえた果物と野菜の皮や魚の内臓やお茶がらやコーヒーのかすと石炭の燃えかすの灰と土と草の匂いの混った臭気が漂い、雨とざらついた土混りの風に長い間さらされて木肌の柔らかな部分が磨り減り、固い筋張った木目が浮き上っていて灰色がかった茶色に変色した日なたくさい埃のにおいのする窓の手すりにもたれていた腕に、木目の筋のあとがくっきりと残り、手の指の間の湿った生ぬるい汗に手すりの埃がはりついてねばねばするのを、半ズボンのポケットに入ったキャラコのハンカチでぬぐい取る。

　北側の裏庭に面した窓のある部屋には太陽の光が直接差し込まないので、二重にしたガーゼで漉《こ》したリンゴの絞り汁のように白っぽく淡いいつも同じ柔らかさの平板な明かるさが部屋全体を浸していて、南に面している六畳の部屋との境の白っぽい地に銀色と金の雲の柄の襖を開ければ、南の窓の外にあふれている光が（カーテンが開いていれば）スクリーンに映った映像のように濃い紫色がかった青で透明に輝いている空を背景にしてこの位置では屋根の見えない隣家の庭の棕梠《しゅろ》の木の上の方にふりそそいでいるはずだ。北側の部屋のすべすべに磨き上げた褐色の木の床の間にも違い棚にも何も飾られていなかったので、大きな箱のように周囲がかこまれた薄暗く狭い床の間の空間は、壁に組み込まれた小さな寝台のようで、そこにもぐり込むように横たわると磨きこんですべすべした木のひんやりした感触がシャツの布地ごしに背中に伝わり、麻の半ズボンとパンツごしに固い木が骨にカツカツと触れ、半ズボンの布地がなめらかな木の上ですべるのだが、しばらくじっと動かずにいると、砂を混ぜたざらざらした壁にしみついている埃のにおいと混りあった少し甘ったるい燃え残りの灰のにおいのするお香が鼻の穴をくすぐり、光線の具合でチラチラ光る石英の粒の砂を混ぜた黄土色の壁には、チラチラ光る石英の砂粒の微かな反射を浴びて、ざらざらした表面に張りついている綿埃の微細な繊維が半ば灰色がかった半透明に光っていて、身体をもぞもぞ動かすと、のろのろと舞いあがり、汗ばんで濡れている鼻や唇のまわりや、まつ毛の先きにいつの間にかくっついていて、鼻の穴に吸い込むとくしゃみが出て、その拍子に身体が機械仕掛けのようにぴょんとはねあがり、はねあがった反動で頭と尻の出っぱった骨が固いすべすべした床の間の床に、こつんという音をたててぶつかり、周囲をかこまれてひんやりした薄暗い狭い空間から片足を大きく開いて伸ばすと、やせて骨のゴツゴツした関節が薄あかるい白っぽい光のなかで浮かびあがり、親指の先きの赤黒いポツリとした血豆と青ぐろく変色した爪が、むずがゆいような微かな痛みをよびさます。ここからでは見えない棕梠の木は、焦茶から少し黄色味をおびた茶色に変化する繊維状の樹皮に覆われていて、たとえば、洪水《おおみず》の汚泥にどっぷり浸かって泥まみれの茶色に染って乾ききって、ズタズタに裂けたボロの蚊屋布を何重にも巻きつけているようにも見えるし、長いゴワゴワした毛に覆われたメガテリウムとかマンモスの大量の死体と抜け毛を押し流した大洪水のひいた後、直立する木にからみついた氷河期のサイやマンモスやメガテリウムの長い固い毛を巻きつけたまま陰鬱にじっとして生きてきたようにも見え、いずれにしても、その樹皮は人工的というか動物的な感じがし、真っすぐに伸びて枝の一つもない木の頂点に生えている長い緑色の固そうな茎の先きは扇形に開いて細く何本にもわかれた葉が風に揺れ、枯れて黄色と茶色の混った扇形の葉は、茎のところから折れて汚ならしいボロボロの扇のように下に垂れさがっているだろう。南方では棕梠の樹皮の固くて長い繊維からは縄を作るのだと母が曖昧な口調で言い、多分棕梠の縄は、ジュートよりも質が落ちるのかもしれない、と付け足し、それからナポリの王様の短い話しを話す。私は二階の北側の部屋で寝ていて、脇の下の汗を、洗いざらして繊維が固くなり日に当ってパリパリしているタオルでぬぐってもらい、そうするとパリパリしたタオルでこすられた脇の下がくすぐったいので身をよじらせてクスクス笑い、母は体温計をはさんだら五分間じっとしているようにと言い、水仕事をしていると濡れてしまうので腕から外してエプロンのポケット（三つの先きのとがった花弁の黄色いチューリップの花と緑の茎と二枚の細長い剣のような葉のアプリケの、植木鉢の部分が茶色い布でポケットになっている）に入れたままになっている腕時計を取り出し、何かを思い出そうとして記憶をさぐる時にそうなるのだが眉根に少し皺を寄せて首筋を片手でもみながら頭を後にそらせ、何か本の中で読んだのか、それとも誰かに聞いた話しだったのか思い出せないけれどと言う。昔、ナポリに、王様か、それとも貴族の殿様がいて、住んでいるお城から馬に乗って外出するたび、門の近くにいつも立っているボロをまとった女乞食に、小銭を投げあたえてやっていたのだったけれど、ある日、ふと、女乞食が一度も礼を言ったこともなければ、頭を下げるそぶりさえ見せないことに気がついて、小銭を投げながらよく見たら、枯れて途中から折れた棕梠の木がたてかけてあった、という話しなのだと母は言い、それから、その話しをしてくれた人は、ひどく真面目な顔付きで、口をすぼめるようにしながら話す癖があって、なにか貧困と階級について説明したけれど、ようするに、それはあんたのおとうさんだったのよ、そうに決ってる、と笑う。温泉に来たんだからね、久しぶりに一緒にお風呂に入ろうか、と父は途惑ったような曖昧な口調で言い、小さかった時はきみを銭湯に連れて行くのがとうさんの役目で、眼にシャボンの泡が入らないように頭を洗うのが、おかあさんよりずっと上手だったからね、と笑うのだが、私は茶色のボストンバッグに入れて持ってきた本のつづきを読んでしまうから、後にする、と答えたのだったが、それとも、本のつづきを書かなければならないと思ったのだろうか。

　あまり泊客もいないようだから大浴場では泳ぐことも出来るだろう、と父は言い、あなたは眼も悪いし音痴で、身体もひょろ長いだけで丈夫じゃないし、運動神経も鈍いけれど、水泳と歯だけは達者だって、きみのおかあさんはいつも言っていたから、大浴場で水泳を教えてやろう、と笑うのだが、自動車に乗りつづけて山道の幾つものカーヴを曲がる時にふわりと身体が斜めに宙吊りになって浮きあがるような感じがまだ身体中に残っていて気分もよくないのだ、と私は、白い開襟シャツに進駐軍の放出品のカーキ色の綿ギャバジンのズボンに麦ワラ帽子を被って庭用の歯のちびた下駄をつっかけた庭仕事をする時の普段着のまま自転車に乗って、ちょっと出かけて来ると言って出て行ったきり戻ってこなかった父に告げる。自転車は駅前の自転車置場に鍵をかけて置いてあったのだから、いつか、いきなり戻って来るかもしれない、と母は言いつづけたのだが、本当にそう信じていたのかどうかはわからない。手紙がとどいて、誰か、あたしたちの知らない、でも、あの人はずっと以前からの知りあいだった、多分、きれいな女の人と一緒に暮しているのだということは知っている、と母はぽつりと言い、かあさんとねえさんは、とうさんからあんたにランドセルが送られてきた時、子供が小学校に入る前にちゃんと正式に離婚して、名字が途中で変わったりしないようにしておくべきだと言っていたのに、どうしてそうしなかったのだろう、と少し笑ってから、困惑したように溜息をつく。そう、と父親というより、何も知らない他人の大人の男のようにしか見えない、やせた男は言い、何かを、多分、長くてメロドラマに似ているのかもしれない物語か、それとも自分の犯したあやまちの告白なのかもしれない（許してはもらえないかもしれないが、きみが大人になって人生の経験をつめば少しは理解してもらえるかもしれない、といった類いの決り文句を言うつもりだったろうか）退屈で悲劇的な物語を語りはじめようとして口ごもったりはしないで——そうなることを私は小説の中で読んだせいで想像していたのだったが——それなら大浴場で泳ぐのは明日の朝にしようかと言い、私は茶色のキャンバス地のボストンバッグの中味を取り出しながら、重々しい口調と声で（というより、そのつもりで発声した声で）、ロクマクで一年学校を休んでいたのだから、激しい運動をしてはいけないのだと答えたのだが、緑色の色眼鏡を外しているので、ギョロリとしているくらい大きいのに神経質そうな目付き（と、祖母と伯母の評する）は禿げあがって後退した額の下にむき出しになっていて、黒というより茶色のかった瞳（と、母は言うのだ）の周囲の毛細血管の浮いた赤っぽい白眼と眼のまわりの皮膚に刻まれた皺の目立つ男は（もちろん、父親なのだ）、悪いおとうさんだね、なにも知らなかったんだから、と言って大きな茶色と赤の神経質そうな眼をうるませる。その時だったのか、それとも翌朝だったのか、赤いジュータンを敷いた長い廊下の角を曲り、階段を上ったり下りたりして続く迷路じみた通路を歩いて、外から見ると二階だてのコの字形で窓の手すりが朱で塗られた神社のような建物全体の、どのあたりにあるのか見当もつかない大浴場で私たちは白い大小さまざまの湯の花と呼ばれているけれど、花びらとは少しも似ていない薄片がゆらめきながら浮き沈みしている大きなヒノキの湯舟のお湯につかり、いつもあふれているお湯が波のようにヒノキの湯舟の縁に被りつづけているせいで緑色と黒のカビの汚点があるのを見つける。微かに鼻をつく硫黄の混ったお湯のにおいと湯気のもやの向うに大きく開かれた窓の外にうねうねした凹凸の重りが横に長くひろがる山なみと薄黄緑から濃い緑色までの何段階もの色調の木々が見えただろうか。窓の外の暗闇ではなく。川の流れる水の音が下の方からのぼってきて、大きな浴槽にあふれるお湯の中で身体を動かすと浮力のついた身体が不安定にふわりとゆらぎ、たぷたぷと表面の揺れている大量のお湯が柔らかな壁のように身体を圧迫してしめつけるようなので、顔から汗が吹き出し、大浴場の溜った湯気の滴《しずく》がぽたぽたと断続的に落ちてくる高い天井の空間でくぐもって湿った音が反響するのだが、浴場の空間の反響なのか、それとも鼓膜と鼻と眼の奥で頭の球状の骨のなかで反響する音なのか区別がつかない。湯あたりをしたのだと父は言い、脱衣所の竹の縁台に私を横たわらせ、冷たい水で濡らした手拭を額に載せ、自分の足を竹の縁台にかけて私の足と並べ、ほら、二人とも親指より人差指のほうが長いんだよ、と言う。湯あたりではなく、これは湯のぼせなのだ、と私は言う。去る者日々に疎し、ともいうし、自分を捨てた父親のことなんか子供はいつまでも気にしたりはしない、あの子はちゃんと私たちが立派に育ててるじゃないの、丈夫じゃないのはちょっと心配だけど、成長すれば丈夫になる例だっていくらでもあるし、あたしはあんたがその気なら再婚するのはいいことだと思うし、あの子をここに置いていっても、あたしとかあさんはかえって嬉しいくらいなもんだけど、と伯母はひそめた声でささやくように言い、母は曖昧な怒ったような短い声を出すのだが、彼女たちは私がお風呂に入っていると思い込んでいて、廊下の陰になっている角にいることを知らないのだ。あの人が奥さんを病気で亡くしたのは葉書きを見て知っていたし、それから、あんたたちが会っているらしいということも薄々気がついていたから、もしかしたら、とは思っていたのだが、向うには女の子が二人いて、一緒になればまた赤ン坊が生れるかもしれないし、そうなればあんたも大変だけど、家の生活にすっかり慣れてるんだから、あの子がかあいそうな気がする、と伯母は言う。湯のぼせなのだ、と私は言う。かあさんもよく湯のぼせして気分が悪くなるのだけれど、少し横になっているとじきになおる。

大きなボタンの花の柄が織り出してある朱色と紅色と紫の混りあった色のジュータンが敷きつめてあるロビーの奥に宝飾品を飾ったガラスのショーケースの並んだ売場があり、そこで焦茶色の革のベルトのついた銀色で丸い文字盤の腕時計を父は記念に買い、腕に着けてみるようにうながし、左手にベルトを巻きつけて留金をとめるのだがベルトがゆるすぎて、金属の重い時計が手首から手の甲の方へずり落ちるので店員にベルトに穴を開けるように言い、それから、前に住んでいた町の城跡公園にあった汚ない板張りのほったて小屋のような、ボールだのバットだのブリキのオモチャだのメンコだのが所狭しと置いてある店で、何か買ってやろうと言ったら、きみはためらわずにオモチャの時計を選んだのを覚えている、と言う。ビンの蓋のようなブリキのぶっこ抜きに紙の文字盤とセルロイドの赤い針がついていて、横に出っぱったリューズを回わすと、ちゃちな作りなのだが、それでも長針が動いて、長針の動きにあわせて短針が時間を示すようになっていて、靴下止めのような青と白の縞の人絹の平ゴムがベルトについた時計を気に入って、時計の針は読めないのにずっと腕にはめていて、夜になってもう眠る時間だよ、と言うと、腕を持ちあげて動かないし読めない時計をチラッと横目で見るものだから、かあさんがいつもクスクス笑っていた、と言うのだったが、私が公園のほったて小屋めいた店で買ってもらったのは、ひょうたんの形をしたゴムに入っている毒々しいボタン色のイチゴシロップで、上のところを輪ゴムで堅く止めてあって底にあたる部分にポッチリ小さな哺乳ビンの乳首のような出っぱりがあって、そこを歯で嚙み切って、中身を吸う、シロップだった。濃いボタン色の液体が充満してひょうたん形にふくれあがった先きについている白っぽい小さなゴムの乳首はグニャグニャしているのに奇妙に堅く弾力があるものだからなかなか噛みちぎれないし、糸切り歯でグギッと噛むのだと言われるので、左手の人差指で口の中の上のほうの歯を触ってみるのだけれど、人差指は前歯の抜けたところの歯茎の小さな穴状のくぼみを触りはしても、どれが糸切り歯なのか、鏡でも見れば別かもしれないがわからないので、抜けていない前歯で思いっきりゴムの乳首を噛み切ると、ゴムのむっとする匂いのする甘いというより苦さが舌を刺すサッカリンとイチゴの合成香料の液体が口の中にあふれ、氷イチゴに似ているけれども、それよりもゴム臭い味が強い変な味のイチゴシロップ入りのぐにゃぐにゃして中身の液体が揺れているゴム袋を口から離すと、持っていた手に思わず力が入って噛み切ったゴムの乳首の穴から、二筋の細い赤いシロップが水鉄砲のように勢いよくほとばしり、白い開襟シャツの胸のあたりにボタン色のシミが出来てしまったのだ。焦茶色のすべすべしたカーフスキンのベルトに腕の太さにあわせた穴を開けてもらったので、腕時計は手首のところでぴったりおさまり、微かなチッチッチッという精密な歯車の回転する音をたてつづけ、八時四十三分に、生れてはじめて泊るホテルで、大きなベッドの包み紙できちんと包まれたように敷かれて端の部分が三角に折り返されたシーツとシーツの間に、ボストンバッグから出したのを父が鏡台の引き出しに入れておいた新しい綿ネルの糊のついたゴワゴワかさばった感触の赤と白の縞のパジャマに着替えて、そっと身体をすべり込ませ、ひんやりと冷たい布の中に横たわり、微かに甘ったるい化学糊の匂いのする大きな白い枕に頭を載せる。

枕元のスタンドを点してボストンバッグに入れて来た読みかけの本のつづきを開くと、ソファでウイスキーを飲みながら本を読んでいた父が、何を読んでいるのかと訊くので、『デイヴィッド・コパフィールド』と答えるのだが、同じ図柄の表紙の世界文学全集の中の別の本（たしか、ロシアの長い長い小説だった）を本棚から持ってきてしまったことに気がついたし、ひどく疲れていて眠むかった。部屋の窓が少し開いていて、山地のひんやりした風に木々と草とお湯の匂いが混っているのをかぐと、本を開いたまままぶたが重くたれさがってくる。焦茶色のすべすべしたカーフスキンのベルトの腕時計は、母に見せはしたが、祖母と伯母には秘密だったので、平べったく細長い焦茶色のビロード張りの箱に入れて机の引き出しにしまいっぱなしになる。腕時計は大してというより、まったく必要がなかったのでいつの間に忘れてしまい、母は再婚のことを二度と口にせず、翌年、新しい学年が始った時、私と母の名字は、祖母たちのと同じになって、その名字の宛名で死にかけている父から手紙がとどくだろう。それから軋《きし》むようにゆるやかな横揺れと座席の濃い陰気なオリーヴ色のすりきれて固くなったビロード地から尾骶骨《びていこつ》に伝わって背骨をはいのぼる上下の単調な律動が絶えず身体を不安定な状態にさせている列車のなかで眠気に誘われ、流れるような速度で後ずさりする闇のなかで光る家々のあかりを映す冷たい窓ガラスに押しつけたこめかみに血液のめぐる正しい律動と、左右上下に揺れる振動が頭の奥を半分乳白色の靄《もや》のかかるような重苦しい頭痛でゆさぶりひどく気分が悪くなって、揺れ動く列車の狭苦しい汚れた洗面所で蛇口をひねり、水となまあたたかい湯を交互に流しながら時間をかけてゆっくりと手を洗い、薄い灰色と赤味がかった茶色の混っている水垢のこびりついている不潔な陶器の洗面台に貯水タンクの錆の色で微かに薄赤く染っている水を張り、緑色のレンズの入った眼鏡を外して両手に掬って顔を洗い、鏡に自分の顔を映すと、生え際が後退しはじめて白髪の混った短い少しちぢれた癖のある頭髪と水で洗ったせいで少し湿り気をおびた丸い額といくらかあおざめて老いの兆しを刻んでたるんだ灰色の皮膚が映り、大きな茶色がかって神経質そうな見開かれた瞳の白眼には毛細血管が赤く浮きでているのに驚くのだが、もちろん、あれから長いこと時間がたったのだ。

光

もちろん、あれから長いこと時間がたったのだ、と声に出して言ってみると、咽喉にからまった黒い煙草のヤニの混った半透明の痰《たん》を切る時と溜息と咳の他には長いこと音を出したことのない咽喉と口の内部から出た言葉——というか声そのもの——が風呂場のタイルの壁と床にこもったように反響し、まるで自分の声ではない音のように耳の中にのみこまれる。

ガラスの表面にこびりついた埃と湯気の霧状の粒で曇った窓から、湯気が水滴になってガラスの表面をすべり落ち濡れて縞状になったガラスから細長い光の束が縞模様になって差しこむなかで、とても自分の声とは思えない奇妙にしわがれて悲鳴のようにかん高い声が、もちろん、あれから長いこと時間がたったのだ、と、たとえば冷酷な事実を告げるように、あるいは長い長い悲哀か絶望か、もしかしたら溜った疲労が背骨を軋ませる溜息のように頭蓋骨の内側に響き、眼の奥とこめかみがしめつけられるように痛むのだ。風呂の焚き口は外にあるので、夜遅くまで縫い物をしていた伯母は、冷めかかったお風呂をあたためるために石炭を一くべか二くべ誰かが入れて来てくれたら嬉しいんだけど、と口にし、私は台所のコンクリートのたたきの隅に置いてあるワラで編んだ石炭袋から石炭の粉で黒くなったブリキのバケツに幾重にも重なった裸子植物の葉と枝と幹（と時間）の化石を入れ——葉脈や年輪といった植物らしい痕跡を黒いつやつやした塊から見つけようとする——それを風呂場の外の軒下にある焚き口へ十能《じゅうのう》で投げこむように入れるのだが、風呂場には四十ワットの電球が使われていて天井に取りつけられた乳白色のガラスの照明具を透して窓からもれる光はひどく薄暗かったし、勝手口の戸を開けておいてもそこからもれる明かりで照される部分はわずかだったから、背中の後には隣家との境まで続く庭の暗がりが黒い綿のような密度の重さのある塊のように広がり、何かが——隣家の女中が言っていた首吊りした若い男の幽霊に決っている——あらわれそうな気がして、焚き口の奥の茶色がかってパサパサしたパイの皮のように重なっている石炭の燃えかすの塊を十能でつき崩すと、その中でまだ赤く燃えている石炭の小さな火の塊が、たとえば深い深い暗闇につつまれた森や荒野やジャングルで焚く火が暗闇のもうし子のように音もたてずに忍びよる野獣たちをこわがらせるという言いつたえのように魔除けになるような気がする。

もちろん、あれから長いこと時間がたったのだ。

　水色と白のタイルが市松格子状に交互にはめ込まれた湯舟の中で少し青みをおびて

微かに揺れるあたたかい湯をとおしてゆがんで見える腕や脚や腹を見てもそれはわかることで、ギョロリとしているくらい大きいのに神経質そうな眼付きは禿げあがって後退した額の下にむき出しになっていて、黒というより茶色のかった瞳の周囲の毛細血管の浮いた赤っぽい白眼と眼のまわりの皮膚に刻まれた皺と、青白く痩せて骨ばった長い手足と、肉は付いていないのにたるんだ下腹と尻の皮膚といった醜いといってもいいし、それ以上に滑稽なもの――を、赤いジュータンを敷いた長い廊下の角を曲り、階段を上ったり下りたりして続く、つぎはぎされた迷路じみた通路を歩いて、外から見ると二階だてのコの字形で窓の手すりが朱で塗られた神社のような建物全体の、どのあたりにあるのか見当もつかない大浴場の白い大小の薄片がゆらめきながら浮き沈みしている湯のなかで見たのだったが、もちろん、現在の私はそれによく似ているだろうし、多分、実際そうなのだ。あの人にそっくりだ、と母親は口論の時に苛立たしい怒りにまかせてそう口にする時以外には、何かを思い出す眼付きで笑いながらそう言う。ブリキのおもちゃ人形のようにパパのぶっこ抜きだ。それから、表紙が全部同じデザインなので題名をたしかめずに持ってきてしまった本をベッドに横になって枕元のスタンドの薄暗いあかりで読みはじめる。枕元の四十ワットの電球の電気スタンドをつけて寝ながら本を読むと眼を悪くするから――もともと、父親似で眼の性能《たち》がよくないのだから——本当は寝床で本を読んではいけないのだけれど、そうは言っても、本を読みながら、いつの間にか眼を開けていられないくらいに眠むくなって、まぶたの裏に砂の粒が入ったようにゴロゴロして重たくなっているのに、スタンダールやメリメの小説の中で主人公の若い貴族の娘や若い公爵夫人の情熱的で悲劇的な恋の行方がどうにも気がかりで、あと一ページを読もうと思うのに、それを読んですぐに知ってしまうのがもったいないような気がして若い娘や公爵夫人が我と我身の運命にくだそうとしている誇り高く非常識な決断の内容を読まずに眠ってしまうという少しだけ倒錯的な喜び——案の定崇高な狂気の下した決断を知るのは、朝眼が覚めた時ではなく、その日も同じ一日の退屈な決りきった生活をおえた後、夜の寝床のなかでということになる——を知っている者としては、禁止する気になれないから、本のページがよく見えるように机の上の電気スタンドを持って来て二つの電気を点けて本のページに明るい光があたるようにして読めば眼には悪くないはずだ、と母が言うので、枕元に二つ置いて八十ワットの明かるさの電気スタンドで読んでいる時にくらべて、ホテルのベッドの横の引き出し付きの家具に置かれた明りはとても薄暗い。中年の平凡で穏やかな習慣と感情生活を送っている男が、ある日突然妻と暮していた家を出て、そのまま帰って来なくなってしまうことが、その本には書いてある。読みかけの本は三冊にわかれていたから全体から見ればまだほんの最初のところまでしか進んでいなくて、主人公の少年は母親の再婚相手のおそろしくいやな、ことあるごとに家長の権力をふるう異常な継父《ままちち》によってロンドンの寄宿舎に追いやられる旅の馬車の座席で泣きに泣き、涙でぐっしょり濡れて、もう一滴も水分を吸い取りそうもなくなったハンカチを馬車馬の背中に広げて乾かそうとするのだが、大きな馬の背中の上に広げたハンカチがひどく小さく見えた、というところまで読んでいたのだ。端を小さな三角に折ったしるしの見つからない本のそのあたりと見当をつけたページを開くと、十月の晩方の暗がりの中、茶色の外套に防水用の油布を被せた帽子と長靴に片手に洋傘、もう一方の手には小さな旅行鞄を持った旅支度をして、自分は田舎行きの夜行馬車に乗るのだと妻に言ってきかせている男の話しなのだ。妻はランプを手に持って石造りの階段のある入口まで男を見送り、アンズ色のランプの燈火が木炭色《チャコールグレー》の粒子のような湿気を含んだ夜の空気にぼうっとひろがる光の輪をにじませ、グレーの革手袋をはめた手に握られた洋傘のオウムの頭のかたちの飾りのついた真鍮の握り柄に、妻が手に持っているランプの揺らめきながら燃える小さな炎の光が反射し、入口の階段の横手の半地下になっている台所のあかりとりの窓から、ほのあかるい光がもれ、湿った灰色の粒子に混った石炭の煙と燃えがらのむせるようなにおいと馬車馬が歩きながら垂れ流す尿《いばり》の臭気（馬の糞は落ちたそばから、裏庭の菜園の肥料にするために農家出の手足の大きな女中たちが競って拾ってしまうので道路には残されていない）とつつましく倹約したちょっぴりのベーコンで味つけをしたカブとキャベツのスープのにおいが混りあう。その男はそのまま二十年、家を出たきり妻のところへ戻らずに、家から通りを一本離れた下宿に住みつづけ静かなねばり強い狂気で、毎日妻の住む家の様子を隠れて見つづけるのだ。体の内側が燃えているかのように熱を発散させている走る馬の背中に涙でぐしょ濡れになったハンカチをひろげて乾かした少年のその後の物語は、錯綜する大勢の登場人物のエピソードが様々な色糸で織りこまれたジュータンのようにくっきりと模様を浮びあがらせて全てがはっきりと明きらかになって完成するのだが、あの、まるで犯罪者とすれすれとも言えるロンドンの異常な中年男のはなしは、新聞の小さな記事から語りなおされた男のはなしは、いわば織目が錯綜し、短い糸くずがところどころにはみ出しているジュータンを裏から見ているようなのだ、とその本の語り手は書き、私は薄茶色の織目のあらい麻地と白い人絹を重ねた電気スタンドのシェードから漉されたあめ色の淡い光のなかで本の文字がまたたくのを見つづける（読みつづける）。

風呂の湯を沸かすためにとっくに石炭は使われなくなっていたし、洋裁室の石炭ストーヴも、耐熱ガラスの円筒状のフレームの中であかあかと青白い炎になって石油の燃えるストーヴに変っていたのに、台所のたたきの隅に置いてあったワラで編んだコモの石炭袋とその中に半分以上残っていた石炭は、しばらくずっとそのままで、ある日、母が石炭袋の中にネズミの巣があることを発見する。灰色がかったというかネズミ色の綿のような産毛が桃色の皺だらけのふにゃふにゃした地肌に薄っすらと生えた親指ほどの大きさのかたまりには糸クズのようなおかしなくらいに細い尾があって、それを隣家の女中が犬や猫の子を水に入れて殺すのと同じやり方でバケツの水（猫や犬の時よりずっと少量の）に漬けて殺し、保健所へ持って行ったところ、大人のネズミは一匹現金で十円か二十五円のミツワ石鹼一つと交換してくれるのに、うまれたてのネズミ十匹が大人一匹と同じ交換率だったので、それはおかしいといきまいていたと言う。ネズミ算式に増えるって、言うじゃありませんか。その元を十匹も殺したのに。お宅のネズミなのだから、といって、ミツワ石鹼（十円ばかしもらってもしかたないから）をとどけに来た娘は、絹の端布で作ったスカーフをお礼にもらって頰を紅潮させ、石炭をどの家でも使わなくなってしまったから、石炭をとどけてもらっていた新町の熊田商会はつぶれやしないのでしょうか、と縁側の端に腰をおろして物思わし気に言い、伯母が、あそこは戦前から石炭も扱っていたけれど本業は高利貸しなんだから、全然へっちゃらよぉ、と笑い、山田五十鈴だって戦後は炭坑の坑道にもぐって女炭坑夫をやってたのにさ、今は石油のほうが安いっていうんだから、と言うと、隣家の女中はひどく驚いて眼を丸くして、えっ、女優をやめてですか、えらい人なんですねえ、と叫けんだと言うのだ。自分の育った村では盆踊りといえば決って蓄音器で流す炭坑節と東京音頭で、二曲が表と裏になった一枚のレコードを一晩中かけて耳にタコなのだと口をとがらせ、それから幾つも炭坑の爆発事故とストライキ（アカがやっているそうだ）と川があふれて家が押し流されて人が何百人も死んだいくつものおそろしい大洪水と、こわいアカの奴等がおこしたおそろしい列車の脱線事故と靖国神社に祀られるのよりはいい、と、片足と片腕と片眼を失って（上から、右、左、右の順に）帰って来た時には一家中の皆が言っていた従兄が今は厄介者になっているという話しをし、白地のジョーゼットに緑色の水玉の端布で作ったスカーフを三角にたたんで頭に被って首のところで結び、婦人雑誌で見たけれど、こういうこぶりなスカーフはドライヴの時、風で髪が乱れるのをエレガントに防ぎますって書いてあったと言い、魚政の御用ききに公休日にドライヴ（店で使っているオート三輪《ミゼット》は、いつもきちんと手入れをしているので、少し魚くさいけれども、とても清潔）に誘われているのだと告げる。二人だけでドライヴに行くのは危険でしょうか？　長いこと窓を開いていないのだし誰もここへ入っていないのに、隙間からいつの間にか入り込んで風呂場の壁のタイルと窓ガラスと鏡には薄茶色の和三盆糖の粉クズのような埃がこびりついていて、その上に湯気の微細な粒が乳白色の水蒸気の薄い皮膜のように張りつき、微細な水の粒々は球状の粒でいることに耐えられなくなって筋状の水滴となって下の方にゆっくりと、カタツムリがねばつく体液の跡をアジサイの葉の上につけるように、ゆっくりと下の方に這いすすみ、水道の蛇口から水を出して熱くなりすぎたお湯をうめているので浴槽の縁からあふれる湯がタイルの床に流れ落ち排水口にうずを巻きながら聞きなれた水の音をたて吸い込まれ、もちろん、私は、誰にでもあるように、もどかしく茫然として半ば呆然と放心しながら、湯舟にあふれる透明な茶色の薬草（ウイキョウとセンキュウとカミツレとシャクヤク）のにおいのするあたたかなお湯の湯気を吸い込み、お湯に浮かんでいる薄茶色に染った薬草の入った木綿袋を足の先でボールのように軽く蹴り、まだ湯気で浴室全体があたたまっていないので、すっぽり浸っていたお湯の中から両腕を出すとひんやりとした空気に触れ、脱衣室でセーターと半ズボンと長袖シャツとパンツと親指のところに穴があきかけて糸が薄くなっている毛糸のソックスを脱いだ時、ぴりぴりする冷たい空気に肌が直接触れて薄い金属片で全身をこすられたように浮びあがったあおぐろいところに桃色が混ったツブツブした鳥肌が腕にまだ残っていて、銀色がかった灰色の濡れた産毛が、天井に近いところにある窓から差し込む明かるい午後の長い光の束（黄金色の蜜のように甘美な）の中で輝き、もちろん、誰にでもあるように、もどかしく茫然として、甘美な棘《とげ》がからだの内側のどこかに突きささって息を詰らせるようにして、半ばお湯と皮膚がとけあって混りあう隙間で自分がたった一人世界から切り離されてまるで意味もなくここにいることを確信してゆるやかな戦慄にふるえながら、ここで今眼を閉じることだけはやめておこう——眼を閉じると私はお湯の中にとけこんでしまうのではないか——と思い、それから耳が扉ごしに、今日は頭を洗わなくていいから、お風呂から出たら、萌やしの根と頭をとってちょうだい、と母が言っているのを聞く。おばちゃんはお出かけで留守になるから、今夜のおかずは萌やしなのよ、嫌いなんだもの、あの人、でも、中国料理のメニューでは、萌やしは銀芽と書くのだと母は言い、あんたのパパはそれを銀の牙だって読み間違えたまま思い込んで、中国人の言葉の感性にひどく感激していたものだった、シートンの白い牙より凄い大きな犬が出てきそうじゃないか、って言って、と笑う。薄茶色のごしゃごしゃした糸クズのような根と頭のさきについている双葉になりそこなった豆の皮のカスがついたままでは、萌やしなんて、咽喉や奥歯に糸クズみたいに伸びた根がひっからまるだけのいやな臭いのする下司で貧乏くさい食物だけれど、それをきれいに取り除けば、つやつやと輝く銀の芽という言葉で賞讃される料理になるのだと、根も頭も一度だって取ったことのないあんたのパパはいつも言っていたと鼻を鳴らし、萌やしのお手伝いの前に、ふやけて柔らかくなっているうちにおばあちゃんに足の爪を切ってもらうようにと言い、あんたが赤ン坊のころから、あんなにふにゃふにゃしていてぴくぴく動いて小さいんだもの、指を一緒に切ってしまいそうで爪を切るのが怖くて、ニッパーを使う爪切りの役はいつもあの人だったから、あの人が行ってしまった後、あんたの爪は伸び放題で真っ黒にあかが溜って浮浪児の爪みたいになるし、あたしは半分気が狂ったようになってボサボサの頭で着のみ着のままで寝込んでしまったし、思い出すとぞっとする、と歌うような口調で口ずさむ。思い出すとぞっとする、爪と一緒にふにゃふにゃしてぴくぴく動く桃色の指の先きを切ってしまわないかと不安で——。　銀色の鳥の嘴《くちばし》そっくりな形の小さな刃に握りのついたニッパーではなく、祖母の使うのはてのひらにすっぽり収ってしまう柄のところに赤い紐で小さな鈴を付けた鉄の和ばさみで、お湯につかってふやけて柔らかくなった足の爪は細かな白っぽい三日月のかたちの骨のように足の下に敷いた新聞紙の上に散り、私は表面が粒状の水滴で曇ったコップの冷たい水をのみほす。コップの底には溶けずに溜っている白いざらざらした砂糖がべったり残っていて、それはもちろん祖母が小さな子供を喜ばせるためにこっそり入れたものなのだが、伯母はそれを見とがめて、カブトムシ養ってるわけじゃないんだから砂糖水なんかやっちゃ駄目、なんの栄養もないし虫歯になるだけなんだから、と言うのだ。それから私は何度も何度もレインコートを着たまま台所に行って水道の蛇口をひねり水をしばらく流しておいてからコップに八分目ほどの水を受けて生ぬるい水を飲み干すだろう。コップは多分洗い方が雑なせいで生ぐさい匂いが残っていたし、流しの横のステンレスの台の上には朝出かける前に飲んだ牛乳のコップ——内側に薄っすらと白い牛乳の膜がはりついてそのままかわいて半透明にくもっている——が置いてあり、あんなに咽喉が渇いていると思っていたのに飲み込んだ水は胃の中で重く溜って、胃液と混りあいもしないでねばつく重い胃液の上で水の層になって溜ったまま微かに波打ち咽喉の奥の方へ逆流してきそうだ、と思う。カブトムシじゃないんだから、と伯母は言い、かげりはじめた午後の日ざしの残りが窓際の姿見の鏡に反射して顔が見えにくいのに苛立ち、乱暴にエンジ色の綿ビロードのカーテンを引くのだが、そうすると鏡は光を失って、銀灰色の木綿と絹の交織のスーツの襟もとに結ぼうとしていたピンクのスカーフは鏡の暗がりの中に消えてしまいそうになり、私は手許の暗くなったテーブルの上の、緑にパイピングのように赤い色のついた白いホーローのボウルの水に浸っている陰気な萌やしを一本指でつまみとり、糸クズのような根と薄い緑色の頭を取って、もう一つの水をはった白いホーローのボウルに入れ、伯母は二階の部屋から持ってきて茶の間の日当りのいい縁側に吊してあたためておいたラグラン・スリーヴの焦茶色の毛足の短かめのシャギーのオーヴァー（麻布の隣りの家で飼っていた利口な甲斐犬の毛並にそっくりだ、といつも祖母が感心したように言う）をはおり、小型のグレンチェックの布を張ったスーツケースと大切にしまってある紅茶色の革手袋とハンドバッグを持って女学校のクラス会の一泊旅行に出かける。それがクラス会ではないことを、あたしもかあさんも知ってはいたけれど、ねえさんは嘘をつくのが下手というわけではないけれど、あんまり好きじゃなかったので、ちゃんと三笠会館のレストランのクラス会には顔を出して何人かからちゃっかり洋服の注文（採寸と仮縫いのどちらかを注文主の家までお伺いするという約束）もとって——大変よねえ、おかあさまと妹さんと息子さんの三人を、一人でねえ、あたしたちには到底無理、でも、あんたはちゃんと昔から手に職を持ってたんだから、強いし立派よ、と恵まれた奥様たちが口々に言う——それからあの人とどこかへ行ったことを黙っていただけなのだ、と母は語り、縁の赤いパイピングのような焼き付けのところが小さく欠け落ちているホーローの白いボウルに浸けた萌やしの根をとりつづけ、卵と萌やしとホウレン草の炒め物と昨日から煮ておいたトンポーローが今夜の夕食だと言う。あたしが死んだら、「洋裁室」においてあるかあさんやにいさんやとうさん、ねえさんの「物」は全部捨ててしまってかまわない、取っておいたっていいけれど、処分したって一向にかまわないのだ、ここに越して来る時（もともと引き揚げの時何もかも北京に置いてきたんだからなんにもない家だったけれど）、あんたのとうさんが置いていった物も本箱一つ分の本と茶色のボストンバッグ以外は全部、救世軍のバザーに寄付したのだ、大した物があったわけではなく安物の吊しの背広とジャンパーとズボンとセーターとワイシャツが何枚かと革靴とマフラーや手袋やベルトや丹前とへこ帯やパイプ、結婚指輪は質屋で流れていたし、茶碗とお椀と箸と湯飲みと手ぬぐいとハンカチと下着はバタ屋に売り、カット・グラスの水差しとコップとウイスキー・グラスのおそろいはマチダさんの娘の御主人にさしあげて、駅前に置いて行ったボロ自転車は、結局隣りの夜間の工業高校に通ってる男の子にもらってもらい、全部さっぱりさせて、ここにやって来た……それから私たちは、銀芽と卵とホウレン草の炒め物と脂身がねっとり溶けかかっているトンポーローに辛子とお酢をかけて食べ、母は不意に思いついたように、あんたに弟か妹はいるのだろうか、と言い、もしいたとしても関係ないか、と少し笑い、食器棚の引き出しから取り出した白い角封筒を渡されたので、私は父が死んだことを知ったのだ。病気ではなく、自転車のカゴに返却する本を入れて図書館へ行く途中、県道でトラックにはねられて死亡した無職の男性の事故を短かく伝えた新聞の切り抜きと、町の小さな活版印刷屋の見本帖の一番素っ気ない例文見本に名前と日付けを加えた死亡通知の葉書きが入っていて、だから、あんたのパパは死ぬまで元気だったってことじゃないのかしら、と母は感心したように言い、もうこんな年だったのねと付け足し、豚肉の脂身のにおいが咽喉と胸にむっと来ると言って、自分の前の取り皿を押しやり、思い思いに遊んでいる唐子の絵の染めつけの皿の糸底がテーブルの表面にこすりつけられて軋むような不快な音をたて、私と母はなんとなく顔を見あわせる（見つめあった、だったのだろうか……）のだが、もちろん、あれから長いこと時間がたったのだから、ここには誰もいないし、風呂場の白いタイルには薄茶色の土埃がこびりついていて、石炭の燃えるけむったいにおいが窓の隙間から入り込んでもこない。

北側の裏庭に面した窓のある部屋には太陽の光が直接差し込まないので、二重にしたガーゼで漉したリンゴの絞り汁のように白っぽく茶色がかった淡いいつも同じ柔らかさの平板な明かるさが部屋全体を浸していて、南に面している六畳の部屋との境の白っぽい地に銀色と金の雲の柄の襖を開ければ、南の窓の外にあふれている光が（カーテンが開いていれば）スクリーンに映った映像のように濃い紫色がかった青で透明に輝いている空を背景にしてここからは見えない隣家の庭の南方風のおもむきのある、ほこりじみた棕梠の木の上の方にふりそそいでいるはずで、あの娘《こ》はだらしなくていつも戸を閉め忘れる、と祖母が言う戸が開いたままの洋服ダンスと引き出したままの引き出しの化粧用の鏡台から、少しすえたような体臭や羊毛のラノリンや防縮剤や糊や煙草のにおいと混りあって化粧品の劣化した油のにおいと香料と香水のにおいがこもっていて鼻をくすぐりはしないのに、私はくしゃみをして光のまぶしさに眼を閉じる。

『愛欲の谷』

——灰色の空間は部厚い埃のように曖昧で重みがあるのか無いのかもわからず、そうやって幾つもの日と夜が過ぎたかのような眠りが訪れて、私は年老いる——

土木工事に使用する大きな木製の槌《ハンマー》で乱打された老人の最初の一撃では完全につぶしきれなかったらしい頭部から真っ先に飛び出したのは、桃色のぴかぴかした造り物の歯肉のついた金を被せた総入れ歯で、ハンマーの乱打は頭蓋骨の中の血と血に混った脳漿《のうしょう》や脳味噌や骨のかけらや眼球がその後に続き、殺人現場の部屋一面にそうした血の色をした飛沫が飛び散っていて、殺人の行われた現場で老主人の死体というより、部屋一面の血糊の海と縞の部屋着に包まれて床に投げ出されている腕の一部がたおれた安楽椅子から見えたのを、毎朝六時に通って来る女中《アマ》が居間のドアを開いて発見し、悲鳴をあげて腰をぬかし、まず近所の英国帰りの医者に連絡し、医者はすぐに警察に通報した。

頭を乱打されて殺された老主人の年の離れた妻は女中《アマ》が呼びに行った時、ナツメの大樹と凝った造りの亭《ちん》と牡丹の鉢を並べた中庭をコの字形に囲んでいる家屋の居間とは一番離れた西側か東側の自分の寝室で一睡もしていなかったような極端なやつれ顔で、寝間着ではなく普段着のグレーのシャンタンの支那服を着て寝台に座っていて、事件のことを聞くと、両手で顔を覆い半狂乱の態で悲鳴をあげて泣き叫び、警官に居間に連れて行かれると狂ったように自分が殺したと言い、泣くかと思うと突然大声で笑い出し、血走って見開かれた眼をあたりにさまよわせ、血糊を吸い込んだ緞通《だんつう》の上に落ちている金を被せた総入れ歯を見つけると、物凄い様子で（西遊記の女怪が正体をあらわす時のように）絶叫し、裏革を底に張って刺繡で飾った赤い室内用の布製の靴でそれを何度も何度も踏みにじり、私が殺した、私が殺した、あの人があんまり長くいつまでも生きていたからです、と言いながら、気を失って床にたおれたのだ、と、あの人は話してくれた、と母は言う。

戦争中の占領下の国策新聞には、もちろんその残虐で不道徳な姦通殺人事件の記事は載らなかったのだが、事件の日、姿を消していた西側だか東側の小さな使用人部屋に住み込んでいた十九歳の少年が次の日の早朝に警察に自首して、老主人を殺したのは自分だと言い、夫人は全く無関係で、自分を愛してくれた他には何の罪も犯していない、自分は嫉妬のせいで頭がおかしくなっていたのだ、居間の安楽椅子でうたた寝をしていた主人をハンマーで殴り殺した後、中庭の井戸で衣類を脱いで汚れた体を洗い、寝室に行って何も知らない夫人に知らせ、その後ですぐに警察に自首するつもりだったところ、屋敷の門の外に出ると恐しくなって、城外にある知人の家に泊めてもらってあれこれ考えているうち、このままでは夫人が犯人にされてしまうと思って、自首したというのだった。記事にはならなかった殺人事件のことを関係者たちから話しを聞きあつめてノートを作り、夕食の後、あたしが編物をしている時に、それを読んでくれたのだったけれど、血の海になった緞通の上に落ちていた金を被せた総入れ歯を気が狂ったように踏みにじった奥さんが着ていた支那服の色や布靴の色まで、よく調べたものだと思う。奥さんは上海の英国系ミッション・スクールを出た近代女性で、すらりとした肢体の優雅な美人で、うすら寒い秋の終りの頃で、奥さんはグレーの支那服の上に黄色い手編みのカーディガンを着ていて、その袖口のところに赤黒い血糊のかたまった汚点がこびりついていたのを、女中《アマ》に呼ばれた医者ははっきり見ていて、もちろん、頭をハンマーのような物で何回も何回も殴りつけなければ出来ないような傷と飛びちった血の量から見ても、奥さんのカーディガンの袖口にこびりついていた血が直接浴びたものではないことは確かだったし、一年程前からこの家で働いていた若い下男の姿が見えないことにも気がついていたので、直観的に犯人は下男だと思ったのだった。

何代も続いた薬種問屋は前妻との間に生れた息子にまかせ隠居のように暮している老人は、二十五歳も年齢の離れた妻がまだ十代の頃に再婚し、二人の間に生れた息子を老人は溺愛していたのだが、十歳の時に北海《ペーハイ》公園でボート遊びをしていて溺死して以来酒に溺れるようになり、それまでは、旧家の生れらしく旧弊で誇り高いところがあるにはあったけれど、西洋医学を敵視するようなタイプではなく、前妻との間の二番目の息子は英国に留学して西洋医学を学んでいたし、極く温和な教養人で、耳学と謙遜しながら詩文も相当なものだったのが、人が変ったように粗暴になり、それを若い奥さんはよく尽して上手に機嫌をとってなだめるものの、不満と倦怠と不信で、当然夫婦仲は深いところで冷えきっていて、子供を失い、親子ほども年の離れた体格の良い上に太って酒乱である以外はひどく丈夫な老人との生活は、さびしく息苦しい空虚さに押し被さる絶望的な退屈と屈辱的な消耗の日々で、古くからいた使用人たちも出て行ってしまい、近くの屋敷の門番の娘が女中《アマ》として通って来てはいるものの、酔っ払ってくどくどとグチ混りの嫌味を言いながら居間で寝てしまうだけではなく時には暴力もふるって、遂行できない性交を迫る体格のいい老人を寝室に運んで寝かせつけるには、どうしても頑丈な若い男の下男が必要で、女中《アマ》の父親の紹介で城外の農家出身の肩幅が広くて背も低いのだけれど、どこか全体がもっさりした印象で、眼が落ちくぼんだ奥目と濃い眉のせいで年齢より老けて落着いた印象（フットボールとかアイス・ホッケーのゴール・キーパーのようながっちりした肩幅の広い百姓の青年、とあんたのパパは言っていた）の青年をやとうことになり、若い下男と美しい知性的《モダン》な奥さん（年齢は倍の開きがある）は、真剣に愛しあうようになった、と母は語るのだが、母の記憶の編物の編目には、編目を外して小さな穴のあいたほころびとこごなった糸の固い糸玉があるうえに、一つの物語を最初から最後まで順序立てて話すつもりがなかったから、いつでも話しはとどこおって別の方向へとずれてしまうのだ。

　子供が溺死したのは北海《ペーハイ》公園のボート遊びではなく、スケートをしていて、まだ充分に厚く氷が張っていない場所で割れた氷の間に飲み込まれたせいだったかもしれない。北京の冬はひどく寒くて、オーヴァーの下の上着の胸ポケットに差しておいた万年筆のインクが凍ってしまうので、ストーヴのそばに置いて凍ったインクを溶かさないと字が書けないし、早朝の胡同《フートン》の氷の張った路地には、寒いので毛が長く変化した種類の中国猫の野良猫のコチコチに堅く凍った死体があって、各胡同《フートン》の下男や女中《アマ》たちは、箒で凍った猫の死体を自分たちの胡同《フートン》の入口から、隣かその隣の入口に向ってアイス・ホッケーのスティックでパックを打つようにすべらせて遠ざける、と、あんたのパパは言い、ペルシャ猫が落ちぶれて乞食になって汚れきった三毛だの黒だのの、毛皮のボロでツギをあてたように見える長毛の雑種の中国の猫たちは、まだ極寒の二月に発情するのでオス猫たちはメス猫の飼われている家の屋根の上で恋敵同士喚き声をあげて死闘を繰りひろげるか、執念深い低いうなり声を湿った柔らかい桃色の咽喉の奥で響かせて、じっとうずくまってにらみあうことになり、体の弱いオス猫はロシアの詩人の言い方を借りれば〈燃えさかる恋のために心臓が凍りついて張り裂けて〉、朝になると凍った死体が屋根の斜面をすべって路地に落下するのだ、と言っていた。北海《ペーハイ》公園のスケート場には一度だけ行ったことがある。あんたのパパが上海に出張して留守だった時、部屋の中で石炭の燃える汚れて淀んだ暖かい空気ばっかり吸っていると、かえって風邪をひきやすくなると言って誘ってくれた人がいたのだ、と、母は微笑み、〈凍って乾燥して叩くとカンカン金属的な音のしそうな空気〉の凍った北海の上をスピーカーから雑音の混った「スケーター・ワルツ」と「メリー・ウィドウのワルツ」と「いちごブロンド」が繰り返し流れ、東安市場《トンアンシーチャン》で亡命ロシア人が経営していたパーラーの出店で、舌を焼くような熱いホット・チョコレートと黒スグリのアイスクリームを食べたのだと溜息を吐く。その時、あたしはまだとても若くて、きれいで、買いたての黒い小羊の縮れ毛皮《アストラカン》の素敵なあたたかいオーヴァーに踝《くるぶし》の隠れる長さの黒い革の編上げ靴をはいて、映画女優になったみたいな気分だったけれど、それからしばらくして、あんたのパパの会社に、急に必要になった資料を届けてくれという電話があって、そのオーヴァーを着て行った時、廊下で応接室から出て来た李香蘭を見た。映画で見た印象より小柄でずっと細っそりしていて、精巧に出来たビスク陶器のお人形のようにかっちりとしたきれいな小さな顔にびっくりするくらい大きな大きな眼と赤い唇に、黒テンの毛皮のコートを着て、黒い膝の下までの長さのつやつや光るけれどエナメルではなくカーフのブーツをはいていて、目があうと、にっこりと映画の中で長谷川一夫にするように笑って、軽く会釈をして、ヒールの音をたてて歩み去り、あたしは、あの薬種問屋の奥さんも、ああいうタイプの支那美人だったろうか、とあんたのパパに言うと、李香蘭は日本人だし、恋人の年下の下男に死刑の判決が下った次の日に鉄道自殺をした薬種問屋の奥さんは、ライカで御亭主が撮ったスナップ写真で見るかぎり背の高いすらりとしたモダンな美人で、面長で顔は山田五十鈴をバタ臭くさせると似ているかもしれない、と答え、さっぱり、訳のわからないイメージだったけれど、ラグラン袖で支那風の立ち襟のアストラカンのオーヴァーと黒い革の編上げ靴が以前ほど自慢で素敵に思えなくなってしまったけれど、お届け賃といってパパがいくらかお金をくれたので、あたしは自分のヘソクリと合わせて東安市《トンアンシー》場《チャン》の毛皮と革製品のお店で以前から欲しかった淡いベージュがかったクリーム色の柔らかなくるくるした巻毛が内側になっているアストラカンの手袋を買った。手首のところから腕にかかる部分の寸法が長目に少し広がり気味になっていて、コートの広い袖口が少しめくれ上っても見えるのはコートの下に着ている服の袖ではなく手袋だから、すっきりした着こなしが出来るし、手袋の細いパイピングのあるはめ口のところには同じ色の革で作った三つのループと小さなくるみボタンが付いていて、手袋の内側には名前をアルファベットでミシン刺繡した小さなラベルを縫いつけるサーヴィスを頼むと三日後に、シーダー材の防虫効果のあるきれいな箱に入れて家まで配達してくれるのだった。そして、私の記憶はきれぎれの破片で出来ているので、薬種問屋の老主人殺人事件は濡れたように光るモノクロームのスクリーンの淡い灰色の霧に飲み込まれ、母は、あの人たちが住んでいたのはあたしたちの住んでいた社宅の胡同《フートン》の隣かその隣で、四十より少し手前のはずなのだけれど、少しやつれた感じの上品で知的な美しい面だちの背の高い奥さんが青いシャンタンの古風な直線裁ちでバストにもウエストにもダーツの入っていない仕立ての裾の長い支那服を着て散歩しているのを見たことがあるし、路地ですれ違うと奥さんが思いつめて放心したような上気した顔に、ゆっくりと微かな微笑を浮かべて軽く会釈をして、敷石をはめ込んだ路地を音をたてずに軽い布靴でゆっくりと歩いて行くのを見たと、半ば以上本気で信じてしまうのだ。奥さんの濃い青色のシャンタンの支那服は赤い絹の裏地を張ってスリットの部分はパイピング仕立てになっていたのだ、と、母は語り、なぜそんな細かいことを覚えているかというと、歩くたびに微かに二重仕立ての服の裾が揺れて白い細っそりした膝から下の足と赤い絹の裏地が見えるのが、はっとするほど美しかったからでもあるけれど、深紅の絹の色が血糊の海(というか、むしろ沼)のようになった緞通の上の金を被せた総入れ歯を踏みつけて、体の奥というよりもっと深い暗闇の底からしぼり出したような声で絶叫したという、耳にしたはずもない声とそれが重なってしまうせいかもしれない、と言う。モノクロームのスクリーンの中では、黒い髪の体格の良い若い男が村の広場の泉の石囲いの縁にすわって画家のデッサンのモデルになりながら、酒乱で年の離れた夫から不当に苦しい目にあわされている自分の女主人の稀れに見る忍耐強さと聡明さと美しさを、よく響く低い心地良い声で、おさえつけた愛の深い重圧に悩ましく燃える底知れぬ暗い眼つきで語りながら、噴き出す泉の水で水面に水輪の多重円が絶間なく揺れ動く水に右手を浸し、愛しい者の体を洗い浄めるような手つきで水をすくい指の間から水をしたたらせ、ぼくはまったくの馬鹿のように見えるでしょう、と画家に向って言い、濃い眉と暗い黒い瞳のいかつい感じの顔に初々しく柔らかな胸を打つような含羞《はにかみ》の微笑が水輪のように瞳にひろがる。画家は黒いパステルで仕上げたワトー風のタッチの二枚のデッサンに谷間の村の名と1925という数字を書き込み、ガラスびんに金属性の小さな噴霧器を差し込んでフィキサチーフを吹きかけ、自分の気に入った方はカルトンにはさみ、一枚のラフなデッサンを若い男に渡すと、若い男は黒いパステルの微粒子の繊細な濃淡で描かれた自分の顔の絵を、まぶしそうに眼を細めて不思議そうに見つめ――画家と出あうシーンより前に、寝室の鏡の前で昼の間はつつましいポンパドールに結いあげている髪をほどいてブラッシングしている女主人に熱くあたためたレンガの入った袋をとどけに来た若い下男の顔が化粧台の鏡の枠の中に映り、額縁の中の、たとえば、「悲恋」ともタイトルがつけられそうな年の離れた恋人たちの肖像画のように上下に並んだ二つの顔の瞳は、自分自身を見ているのではなく、鏡の中で深い溜息と禁じられた欲望を圧し殺した讃嘆と愛情をこめて相手の顔を見つめあい、女主人が後を振りむいてしまえば、彼女の化粧を落した唇は若い下男の、いつも濡れた内臓のように光っている形はいいのだけれども肉欲的な唇を貪り、四本の腕はお互の体に強く巻きつけられるはずなのだが、下男が手に持っていたベッドに入れるはずのあたためたレンガの入った袋を落してしまい、それがとてつもなく突然、鈍く響く何かが激しく打ちおろされたような音をたてるので、驚いた二人は見つめあっていた視線を不意にそらす——あの人に、ぼくはこんな風に見えているのだろうか、とうっとりとした様子で言い、この絵を自分の女主人の誕生日にプレゼントするのだと無邪気な誇らしさで告げる。鏡の前で床に落されたレンガは画面には映っていないので不意打ちのように突然、大きな物が何かに打ちつけられる鈍い「音」として二人を脅かし、その「音」は再び、女主人の年寄った酒乱の夫が煖炉の前のロッキング・チェアでうたた寝をしている居間で何度も何度も鈍く骨をくだきながら響き、犯行は煖炉の燃える火を浴びて無声映画のようなシルエットとして映るのだが、頭部をハンマーで強打するたびにロッキング・チェアは床にこすれる軋みをたて、激しく跳びはねるように揺れ動き、小さなテーブルがたおれ、英国護衛兵《ビーフィーター》のラベルのジンが煖炉の炉床に当って割れ、強いアルコールの激しく燃える白い炎が部屋を照し出し、老人の体が揺れながら回転するように向きを変えたロッキング・チェアから床にたたきつけられたようにたおれる。『愛欲の谷』の女主人を演じていたのはシモーヌ・シニョレだった、と母は言い、恋人の男優の名前は知らないけれど、ラストシーンで、恋人が断頭台《ギロチン》で処刑される日、高い石塀に囲まれた処刑場を見下すことの出来るホテルに部屋をとり、『赤と黒』のマチルダのように恋人の頭が体から切断されるのを見とどけ、彼女の大きく見開かれてまばたきをしない薄い色の瞳のまぶたはギロチンの冷たく堅い刃の素早い落下と一緒に閉ざされ、郊外の野外レストランで「サクランボの実る頃」のメロディーのワルツを踊っている二人の姿がクルクルと回転しながら夢のようにオーヴァラップして遠ざかって行くところで映画は終るのだけれど、あたしは、シニョレはこの後すぐに恋人を追って川辺で、恋人がいつも持っていた鋭いナイフで自分の心臓を突いて死ぬのだと思う、と母は言う。ずっとずっと昔、恋人同士だった私たちはサクランボの木の下でたわむれ、暗い血の色をした枝つきの二つの実のついたサクランボを珊瑚の耳飾りのようにあの人が私の耳にかけた、あの人が流した暗い血の色のように赤いサクランボの実――。でも、それは別の映画なのだ、と私は言いかけてやめ、ベッドに横たわっている母は眼をつぶって「サクランボの実る頃」のメロディーをひどく調子っ外れに口吟《くちずさ》む。若い下男は、年寄りの酒乱の主人の若い頃の持ち物だったクリケットのハンマーが血しぶきに濡れた握りしめていた手からすべり落ちて床にあたる鈍い音を最後に耳にして、二階の女主人の部屋に通じる階段をのぼる。

長い濃いブルネットの髪を一まとめにゆるく三つ編みにして胸に垂らしたアリダ・ヴァリは――女主人を演じたのは彼女だったはずだ――狂ったように警官にとりすが

って泣き叫けぶので三つ編みにしてリボンで結えていない髪がほどけて顔や首や胸に乱れかかり、それから顔を振り上げて昂然とした調子で、私が殺しました、私が主人を殺しました、あんまり長くいつまでも生きていたからです、と告白するのだが、床に落ちているグロテスクな総入れ歯を眼にすると、狂気の発作のように顔をゆがめて哄笑したかと思うと悲痛な絞り出すような声で泣きながら、白い毛皮のポンポン飾りのついたヒールのある室内靴《スリッパ》で入れ歯を何度も踏みにじる。灰色の空間は部厚い埃のように曖昧で重みがあるのか無いのかもわからず、そうやって幾つもの日と夜が過ぎたかのような眠りが訪れて、私は年老いるのだが、大きな銀杏の木のある家から姿を消した父の残したわずかばかりの本を詰めた杉板のリンゴ箱――すっかり変色して濃い茶色になったリンゴ箱には、色のあせた赤い紅玉の絵を印刷したボロボロのラベルがわずかに張りついている――の中の『若きウェルテルの悩み』の文庫本のページ(美しい未亡人にやとわれていた若い作男が彼女に恋をして殺人を犯かすところだ)にはさまっていたのは、香港で発行されていたイギリス系の新聞の記事の切り抜きで、ボーンマスに住む老いた夫と若い妻にやとわれた十九歳の作男が若い妻と深い仲になり、嫉妬から夫をハンマーで殴り殺し、若い妻は恋人をかばって自分の犯行だと告白したのだが、作男は自分一人の犯行で夫人は何も知らなかったと主張し、裁判で検事は二人の共謀を立証しようとしたが陪審員は夫人を無罪とし、作男には死刑が言い渡されたのだが、夫人は無罪になった三日後、ボーンマスを流れる川辺で自分の体を六回、料理用ナイフで深く突き刺して自殺し、その後、恋人が終身刑に軽減されたことを知ることはなかったが、夫人の凄惨な自己懲罰的な自殺を伝えられた作男は刑務所の作業場で盗んだノミで首の動脈を切って自殺した、と、その記事は一九二〇年代に行われた殺人事件を、「不道徳で凄惨な純愛」というタイトルで語っている。夫人は川に身を投げて比較的安らかに水死することも出来たのに、と、Ｈ・Ｊというイニシャルの署名の書き手は書く。六回も自分の胸や腹をナイフで刺して、苦痛と苦悩の愛とつぐないの大量の血を流す残酷な死に方の他、思い浮べもしなかったのだろう。あの事件は記事には出来なかったけれど、あんたのパパはそれを翻訳してノートに書いたし、あたしは濃い青の支那服の裏地の赤い絹が薬種問屋のすらりとした美人の奥さんの布靴をはいた白い足にふわりとからみつくのを見たのだし、奥さんはあたしに笑いかけて大きなナツメの濃い赤紫色の実のなった枝が塀を越えて道路にしだれかかった胡同《フートン》の門に入って行った。アリダ・ヴァリだったかもしれないしシモーヌ・シニョレだったのかもしれない女優は、白い絹のブラウスのボタンを外し、白い麻の下着の下の乳房の下までを覆っている古風なコルセットのとめ金にかけ渡した紐をとき、刃を自分に向けて両手に持ったナイフを胸にあて、黒いパステルで描いたフットボールのゴール・キーパーのようながっちりした額と顎の百姓の青年の、落ちくぼんでいるけれど、いきいきとした情熱をたたえて輝く眼と濃い太い眉と柔らかな官能と誠実さと、なにより深い愛と恋の欲望をたたえて、女主人を見つめている紙の中の顔の上に覆い被さるように上体をたおす。

ひかりのくに

本箱一つ分の本（所有者の人格や人生や教養や知性を推し計ることが可能な？）と茶色のボストンバッグ以外の物といっても、もちろん大した量のものがあったわけではなく、安物の吊しの背広とジャンパーとズボンとセーターとワイシャツが何枚かと下着と革靴とマフラーや手袋やベルトや丹前とへこ帯やパイプや、それから、毎日使っていた茶碗とお椀と箸、歯ブラシや真鍮製の安全カミソリと泡立て用の陶器のカップとタヌキの腹毛のブラシといった物は、麻袋《マータイ》を被せて縫いつけて補強した引き揚げの時に使った柳行李の半分にもならない分量だったけれど、そういった物の全部を、あの人は置いていった、と母は繰り返えす。あたしがあの人だったら、というか、たいていの普通の人間だったら、いくら夏の暑い朝だったとはいっても、白い開襟シャツに進駐軍の放出品のカーキ色の綿ギャバジンのズボンに麦ワラ帽子を被って庭用のちびた下駄をはいて、ぶらりとつい近所の店までタバコを買いに行くとか貸本屋に雑誌――「宝石」か、そうでなければ映画雑誌――を借りに行く時のような格好のままで家出をしたりはしない。せめて、仕事でしばらく出張旅行をすることになったくらいの嘘をつくものだろうし、そう言えば、茶色のボストンバッグに着替えの服や下着や安全カミソリや歯ブラシといった身のまわりの物を持つことも出来たはずだ。駅前の自転車置場に自転車を置いて行ったのだから、あの人はそのままの格好で汽車に乗ったのかもしれないし、そうではなく、前もって用意して貯めておいたお金で、駅前の質流れの中古服屋で麻の背広を買ったかもしれない。アイルランド産の麻で仕立てた高級な注文服で、こういうのをシナ人のスラリとしているけれど肩幅のある美青年がすっきり着こなすと、いばりくさっていた日本人の男は召使いのように見えた、と言っていつだったか店さきで感心していたあの背広を買って、麻のシャツと革靴も買って、脱いだシャツやズボンや下駄は新聞紙に包んで駅のゴミ箱に捨てるか、そうでなかったら、いつも駅前に座ってる女の乞食の人にやったのかもしれない。あの人の綿ギャバジンのズボンの膝のところには、勝手口の扉と窓枠と棚を白いペンキで塗り直した時に付いた白い汚点《シミ》があって、北京で作ったブロードの開襟シャツの胸ポケットには黒い糸でイニシャルのアルファベットが二文字刺繍してあって、だから、大空襲で家族を全部殺されて頭のおかしくなったらしい、あのかあいそうな女の人——いろいろな布地でつぎをあてた地味な銘仙の、そんなに汚れていない上っ張りとモンペをいつも着て、物が一杯つまったリュックと紺色の防空頭巾を背負って、ネズミ色に変色した白いズックに衛生袋と墨で書いた袋を肩に斜めにかけて下げ、髪の毛は後に小さい夜会巻き風に綺麗にねじってビンドメでまとめているのだけれど、前髪はいつ見ても、どういうわけか、カール用の円筒形のアルミ製クリップに前髪を巻きつけて、ゴムのとめ具をはめて、そのまま額の真ン中におまじないのようにぶら下げているのは、いったい、どういうわけだったのだろう、と母は言い、もの思いにふける表情をして黙り込む――が着ていたのを見て、すぐにわかったので、駅前のパン屋でコロッケパンとピーナッツクリームを塗ってはさんだ食パンを買い――ジャムパンやアンパンより、栄養のある物の方がいいと思ったので――薄緑色のペラペラしたハトロン紙に店名と住所と電話番号を刻った判が赤いインクで押してある包装紙に包んだパンを乞食の女の人に渡して――彼女がパンの包みを受け取り、東京に転勤して来た月給取りの奥さんが気取って御用聞き相手に使うような、山の手の奥様ぶった尊大に鼻にかかった高い調子の発音で、ああら、おいしそう、これ、いかほどかしら？ と言ったというので、母は腹の立つ理由をうまく説明できないままずっと腹を立てつづける――どうぞ、これはさしあげるのよ、と母は女学生のように（多分）答え、おうかがいしたいことがあるんですけれど、あなたの着てらっしゃるその服、どうなすったの、と言ったのだったが、相手は、これは自分の物だ、と不機嫌そうに眉間に皺を寄せて、かん高い悲鳴のような声でとれるものならとってみろ、と叫んで、駅前広場のコンクリートの柵に囲まれた円形の緑地の中に逃げ込み、小さな子供のようにアカンベーをした、と母は言い、それはどっちにしても、あの人はだから、ペンキの汚点《シミ》のあるカーキ色の木綿のズボンに洗いさらしたブロードの開襟シャツとちびた庭下駄で汽車に乗ったわけではなくて、中古服屋で服を買ったのだ、あたしは店に入ってそれを確かめた。シベリアに抑留されていた時小指と薬指を凍傷で失ったというお喋りの中古服屋の主人は、眼鏡のインテリゲンチア風中年男性が、ズボンのポケットの部分と裾に汚点《シミ》があると言って値切って麻の背広と麻のシャツを五百五十円で買い、五尺八寸くらいの比較的大柄な人だったからズボンの丈が少し短かかったし、上着の袖も短かかったけれど、それは直せるから問題はないと言うと、その人は店の奥でスーツに着がえ、下駄をはいている足もとを見て笑い、丁度寸法のあった十文半の薄茶色の夏用革靴も三百五十円で買ったので、被っていた麦ワラ帽のかわりに、本物の上等なパナマもすすめたのだったけれど、これは頭の鉢の大きな人だったから寸法があわなかったし、値段も千二百円で高すぎるといっていた、それから、そのお客さんは素足だったので、薄い灰色の新品の木綿の靴下二足も買ったと、店の主人は帳面を見ながら言い、うちの店の場所が場所だけに、ここで着ていたものを身ぐるみ着がえて汽車に乗るという客はかなりいて、なにかの犯罪にかかわった者もいなかったわけではないし、そうでなくともそれぞれの事情を抱えているのだろう、しかし、家出人がどういう服装をしているかの手がかりにはお役に立っただろう、と母をなぐさめ、とても薄く稀釈してあるので歯がきしきしするほど酸っぱくてぬるいカルピスと湿っけて柔らかくなったふにゃふにゃの鉱泉センベイを店の奥からおかみさんが持って来てくれて、真面目そうで、そういう人には見えなかったけれど、コレですか、と小指を立て、総天然色のアメリカ映画の女優みたいに化粧した商売女《パンパン》が東京から流れてきているからねえ、進駐軍の演習場が出来てクラガノの方に兵舎が建ったせいで、と、わざとらしく溜息をつき、シベリアから帰って来た主人は、それは違うだろう、パンパンは日本の男を相手にしない、日本の男はアメ公専門の薄汚いパンパンを相手になどしない、この人の御主人には御主人の事情がおありだったんだよ、と言い、自分はアカに洗脳されてシュギシャになって戻って来て、すぐに一貫して戦争反対だった日本共産党に入党するつもりだったけれど、綿を打ちかえしたばかりのふかふかのぬくぬくした布団で、足かけ五年ぶりに女房を抱いて寝たら、すっかり元に戻って商売に精を出して、こいつと子供たちを幸福にしてやりたいとしみじみ思ったのだから、御主人も一緒に引き揚げの苦労をした奥さんのことが忘れられやしないですよ、きっと帰って来ますね、そう言っちゃあなんだけど、おどおどした様子だったし、一時の浮気心《あれ》ですよ、女にだまされているんだ、としたり顔で受けあい、母はゴチャゴチャと中古品を積み重ねた埃っぽい臭いと樟脳の揮発性のつんとした臭いを扇風機の風がかき回わして噎せかえるような店内で、海に行く予定や計画などありはしないのに、いろいろなガラクタが山積みになっている古い柳行李の中に入っていた海浜用の玩具を二十円で買い、濃いオレンジ色の木綿のネットの中に玩具のスコップ（ざらざらしたきめの粗い黄色く塗った木の柄のブリキのスコップには白と茶色がうず巻いてダンダラ縞になっている巻貝と赤い小さなカニの絵が桃色と白のグラデーションに塗ったスコップの湾曲した内側に描いてあって、私はそのグラデーションの幸福感に充ちた俗悪なバラ色の色彩を海の夕日かもしくは朝日の色なのだと想像する）と同じ黄色の雑にロクロでひいたザラザラした木の柄の熊手（爪の部分は赤茶色の錆が浮いているにごった銀色のブリキ生地で柄に近い部分には桃色の塗料が塗ってある）と黄色い木製のざらざらした感触の握りのある水色のブリキのバケツ（黄色と黒の縞のエンゼルフィッシュとパイナップルの絵が描いてあるというよりステンシルで染めてある）が入っている「お子様しほひがり」のセットは、薄緑色のハトロン紙で包んだチョコレート・クリームの載ったダイヤ形とジャムの載ったハート形のロシア・ケーキ、ひき肉入りロシア・パンと一緒に駅前から重い男乗りの自転車をこいで帰って来た母が、茶の間の食卓に左の肱《ひじ》をつき左手を額にあてて疲れきった溜息をつきながら、黒い木綿糸のマクラメ編みの買物袋にお土産が入っているから出してごらん、と言ったものなのだ。

それから、私たちはお湯を沸かし（というより、むろん、母が）注ぎ口の先きのところが少し欠けて注ぎ口の首全体に茶色のヒビが一本走っているピンクと黄色の縞柄の陶器のポットで紅茶をいれ、コンデンスミルクも牛乳もなかったので砂糖だけを入れた渋い味のお茶で、ロシア・ケーキとロシア・パンと漬かりすぎたキウリのぬか漬けを夕食のかわりに食べた。

こういうことがいつかはあるかもしれないとあたしは北京にいた頃から、はっきりというわけではなく、ぼんやりした不安のふわふわ形もなく動きまわる微かな影のように感じてはいたのだ、と母は言う。上海からあの人にハガキがとどいて、とても綺麗なのだけれど、普通の女の人が書くような草書体のペン字ではなく、男っぽい書体だった、ハガキだからそれ程長い文面ではなくて、何ヶ月か前に夫が急死した時におくやみに来てくれたことへのお礼と、あなたにも御相談した今後の身の振り方を考えた末、日本に帰って叔母に管理してもらっている田舎の家と土地に引きこもるのはどうにも気が進まず、書店の経営はしっかりした番頭がいるので、店のことをいろいろ学びながら、こちらにいる決心をした、夫の遺品の整理をするほどの気持の整理はまだつかず、遺品の何かをお渡ししたいと思っているのにままならない、今年中には納骨のために一度日本に帰える予定だけれど、一度戻ると、そのままこちらに戻って来る気持になれなくなるのではと不安だ、といったような事が小さな字でびっしり書いてあって、その人の書いた字を見たのはそのハガキ一枚だけだったけれど、あの死亡通知の入っていた封筒の字を見て、差出人の名前を見るまでもなく、あたしはすぐに同じ人の字だとわかった、と母は言うのだが、私はもちろんそんなことを信じているわけではない。駅前広場のコンクリートの柵で囲まれた緑地の中央には小さな池があって池の真ン中には、戦争中の供出からどういうわけかまぬがれた鉄で出来た鶴が天に向ってもたげた長い首の先きに伸びているクチバシから水を噴くはずの噴水は長いこと止っていたけれど池には水が張ってあったので、そこであの乞食の女の人は足を洗ったり着ている物を洗ったりしていたのだけれど、あの夏はずっとあんたのパパの着ていたシャツとズボンを着て麦ワラ帽子を被っていて、それを見るのがひどくいやだったのであたしは駅前には滅多に行かなかったけれど、いよいよ、かあさんの所へ引っ越すことになって、それほど沢山あったわけではない荷物をすっかり整理して——あの人の使っていた布団は綿を打ち直しに出したばかりで布団がわも新しい布地《きれ》に代えたばかりだったので捨てるのはもったいないから、それも含めて三組分の布団と毛布とシーツとあの人のソバガラの頭の汗を吸い込んだ枕は捨てたから、あたしとあんたの枕と座布団が五枚、それに木綿のカーテンを布団袋に入れて、引き揚げの時に持って来た柳行李には、あんたとあたしの服と靴と下駄と傘を入れると一杯になったので八百屋でリンゴ箱を買い、何を持って何を置いて行くか、引っ越しの手伝いに来ていたねえさんと言い争いになり、結局、食卓と茶簞笥と柱時計も古道具屋に売ることになったし、小さな簞笥一つと鏡台、本箱と書物机と椅子、緑色の絹のシェードのついた電気スタンド、引き揚げてから買ったほんの少しの食器と本と細々したものをまとめ、マナイタとかおひつとか鍋とかタライは一つの家に二組の物があってもしかたないからというので売ったけれど、柄の握りの木工細工の形が気に入って買ったアルマイトのやかんと同じデザインのミルク・パンと使い慣れたフライパンと陶器の鉢に入れたぬか床は持って行くことにしたし、あんたのおもちゃも全部リンゴ箱に入れて荷物にして、隣りの家の高校生がリヤカーで運んだ——汽車に乗るために駅へ行った時はもう薄ら寒い秋の終りか冬のはじめで、お隣りの人が、汽車の中で食べるようにと言って紅玉をくれたし、あんたは青とグレーの三センチ幅の縞の毛糸のマフラーを首に巻いていたし、あたしは教会のバザーで買ったアメリカの中古服のエンジの厚手ウールのトッパーにグレーのフラノのタイト・スカートに、北京で買った革の手袋をはめていたし、とても良く晴れた日だったけれど、冷たい風が強く吹いて土埃が舞っていたのに、駅前の枯れた緑地の噴水のある池の前に座って、あの女の乞食の人は、あんたのパパの開襟シャツと綿ギャバジンのズボン（膝にはあの女の乞食が自分で赤い布でつぎ当てをしていた）を着て麦ワラ帽子を被って、ヘギに載せた何もかかっていないウドン玉を割箸で食べていたので、あんたはジャンパーのポケットに入っていた塩漬けの巴旦杏《はたんきょう》と、竹かごに入っていたリンゴをその人にあげたじゃないの、そして、あの人の着ていたのはパパの服だって、言ったじゃないの、と母は話しつづける。これを食べてって、それは可愛い口調で言って差し出したのよ。

　祖母と伯母が説明するように、もちろん父には新しいちゃんとした職場が必要だったのだし、それが私たちと離れて暮さなければならない遠い土地にあることも納得しなければならないのだが、正式な説明とは別の、知らせるには早すぎる秘密に属している隠し事は、何気ないお喋りのなかで、ぽつぽつと断続的に無防備に（あるいは、無防備を装って意識的に漏らされたのかもしれない。きれぎれに漏らされるものがたりの断片と断片をつなぎあわせて、私が一つのあやふやでありふれたものがたりを作りあげることが出来るように）語られる言葉から私は上海で書店をやっていた美しい（多分）未亡人（彼女は李香蘭のように裾の長い絹の支那服を着ている）のことを知っていたし、彼女のために父が私たちを捨てて家を出て行ったのも知っていたのだ。しかし、あれを、あの切れ切れの部分部分に鮮やかな色彩が混り、臭いさえもするのに、どこか古いフィルムのようにすり切れてスクリーンの上で光の傷痕のような明かるい輪のように広がり灰色のチラチラと動きまわるまだらと線になって消えて行くあれを、知っていた、と言うべきだろうか。私は映画館に連れて行かれ、映画が二本終った頃にむかえに来るから、と言われ何か買って食べるようにと十円札を五枚渡され、はじめて会った伯母は、白い襟のついた深緑色の事務服を着た切符切りの娘に、自分がむかえに来る前に、この子が誰かと一緒に出て行こうとしたら、それはいやらしい人非人の人さらいなんだから、この子に行っては駄目だと声をかけてくれるようにと、クドクド頼み、太って象のような細い眼をしてチリチリにパーマをかけた娘は、あからさまに、なんでこんなやせっぽちで黄色いヒネこびた栄養失調みたいなチビを好きこのんでさらう奴がいるわけ？　という顔をして、この子なら大丈夫、いつも、おかあさんかおとうさんと一緒に見に来てるもんね、と言うので、私はうなずく。その間に母と伯母は引っ越しの荷作りをし、もうすでに母が調べて何も手がかりのなかった、家を出て行った男の残していった机の引き出しや本箱を調べるのだが、手紙のやりとりのあったはずの数の少ない友人や親類や知人からの手紙やハガキもなかったし（彼等に妻が問い合わせの手紙を書くことを考えてのことだったのだろう）、もちろん、あの上海から北京のヘーチマ胡同《フートン》の社宅にとどいたハガキもなかったのだけれど、机の上の電気スタンドの台の下に茶色のハトロン紙の封筒があるのを伯母が見つけ、その中には「手紙はおろか、一言のメモさえ」入ってはいなくて、一年前から少しずつ預金した母の名儀になっている銀行通帳が入っていて、最後の入金は、家を出た日の前の日で五万五千円、全部で八万一千円の残高になっている、と腹立し気に告げ、当面これで母子二人暮せってことなのねと苦々しい顔で少し笑い、家出をする決心をして、妻子に残すお金を毎月三千円ずつ貯金しているなんて、すっごく陰湿でミミッチクて細かくていやな男だと憤慨し、それにこの最後の五万五千円は、勤めていた事務所で給料を前借りしてドロンしたわけじゃないんだし、事務所がこんな金額を前借させてくれるわけもないんだから、友達か誰かに借りたのだろう、そうでなかったら、あの上海の女が工面して送ってよこしたのかもしれない。あんたたちがどうなるかなんて、ちっとも考えちゃいないのよ、と言って泣く。

母と一緒の時には三十円のミルク・チョコレートを二つに割って、銀紙に包んだのを私がもらい、小豆色がかったチョコレート色の包装紙に半分をくるんでベトベト溶けかかったチョコレートで指が汚れないようにして食べるのだが、父はたいていジャリジャリしたアイスクリームを買ってくれて、平べったいヘギの箱に入ったアイスクリームには粘つくような木の臭いが移っているものだから半分も食べられず、手のひらの上でぐにゃりとした白い溶液になって便所と煙草とのしいかの臭いのする映画館の暗いコンクリートの得体の知れない汚れでねばついた床の上にこぼしてしまうのだ。白黒の画面の中では終っているはずの戦争がまだ行われ、底の平らなジョウリクヨウシュウテイに乗った兵隊たちが白い泡立つ波と一緒に次々と無数に海岸に達し、それから大きな白人の男たちは白い半袖のシャツと半ズボンと黒い半袖シャツと半ズボンのユニフォームのグループにわかれて、ジャンプをしながら首と頭を突きあげてボールを高くゆっくりと飛ばしあって走り回わり、ハイヒールをはいて肩紐のないぴっちりした水着を着た、にっこりと輝くばかりの微笑みを浮かべ白い歯を見せて整列して立っている十二人の美女たちの一人に王冠とテンの毛皮で縁どったビロードのマントが与えられ、鼻をたらして薄汚れてボロをまとった戦災孤児たちに大きさが五倍はありそうなＧＩがお菓子を与え、騎兵を乗せた馬とインディアンを乗せた馬が猛烈な速度で走りつづけ、沢山の馬のひづめのとどろきと銃撃の音とインディアンの鋭く空気をつんざくように響き渡る雄たけびと矢音が混りあい勇壮なラッパと音楽が流れ、それから、映画館の外に出て、私たちは映画館の前に置いてある何台もの自転車の中から、鉄製の水色のペンキ塗りのところに赤い胸のコマドリの絵を描いてあるフレームに取り付ける幼児用座席はすでに取り外して後の荷台に灰色の象をアプリケした紺色の小さな座布団がくくりつけてあるのと、サドルの革がひび割れているのですぐにわかる、家のイタリアン・ネオレアリスモの自転車と父親の言うそれを見つけて鍵を差し込み、私は荷台にまたがって休日の午後の商店街を淡く染めている薄ねずみ色の光の中を走り抜けて家に帰える。ひどく疲れていたようだし少し熱もあったのかもしれないのに、なぜ、それ程いそぐ必要もない図書館に本を返えしに行ったのかわからないと、おかあ様とあなたからおとう様を奪った〈罪深い女〉は手紙に書いていて、つづけて、住宅地に開発されてしまってわずかに残っているあおい麦畑の中に通っている道を自転車で雨あがりに走りたかったのかもしれない、あなたのおとう様はあおい麦畑がとてもお好きで、あの匂いを吸い込むと鼻から眼の奥に風が通って吸い込んだあおい麦の匂いのする新鮮な空気が眼玉の表面からも頭のてっぺんからも吹き出して行くような気がするとおっしゃっていました、と綺麗なブルーのインクの太いペン先きの字で書き、車にはねられて畑の脇を流れている用水路のコンクリートの縁に頭を打つけて即死したということがまだとても信じられないと書く彼女の手がグレーの支那服の上に着た黄色い手編みのカーディガンに包まれていて、その袖口のところには赤黒い血糊のかたまった汚点《シミ》がこびりついているような錯覚を私は持ち、頭を叩き割られた夫の死体を見て、血の海になった緞通の上に口から飛び出して落ちていた金を被せた総入れ歯を気が狂ったように赤い室内用の布製の靴で踏みにじって、私が殺した、私が殺したと悲鳴のように叫けんだというあの母の物語の中の中国の薬種問屋の美しい奥さんと混りあう。胡同《フートン》の石畳の路地で母とすれ違うと思いつめて放心したような上気した顔にゆっくりと微かな曖昧な微笑を浮かべて軽く会釈をして路地を音もたてずに軽い布靴でゆっくり歩いて行き濃い青色のシャンタンで裏地が赤い絹の支那服の長い裾のスリットが揺れ白い細っそりした膝から下の足を、私も確かに見たのだ。それから私はもう一通の別の手紙を、ほとんど暗記してしまっている手紙を、それを開いて読みかえしているように思い浮かべる。あの時、私ははじめて別れを意識したのです、と彼女は私のいない部屋のテーブルの上に白い紙を載せて、ボールペンを握って書く。あの日の散歩は二重の意味で黄昏でした。現実の時間の流れのなかでの黄昏と、私たちの関係の、二重の意味で。この悲しい手紙をお読みになるころ、私はもう遠いところへ去っているでしょう。あなたにお会いしたいという誘惑を避けるために、できるだけ早く遠くへ逃げ出してしまいたいのです。黄昏時の散歩のことなど私は少しも思い出せないのに（何一つ記憶していないのに）、それがあの時なのだと彼女は書き、手紙はテーブルの上に透明なカット・グラスの灰皿を重しにして置かれ（灰皿の中には口紅の付いた吸いがらが一本と少量の煙草の灰とガラスにこびりついた紅茶色のねばつく脂《やに》）、庭に面した窓の閉されたカーテンの隙間から差し込む西陽が、表面をカットした透明なガラスの中を通過し、白い紙の表面は淡い七色の微かにゆらめいて消えかかる光の斑と筋に覆われていて、そして彼女は姿を消す。上海の女であり〈罪深い女〉でもある手紙の美しい文字の書き手は、父が死ぬ前に読んでいて図書館に返却するはずだったあなたの書いた本が雨あがりの道路に落ちて汚れてしまったので図書館には返却せずお棺に入れて持たせてやったと、ゆっくりとなめらかな物悲しい調子で物語っていて、私は――多分、ひどく（胸糞が悪く）、おそらく（何かを無理矢理飲み込むことの耐え難い不快さに）、うんざりしたのだ。

けいせいはんごんかう

黒胡麻のこぼれたるは上《あが》り下《さが》りの章にまがひ毛抜にもれてちりし髭は
ゆりふしとも見えつべしまして轉傳《てんぐ》の模寫《もしゃ》……

近松門左衛門

あたしはミシンを踏めないけれど——足で踏む調子を取るのを覚えてしまえば、丁度自転車に乗れるようになる時と同じで簡単なのに、とあの娘《こ》たちは言ってたけれど、だって、あたしは自転車は乗れないし、手に針を持って（針の穴に糸を通すのは、眼の鋭いお前さんにお頼みしますけど）チクチク縫うのが性にあっている——洋裁室から聞えて来るミシンの回転する音で、どんな布地《きれ》を縫っているのかわかる。薄い夏物の木綿を真っすぐ縫っている時は、水道の蛇口をいっぱいにひねって流れ出した水が流しに弾《は》ね返って排水口に吸い込まれて行くような音をたてるし、薄い木綿でも袖付けや襟といった曲線や小さな尖った角のある所を縫っている時には、布地《きれ》をゆっくり手で針の下に送り込むからミシンはトントンと小刻みにゆっくり回転するし、もっと厚い布地《きれ》が重なっているのを縫う時には、ミシンはふとざおの三味線がじょうるりの節のように、テテデン、テテデン、テテデン、と鳴り、薄い布地《きれ》の尖った襟先にミシンの針を落している時には、「おんなていきん」の「せいろくの三味線」ほどではないけれど、最後の縫いどまりで針を上げると、ツトンツトンツトンツトン、ジャン、という音をミシンがたてるのだけれど、お前さんの小っちゃな爪をハサミでつまむ時は、小指からチンツン、チンツン、人差指の爪は少し大きいから、ハサミをテンと入れてテンツン、親指はもっと大きくて爪も他の指より固いから、テンテン、トン、ジャンでしめることになるので、これは「きよもと」と、祖母は言い、おばちゃんたちは今日も「よなべ」で大変だねえ、と軽く溜息をつき、夜爪を切ると親の死に目に会えないという迷信があるけれど、お湯につかって爪が柔らかくなっている時が切りやすいのだから、あたしはそんなことは気にしないけど、お前のパパさんはアカだったのに、そういうことを気にする人だったそうだけれど、そのくせ、お前たちを置いて出て行ってしまったのだから、ほんとに世話はない、と少ししわがれ気味の声で半分一人言のように呟き、おばちゃんたちの通っていた幼稚園のアメリカ人の五尺三寸はありそうなのだけれど、おじいちゃまは六尺豊かな女丈夫と呼んでいた女の宣教師、おおきな乳房がみぞおちの上でぷるぷるというよりたぷたぷと大波のように揺れるミセス・テムプルに編み方を習った、爪先きとカカトの色違いの毛糸で編む部分に木綿の糸を交ぜて補強した編みかけのソックスを紺色の一閑張りのカゴから取り出し、小さな毛糸玉に突き差してある竹製の編棒を髪に軽くこすりつけて髪油をなじませるようにしてから編みはじめる。消し炭色の毛糸で足首の周囲の二目ゴム編みからカカトのカーヴの部分の少し変形した四角の赤い毛糸と木綿糸に変り、甲の方は消し炭色の毛糸で編みつづけながら、大女なので当然手もとても大きなミセス・テムプルの編み方は、そりゃあ速くて、銀色の金属製の四本組み編棒を使う時などは目にもとまらぬ手妻のような早わざで、それでも自分などはわたしのマザーさんに比べたらとてもとても遅く、マザーさんが編む時はぶつかり合う編棒の先きでパチパチと火花が飛び散り、飛び散った火花が毛糸に燃え移るのをいちいち消さなければならなかったからそのために仕事が遅れて、結局のところ、編む早さでは負ける自分のほうが仕上がりは先きになるし、マザーさんの編むセーターには焼けこげの跡がつきものだったとミセス・テムプルはおかしな発音の日本語で上手に語り、ミセス・テムプルと並んでいるととても小さなお雛様のような白い細い顔の女の園長先生（女優の久我美子に似ているので映画雑誌の写真を見ると思い出すのだ）は、ミセス・テムプルはとてもヒューモアのある方で、こういうお話しをなさいましたが、これには皆様よく御存知のウサギとカメのお話しにも通じる教訓が含まれています、たとえ上手に早く編めなくても、一目一目丁寧に編んだほうが、しっかり確かな完成に結びつく、ということでございます、と説明するのだったが、あたしは、ミセス・テムプルよりもっとずっと大きな麦ワラ色の髪のミセス・テムプルのおかあさんが、四本の金属の編棒の先にパチパチ火花を飛び散らせセーターから煙が立ちこめているところを想像するほうが好きだった、と祖母は語る。白っ茶けた麦ワラ色の髪の大女のもう一人のミセス・テムプルがセーターを編んでいる揺り椅子のそばには陶器の水差しに、もちろん、水がたっぷり用意されていて、横暴な人喰い巨人の妻であるその女は豆のツルを上ってやってきたジャックを、夫に隠れてそっと逃してやるのだと私は別のおはなしを針で縫いあわせるが、縫いあわせた糸は甘い撚りの糸で、あらく仕つけただけなのでまぜこぜになりはしないはずなのだ。

　そもそもその絵師の家には、その昔、先祖の一人がセイリョウデンという建物の戸に描いたはね馬の言い伝えがあり、戸に描かれた馬が夜な夜な脱け出して庭の萩を食べてしまうので、テンシ様が馬の絵を描いたカナオカという絵師に命じて、馬が繫がれているように描き直させたところ、その馬は戸から脱け出せなくなったというのであり、筆のすさみのあとたえず伝わる家や画工のほまれカノシロジロウモトノブという、器量ここんに長じ心ばえよき男ぶりの生れつきの美男がこのおはなしの主役だと祖母は言い、はなしの題名は「けいせいはんごうかうでちかまつのさく」と言うので、一つながりの呪文めいた響きの言葉の意味をはかりかねていると、木目を浮き上らせたウルシ仕上げのちゃぶ台の上にあった湯飲み茶碗に人差指を浸して、文字を書くのだが、ちゃぶ台をはさんで向い側に座っているので上下が逆になっているお茶で書いたかすれがちの文字と木目を浮き上らせたウルシに電燈の光が反射するし、液体の表面張力のせいでおおあわてで球体になろうとして文字の形を消そうとしているお茶を読みとることは出来ず、私は玄関に放りっぱなしにしておいたランドセル（ほんとうは庭に面した廊下の奥にある勉強机の椅子の背に吊しておかなければならないのだが）から白と茶の縞のソックスの左打ちバッターが赤いバットをかまえている絵がプリントされた青いセルロイドの鉛筆入れと、男の子と女の子の二匹のウサギは女の子は赤い格子のジャンパー・スカートで長い耳の片方にリボンを着け、男の子の青いサスペンダー付き半ズボンのウサギは耳と耳の間に全然似合わない青と白に縫い分けて青い目びさしのついた野球帽を被るというよりちょこんと載せていて二匹ともランドセル（女の子は赤、男の子は濃い青）を背負い、ディズニーの映画に登場するウサギの顔を真似た長いマツゲと大きなパッチリした青い眼をして、学校へ行く途中なのか、それとも帰りなのか、タンポポとスミレとヒナギクの咲く道を歩いていて、空にはディズニー風の大きな目をした翼の先きが黄色い青い鳥が飛び、白い雲の浮かぶ水色の空のところに赤い色で「こくご」と書いてあるノートを持ってきて、お茶で書いた文字をここにもう一度書いてくれるように頼む。隣の席の女の子は、セルロイドの鉛筆入れがランドセルの中で揺すられて鉛筆の芯が折れないように脱脂綿を筆入れに敷きつめているのだが、私の野球選手の絵の付いた鉛筆入れには最初から緑色の厚いフェルトが張ってあり、鉛筆やナイフや消しゴムが動かないようにはさんでおけるゴムのテープが縫いつけてあるのだ。フカミドリとヤマブキイロに六角形の側面を塗り分けた2Bのヨット鉛筆で「こくご」のノートのマス目の中に一字一字「けいせいはんごんかう」と書き、こないだデンキ館に見にいった活動写真の『近松物語』とおなじ「じょうるり」で、こっちの話しのほうが有名ではないけれどケレンがあって面白い、と祖母は言う。

　カノノシロジロウは仕えている殿様の命令で名高い松の絵を描くために家来と旅に出て、松の木のように美しい立ち姿の物言いや素振りがいかにも利発な遊女に出あうのだが、その遊女は実はカノ派とは兄弟関係にあるトサ派の絵師の娘で、父親が仕える殿様の御不興を買って浪人になってしまい、家を助けるための犠牲になって遊女になったのだということがわかり、遠山という名の遊女は、ゆうべの夢に天神様が現われて、若い男の絵師がやって来るから、その者に父親の松の描き方の秘法を伝授せよと言われた不思議さと、美しいカノノシロジロウを一目で好きになってしまったこともあってトサ派の松の描き方の秘法をすっかり教え、二人は連理の松の枝か、ねばつく松脂《やに》でぴったり張り合わせたように決して一生涯離れない夫婦になる堅い約束をし、再び迎えに戻ってくると言いかわして別れ、シロジロウは松の絵を持って国へ帰ることになる。洋裁室のミシンの音がやんで、私は本当はもう二階で寝ていなければいけない時間なのだけれど、まだ少しも眠むくはないのだし、明日から長い休みがはじまるのだ。

灰色のすりガラスで、細長い何本かの茎と葉とチューリップの花が頭を垂れたように下向きに咲いたアールヌーヴォー模様が浮びあがるガラス扉のついた古い本棚は玄関の脇の応接室に置かれていて、伯母は洋裁室と呼んでいる離れではなくその部屋で客の寸法をとったり注文を聞いたりしていたので、ガラス扉の大きな本棚の横に並んで置いた茶色のニス塗りのあまり丈の高くない小さな本棚にはスタイル・ブックと外国のモード雑誌と、出来上った注文服や、戦前に作った伯母の自信作のドレスを胴型に着せて戦死したおじさんのローライフレックスで撮ったキャビネ判の写真の張ってある黒いシャンタン地に赤とピンクの花束が刺してあるアルバムが置かれ、ミルク・キャラメル色の艶々した頑丈な革製のサックに入った二眼レフのカメラは、ガラス扉の本棚の下の引き出しにしまわれていて、本棚に入っている本も引き出しに入っている物も、埃を被っているわけではないのに埃じみた匂いと、ページの周囲が薄く黄ばんだ古い紙の匂いと長いことページを開かれないままぴったり重ねられた紙の間にとどまっていた甘ったるい印刷インキの混りあった匂いがし、母と伯母と伯父の物だった本が入っていたのだが、そこには、イチョウの大木のあった家から持って来た本箱一つ分の父の本はもちろん入っていない。表面がザラザラした杉板の二つのリンゴ箱に詰められたまま二階の押入れの奥に入れられていて、住所がわかったのだから、このままリンゴ箱に荒縄をかけて荷札をつけて鉄道のチッキであんたのとうさんのところに送ってやってもいいのだ、魚屋の御用ききの子に頼めばオート三輪で駅まで運んでくれるだろうと言うのだが、でもそうする気にはなれない、とすぐに考えをひるがえし、そんなことしてやる必要は絶対にないのだ、と自分に言いきかせるように強い声で付け足す。

カノノシロジロウは松の絵を仕上げ殿様から大層な恩賞を受けたうえに、殿様の妾腹の姫君銀杏の前から一方的に恋したわれ、銀杏の前の女中たちの策略にかかって何がなにやらわからないうちに無理矢理に祝言の盃を交わしてしまい、さらにはカノノシロジロウの画才と姫君のシロジロウへの燃えるような恋を嫉妬する絵師親子と家老親子の計略にかかって、姫君の館で刀を持たぬまま大勢の捕手たちによって高手小手に縛《いまし》められ書院の床《とこ》柱に縛りつけられてしまうのだが、無念さと卑怯者たちへの怒り心頭に発し、むざむざとは死ぬまいと決心するのだと祖母は話し、それから歌うような調子でつづける。親より伝えし一心の絵筆はここぞと観念し、右の肩に歯を立て立てふっつふっつと喰破り口に我が身の血を含み襖戸《ふすまど》に吹きかけ吹きかけ口にて虎をぞ書きたりける。おばちゃんやかあさんは汚ならしいから霧吹《スプレー》きを使えと言うけれど、あたしはアイロンをかける時はずっと水を口に含んで吹きかけてきたのだから自分の口の霧吹《スプレー》きを使う、と祖母は言い、絵師のカノノシロジロウも、こんなふうに頬をふくらませてつぼめた口をとがらせて勢よく息を吹きながら血の霧で虎を書いたのだろうけれど、腕は背中で高手小手に縛られているのだから、右肩であれ左肩であれ口で喰い破るというのは、ちっとやそっとじゃ出来ない相談だけど、と編みかけのソックスを置いて、腕を背中に回わし右肩に首を傾けるので私も同じことをやってみるのだが、むろん歯は肩にとどかず唇の端でシャツの布地《きれ》を咥えるのがやっとで、でも、この話は古い古い人形芝居なのだから、もちろん本当に噛まなくていいのだし、それに話しの中では、カノノシロジロウは本当に右肩をふっつふっつと喰い破ったのだから、口に含んだ血を吹きかけ吹きかけ虎を襖に書くことができたわけなのだ、と祖母は言い、血のスプレーで書いた虎の説明をする。ブンラクの舞台では書院の背景の襖が赤い絵具で描かれた虎の襖に変わるのだが、名人の血をもって一心に描かれた虎は、当然のことながら物凄い眼付きの、眼《まなこ》光り、怒り毛、怒り斑《ふ》、怒り爪、千里も駈けん勢いで、妾腹の姫君に与えられている財産と主家の血筋につらなりたいという野心で息子と姫君を結婚させようとしていた家老の道犬《どうけん》がシロジロウに切りつけようとした時、にわかに風が吹き騒いで、絵にかく虎は形を現じ牙をならして吼えかかり、さすがに力自慢の道犬は組止めようと挑み、虎は猛りに猛って爪をとぎ、あたりを蹴立てて揉みあうところが、もとより不思議の猛獣なのでとてもかなうはずもなく、道犬の首をひっ咬《くわ》え打ちかたげ、くるりくるりくるくるくるりくるりと持って回し一振りふって投げければ、塀を越えて敷石に面《つら》をすって気を失い、虎はシロジロウの縛《いまし》めを噛切り、背中に乗せて千里の足早く風にうそぶく身もかるく、追来る敵を追散らしかけちらし堀も築地も躍り越え飛び越え跳ね越え駈け去って行きシロジロウを背中に乗せた虎は志賀の三井寺の近くに行きつき、あたりの草や木を踏折ったり田畠《でんばた》を荒すものだから、あたりいったいの村々の百姓たちが集って、皮に疵《きず》をつけずにたたき殺せ撲《ぶ》ち殺せと大変な騒ぎになり、ある家の近くの藪へ追い込むと、その家から出て来た侍は、虎など日本にいるわけがないと百姓どもを嘲笑うのだが、家の主人であるトサノショウゲンミツノブという絵師は、天地の間には何が生じるとも極めがたいのだから、と言って、手に手に鎗《やり》や熊手や松明《たいまつ》を持った百姓たちとえいえい声をふるって狩り立てると、一むらの竹の下蔭《したかげ》に虎が人を恐れるでもなく背中を丸めて大きな猫のように寝ている姿を見て、ショウゲンは手を打って、これは不思議だ、中国の昔の絵かきの書いた竹に虎の絵そのものだ、これは本物の虎ではなく、誰か名人の絵師の絵に魂が入って現れ出たのである、しかも、描きたての新しい絵のように見える、これほどに書ける者はカノノシロジロウモトノブをおいて他にない、いずれにしても虎が絵である証拠に足跡があるまいと告げ、百姓どもが足跡を調べてまわるが見当らず、書き手も書き手なら目利きも目利き前代未聞の名人だとすっかり感心する。

お前の死んだおじさんが子供だった頃、この絵に書いた虎が生きてあらわれる話しが好きで何度も何度も話してくれるようにせがまれたのだと祖母は笑い、おはなし賃に肩をたたいてくれたと言うので、私もおはなし賃を支払うと約束する。

あたしはおばあさんにこの「じょうるり」の本を子供の頃読んでもらった、もちろんおはなし賃を支払って、と言うのだ。先ほどの、虎が日本にいるはずがないと、もっともなことを言って百姓を嘲笑した侍はショウゲンの弟子の絵かきで、竹やぶの虎を見て絵の道に悟りを開き、我が筆先きであの虎を消してみせましょう、トサの名字名のりを授けてくれるようにと師匠に申し出ると、ショウゲンは喜んでトサノミツズミという絵師の名とそのしるしの筆を与えたので、その筆に墨を含ませ、虎を絵の中に置く構図を定め、四五間離れたところから、虎の頭、前ずね後あし、たて縞の斑、胴、尾を宙に描きはじめ、そのそばから神技のように竹やぶにうずくまる猛虎はしだいに消えて行き、百姓どもはど肝《ぎも》を抜かれて舌を巻き、孫子の代までの咄の種、あの上手な絵かき殿によい女形を十人ほど書いてもらって金もうけがしたいと一人が言えば、別の一人は、借金の証文をここから書いて消してもらいたいものだと言いあって打笑い、大笑いしながら、おいとま申すと、それぞれの村へと帰って行った、これで、おしまい、おしまい、めでたし、めでたし、と祖母は言うので、神技の血しぶきで書いた虎の背に乗って窮地を脱したシロジロウはどうなったのか、計略を使って身も細るばかりに悶えうめいて恋焦れた男と祝言の誓言をした銀杏の前はどうしているのか、それになによりトサノショウゲンの娘の美しく利発な遊女遠山とシロジロウが交わした深いちぎりの連理の枝と松脂の夫婦の約束はどうなっているのか、これでは少しもわからないと文句を言うと、もちろん続きはあるのだけれど、この「猛虎現ずるの段」が子供向きなのだと言い、いずれいつかギダユウで続きを聞けばいいし、本でだって読める。娘の頃長唄の三味線の稽古をしたけれどギダユウにしておけばよかった、ギダユウの方がずっと面白いし、三味線の音もお腹の底までずんと響くと言うのだが、それはずっとずっと先きのことなので、このはなしはハッピーエンドなのかそれとも悲劇なのかと訊くと、セワモノではないから心中もないし、おさんもへえのように不義密通のカンプカンプのはりつけ刑死があるわけでもないと答える。背中合せ高手小手に縛《いましめ》られて馬に乗せられて不義者の死様を見物しようと人だかりのする町の中を刑場に向う長谷川一夫と香川京子の体は、着物の上から固く縛りあげた縄目が喰い込んでいるせいで、むしろ柔らかな丸味が強調され、馬の歩みに二人の背中合せにぴったり重なった体が同時に上下に揺れ動きうつむいた香川京子の顔にゆっくりと甘美な恍惚とした微笑が深々と何かが溶けるように広がるので、それはラブ・シーンのように見え、母と伯母と祖母の三人は私の両側で息を吸い込みそこなったような咽喉の音をたててむせび泣き目ぶたを赤く腫れあがらせるのだ。タオルをかけた肩から胸の方に長く垂れているフノリで洗った髪にクシをあて、そうやっている祖母を見るのは珍しいわけではないのに、いつもは後頭部にうねうね丸めて何本ものピンでとめている白髪の混ったつややかな髪が長いまま、片方の耳と首を見せて胸の前に垂らしている祖母はひどく若く見え、私が生れる前に死んだ伯父が首に紐をかけてみぞおちのあたりで左手で支えるように構えて上からファインダーを覗き込み、ミルク・キャラメル色のつやつやした革のケースに入った二眼レフ《ローライフレックス》のカメラのレンズを右手でゆっくり回転させ焦点《ピント》を合わせ、シャッターが切られるまでのわずかな時間の光を焼きつける蜜蜂の羽音のような回転音と光が定着したことを告げるごく軽いメカニックな小気味よいカシャリという音が響いてとらえた六六判の写真の中に写っているように見えるのだ。

この時、かあさんが着ていたのは白と黒と灰ネズミの縞のお召で、この写真は鏡で見るあたしの顔よりなんだか美人に撮れていると言って気に入っていた、と言い、だからこの写真のネガを見つけて（ネガ・フィルムは日付けや場所や撮った人の名前をネガのケースに細かなきっちりした字で書き込んで、ガラスの入った蓋の桐の標本箱にきちんとにいさんが整理しておいたのだ）引き伸してお葬式に使うと母は言い、今のあたしよりずっと若い時の写真なので葬儀屋の人が変な顔をして、おかあさまのもう少し新しい写真はございませんか、と言ったけれど、そんなことはかまわない、ねえさんの時だってあの人が一番気に入ってた若い時の写真を使ったのだから、と笑い、だから、あたしは自分で使う写真を決めておいたのだけど、お葬式なんか、あんたはしなくていいんだから、それも関係ないわね、と言い、北海《ペーハイ》公園でとうさんが同僚に借りたライカで撮った写真なのだけど、あたしは幸福そうな顔で笑っていて、鏡の前で気取って作った笑顔よりきれいに写っているのだと笑う。それから私は、灰色のすりガラスで細長い何本かの茎と葉とチューリップの花が頭を垂れたように下向きに咲いている図柄を描いたガラス扉の古い本棚から近松の浄瑠璃集を取り出し「傾城反魂香」のページを開く。

白きを後と花の雪白きを後と花の雪野山や春をゑがくらん、とそれははじまり、そこでおしまいになってしまった後の百姓どもが、おいとま申すと打笑ひ在所在所へ帰りけり、の先を読みつづけても、揺れ動くリズムで刻まれる言葉の流れの中で、なかなか狩野四郎二郎元信の消息はわからず、家老に踏込まれた祝言の場から消えてしまっていた姫君銀杏の前が、土佐将監《とさのしょうげん》の末弟子《ばってい》で家貧しく生れ付いて口吃りで言舌明らかではないゆえに師匠から軽く扱われ、子供相手の土産物の三銭五銭の大津絵を書いている浮世又平重起夫婦の前に、館から逃げて来た素足のまま横柄な態度であらわれ、又平はむっとするが、又平の利発な妻は、その女を銀杏の前と気がつき、追手の道犬の手勢から守るために狭いあばら屋に隠す。追手の兵《つわもの》百騎ばかりがむら立ち来ってどっと押し寄せると、その狭い家の中には、なんとしたことか入りきれるはずもない人数の奴《やっこ》の形もあり又は若衆女も有り人間ばかりか猿猪鷲熊鷹爪を研ぎたて眼を怒らし、兵たちは、ならうならういやゝと身ぶるひするばかりで何一つ身動きもならず、狩野元信に嫉妬し家老の道犬と組むおかかえ絵師の雲谷《うんこく》は、壁に張った三文絵を生物と見間違える腰抜けどもと罵り叱咤するのだが、それは土佐派のあの一心の筆の伝統を知らない雲谷の不明で、ついさっき、狩野の筆で書かれた虎が現じたことも忘れてしまった不筆の絵師の愚さ、三文の大津絵でさえ土佐の心を知る者が書けば、藤娘は長い袖を優雅に振って藤のしなしなした枝ではたと敵を打ち、あさ衣の法師も地震をおこさないように封じ込められた鯰《なまづ》も隼も荒鷹も一度にさつと飛んで群がる敵を蹴立て啄《つつ》き立て翼の嵐で追い立てて、銀杏の前も又平夫婦も絵の神技によって事無きを得て一行は都へと上るのだが、元信と遠山の行方はまだ何一つ語られないまま「中之巻」となり、京の遊女町三筋の大門の桜の下で、道犬の息子不破伴左衛門の斬られた死体が発見され、不破は葛城という太夫《たいふ》を千二百両で請け出そうとしていたのだが、葛城には浪人の名古屋山三《さんざ》という行末深い約束をした男がおり、山三は不破と、もともと江《ごう》州高島の大名の家での傍輩であり、前髪立ちの美しい小姓姿で殿に取り入って出世したと妬れていた男で、元信を高島の殿様に強く推挙し元信の出世を願って四郎二郎に恋焦れ、どうしてもあれが欲しいとむずかる銀杏の前との仲を取り結ぶ役をし、くだんの騒動で姫君の行方が知れなくなったことの責で浪人になっていた。不破殺しの犯人として役人に追われる身を、おみやという利発なやり手の、いばり散らす役人をやりこめる胸のすくような理詰めの口上で切り抜け、手を突き頭を下げて礼を述べながら、名筆四郎二郎と銀杏の前の祝言を妨げられ、四郎二郎は行方知れずになっている事情を語り、不破を傾城の意趣を幸い討って棄てたのだが、自分の望みは真の名筆四郎二郎の出世なのだから、彼のために命を捨てても惜しくはなく、大門口で芝居がかりに派手に立腹《たちばら》切ってもよいのだと告げる。やり手のお宮は、実は北陸の廓から売られ売られて名を変えながら都へやって来た遊女の遠山で、わが夫のためにかくまで深い恩を見せてくださる山三様にいっそ名を明かして礼を言おうかと思うが、男勝《まさ》りの理詰めで役人を追い払いはするが、恋のためには気持も揺らぎ乱れて、姫君とやらに自分のことが知れては御祝言の邪魔、ただよそながらあの方のためにお命を助けるのが二世を契《ちぎ》った妻の役目、それにはまず、恩人の山三様を切腹させて四郎二郎に無念の思いをさせてはいけないと気丈に考え直すのだ。葛城と山三を夫婦にして廓から請け出し、山三はわが妻に不義を誘いかけた不破を女《め》敵討《かたきうち》にしたと言えば天下のお許し千人斬って切り徳と、廓の亭主が知恵を出し二人の恋人の首尾は上手く運ぶのだが、それにひきかえ四郎二郎は何処にいるやら死んだやら、梨も礫《つぶて》もうつとりと煙草のんでも煙管《きせる》より喉が通らぬ薄煙と、声をつまらせてしのび泣き、浮き立つ気持の葛城の、土になっても忘れぬこち様の御恩という礼の言葉を耳にしながら、気もしづみ入る時、心細げに糸もふるえ哀れをもよおす鼓弓の音の相《あい》の山節《やまぶし》の声を聞く。心に悩みなどなさそうな新造禿《しんぞうかぶろ》が、しんきくさいから早く向うへ行けと相の山節の流しを追い払うのを、お宮は、こちらは聞いて泣きたいと引きとめて、銭をやりながら彼った笠の内の泣沈みたる顔を見れば恋しゆかしの四郎二郎。昔、唐の白楽天の弟、白行簡《こうかん》が書いた娼妓のまことを語った物語李娃伝《りあでん》にも、落ちぶれはてた男が物乞いになって戸口で歌う哀れな薤露《かいろ》の歌の声を聞いて、昔別れた男だと察することが語られているが、李娃が男を立派に立ち直らせたうえで身をひいたように、別れて以来消息が絶えて四年目にこうして哀れな姿でめぐりあった四郎二郎を出世させるのが妻のつとめとは思うものの、こうしてめぐり会ってひしと抱きあって二人の涙で袖を濡し、悦びむせんだ後では、姫君にいとしい人を渡したくない、こな様を尋《たず》ね出し、姫君と夫婦にせねば侍がすたると、今が今言った山三様に会う前に、外に奥様を持たないと誓《せい》文《もん》立てくださんせ、私がまかり出て、山三様に四郎二郎の女房はこのみやでござんすと言って、姫君との祝言をことわろうと身もだえして口説くのだが、四郎二郎は、姫君どころかたとえどんなオタフクであろうと祝言をするのは、自分のために浪人になった山三の言葉を一旦立てずにおかれないからで、世間を広く知っている利発な女にしては気の狭いこと言うのではない、そこまで言うならこの腹に脇差を突込むと詰められては、泣くより外はなく、さりながら言い抜けられるのならどうぞ言い抜けて、とすがりつき心許《こころもと》なさあぶなさに心騒いで落付かぬまま、廓の奥の座敷の襖戸にかくれて山三と四郎二郎の話しを立ち聞きすると、ア、悲しや連れて歸って姫君と女夫《めうと》にせうといひくさる、こちの男が悧巧さうにこなたの詞《ことば》に背《そむ》きませぬと吐《ぬ》かしづらは何事ぢや、エ、聞くまい物を腹の立つと耳を塞いで立つゝゐつ身をもみ歎くぞ哀れなる、というなり行きになり、一方、宮の機転と才覚度胸で葛城と夫婦になることの出来た何も事情を知らない山三は、四郎二郎とようやく巡りあったことを悦び、互の苦労は知る通り、自分は葛城を請出《うけいだ》し、四郎二郎は大名のお姫様をほり出《いだ》す、葛城と山三の浮名もたとう、と脳天気なはしゃぎぶり、恩ある宮への礼には、やり手稼業をやめさせて武家か公家か町人か望む相手に嫁がせ、姫君の祝言には付き人の役をやってもらおう、などと大騒ぎをして、葛城と手に手を取って、晴れて夫婦《めおと》と大門をにぎやかに見おくられて出て行き、宮の心はあきがらのように三月の花を散らす冷たい風に虚しく吹かれるばかり。花の季節もはやすぎていつの間にか長持に桐の葉茂る嫁入月となり銀杏の前の御祝言の日、山三が四郎二郎のために借た座敷へ、姫君は供奴供女中をしたがえて胸はずむ、ようやく本当の祝言のための輿入れの行列を進め、暮れかかった葉桜の並木を通りかかると、白無垢を着た若い女が横合から嫁入りの供先押しわり押しわり飛びかかり驚いた供奴どもが女を打つもたたくも事ともせずに姫君の乗物にとりすがって戸を打破り打こわし、あっと叫ぶ姫君の胸ぐらをつかんで引きずり出し土手に押しつけて引きすえ、六尺徒士《かち》の衆がおっ取り巻いて姫を放せ放せと口々に呼ばわるのを、姫君制して、嫁入りする身に女がこのようなことをするのは理《わ》由《け》あってのことだろう、道理さえ立つことであれば、こちが負けもしよう、銀杏の前ともあろう者が理不盡と言われては大人気ない、さあ話してごらん、と言いながらも、さすがに胸は早鐘のように打ちて顔はあおざめて桜の葉のよう、女はためいき顔をあげ、流石《さすが》でござんすな、その美しい出ようにはこう取った胸ぐらの放しように困った、と、頭を下げ、四郎二郎との深いいきさつを語り、仰々しい白無垢を着ているのは恋の敵を討果《うちはた》しのなんのではなく、無理とも無法とも思うけれど、今宵《こよい》の嫁入りを含めた七日間だけ四郎二郎を自分のものにさせてくれ、その後はきっぱり別れこの世で生きた顔も見せないし、たとえ死んでも彼《あ》の人の回向も受けますまいと涙ながらに伏しまろんで手を合せ訴え、姫君も泣きながら、願いをきいてやって迷惑するのは我一人、新枕《にいまくら》はどうかときおいかかって行く嫁入りなのに、二人の縁の深さを思えば義理づめになって男を貸してやらねばなるまいと涙ながらに笑みを浮かべて宣《のたまわ》り、これ着て行きやと、元信は傾城好きと聞し故小袖の柄も廓模様にしつらえた裲襠《うちかけ》を脱いで、七日と言うのもいまいましい来月一ぱい貸すぞや、と言うと、宮は、有難いと泣きながら、姫に抱き付き貸すお心より借りる心御推量あそばせ、と涙を流し、それならば、三十日と日を切らず、きっと別れるこの身なのだから七々四十九日は私が妻と思召《おぼしめ》せ、この分で死んだら定めし男の餓鬼道へ堕ちましょう、と泣く泣く華美を極めた大名の姫君の嫁入り行列の乗物に乗り、姫君は供の者たちに出発するように告げ、こちはこれから腰元つれて歩《ひろ》うて戻る、と、けなげにもきっぱりと言う。姫君銀杏の前として輿入れした遠山は元信と二人で部屋にこもり、四十九日の後には別れる身と知りながら、晴れて夫婦になった悦びを抱きあって語り反魂香のようにたなびく煙の香りよき線香を絶やさずにたて、いつかきっと二人で行こうと約束した三熊野詣に今生では行くことがかなわぬ運命だが、この襖戸にお山の絵図を書いてくれたら参った心になれると元信に頼み、嚙み破って血を口に含み必死の血しぶきで猛虎を書いて以来、心身にわかに衰弱しはて、さすがの名筆も荒れはて枯れはて墨も含めず徒らに竹のささらになりはててちび筆の先きかすれるばかり、茶碗の絵付けや大津絵の二銭三銭で、約束を果すまではと露命をつないできたが、そなたの命をかけての頼みとあらば筆もよみがえり、絵に書いた山々川々ことごとく二人で歩くことが出来ようと、狩野が筆を取り出《いだ》す。山々川々は、そのかみの唐の妃をよみがえらせし反魂香ともまごう線香の煙をかすみに変じ青々とした霊気に包まれて現われ展《ひろ》がり、海開き岸打つ波は普陀《ふだ》落《らく》や、わが袖濡らす和歌の浦、目路の彼方にはゆかしや新宮、那智の滝の白糸の水音とどろき、熊野大社のいらかが差し込む陽に神々しく照りかがやき、遠山は、照手姫も、箸《はし》に目鼻とやせおとろえた餓鬼阿彌の小栗を穢き土車に乗せてひきながらこのけわしい山道を歩いたのかと男女《めおと》の情の深さ我とても同じと涙を流して歩みけるが、ふと四郎元信気がつけば、あの世の者が熊野詣に現じる時足と頭を逆に歩くというがまさしく遠山も空に足を運んでいる。さては和女《そなた》は死んだかと、こぼし初《そ》めたる涙より、涙の霧や恋慕のかすみ冥々朦々朧々と見えつ隠れつ燈火《ともしび》の油煙にまぎれて失せにけり。その時、廓の亭主がやって来て、あの時以来、物も食べず煙草も吸わず体が弱り、医師の処方で高麗人参を守口大根を切るように寸胴《ずんどう》に切って風呂吹き仕立てにしたものを与えても口に出来ず四郎二郎様に書置もしたいが口でさえ言いつくせぬのに筆にはとても、と、念仏も三度は言えず二度目の途中であい果て、舟岡山で灰にして今日は墓参りの帰り、と遠山の死を告げる。数々の悪事が露顕した道犬、絵師の雲谷親子は死罪流罪となり、四郎二郎は遠山の父の土佐将監の勅勘の免《ゆる》しに尽力し、それも遠山の光る心があってこそと、そのことを告げに将監の家を訪れ、共に悦びまた遠山の死を歎いていると名古屋山三があらわれ、将監夫婦に、承れば娘御遠山忘八《くるわ》の手前約束の年《ねん》明けて今日ここに帰るとのこと、と祝いの言葉を述べるので、一同飲みこめずに返答も出来ずにいると、かもじ入れずの二ツ櫛、鴨の羽なりの蓮葉袖という遊女の姿形《なり》の銀杏の前が、大津絵かきの又平のさしかける日傘の下を歩いてきて、ああここがわたしの家、なう父様《とと》母様《かか》今帰ったわいな、久しうで逢いやした、と、とんと坐りし居住居《いずまい》は、禿《かむろ》だち見る如く。訳のわからぬ一同に山三が説明して、姫君を将監殿の娘にして、死したる人がふたたび蘇生えられたと思召し、元信にめあわせあれ、と言い、一同悦び否も応もなく、全ては収るところに収って末長く名筆財宝いや栄え子孫繁栄幸福に暮して万事めでたしめでたし。七行八十三丁本「傾城反魂香」右之本令吟頌句音節墨譜等不残毫厘令加筆候可有開版者也　竹本筑後掾。

　母は食器棚の引き出しから白い角封筒を取り出し、あの人が交通事故で死んだ時、自転車のカゴに入っていた図書館へ返却するつもりだった本はどんな本だったのだろうかと一人言のように言ったのだが（豚肉の脂身のにおいで咽喉と胸に吐き気を感じながら）、同じ差出人からその後で私にとどいた手紙には、その本のタイトルが書いてあったのだ。私は茶の間に寝そべって濃紺の地に型押しの模様の凹凸が浮き上り金箔押で近松浄瑠璃傑作集上巻と書かれた祖母の脱毛が一本ページにはさまれた古い変色した紙の本を閉じ、母は食器棚によりかかって煙草を吸い、襖の開いている隣の部屋の仏壇の前の白い布の掛けられたお骨を置いた台の上でまたたいている二本のローソクの燃える匂いと伽羅香の入った線香の匂いが混りあい、薄暗い部屋の中に細い煙がゆっくりとうず巻く曲線をもやのようにくずしながら移動し、あたしが死んだら、本当にあんた一人きりになっちゃうねえと言い、しばらく間を置いてから、唐突に、かあさんたらシャーリー・テンプルのことを、片仮名で書いてあるとおりテ、ム、プ、ル、ちゃんと発音するので、ねえさんが苛立ったものだ、と笑う。

それから私は、父が図書館に返しそびれた私の書いた本のページを開く。

『月』について、

『月』について、語ること、あるいは書くことがあるのは確かなのだが、しかし、私はあの《月》の前にいくらか茫然として薄いゴム底のズック靴をはいて——甲の部分に白とブルーの縞柄のゴムが縫い込んであるブルーのズックの運動靴は、紐を鳩目の穴にバッテンの形に通して結ぶ白いキャンバス地の運動靴にくらべて野暮ったいし安っぽい、と母は言うのだが、甲の部分に縫いつけてあるゴム付き運動靴は、いちいち紐を結んだり解いたりしないでも、すぐに足を靴の中に入れたり出したりすることが出来るし、値段が安いせいで底のゴムが薄いから、足の裏のくぼみのある皮膚やかかとや指や足指の付け根の部分全体で地面に接している感じがするので気に入っていて、アスファルトのひんやりした冷たさが、ゴム底を伝わってソックスをはいていない素足の裏と二本の脚と股の内側を、少しばかりぞくぞくさせる——立っているわけではないのだし、脚と股の内側をぞわぞわと粒立たせて背筋にぴりっと走ったあの「電流」が何であったのか知りつくしているわけでもなく、ただ、書かれた『月』という短編を読みかえしているだけだ。むくわれることのない恋をして嫉妬に苦しめられてもいる男がいて、それはもちろん、あらゆる物語のなかで見かけるありふれた設定なのだが、彼は夜の町を歩きながら、あるいは列車の中で、鉄橋を渡りながら月が昇るのを見るのだが、それは本当にあの《月》のことだろうか。むくわれることのない恋と嫉妬は、しかし、はっきりとは思い出せないのだし、書かれたことと記憶は入り混り、新たな記憶が言葉を増殖させ（貧しく？）月の影を光の中にゆらめかせる。「いきいきとした切実さに欠けるいくつかの断片的で不鮮明な記憶がよみがえってくるだけなので、彼女に対して持ちつづけていた恋心というものも真実味に欠けているように思え」さえするのだが、それは不意に、息を飲むような驚愕をともなったなまなましさで、不意によみがえるかもしれない。秋のはじめか夏のおわり、どちらで呼ぶにせよ季節の移りかわりの風と空気の混りあう時期で、足の指の間に湿って生ぬるい汗の感触があったのは、家から出て狭い折れ曲ったまゆみの生垣のある道を抜けて、五軒目の家の角を曲って電車通りに通じる少し道幅の広いアスファルト舗装道に出る前に、角の家で飼っている大きなシェパードに吠えられたせいで、心臓もドキドキしているし、てのひらにも汗をかいていて、シェパード犬には悪い噂があり、何人もの子供や老人や犬や猫に噛みついて、それでも人間の場合にはけがだけですんだものの、猫は少なくとも一匹は噛み殺したことが確かで、そうした凶暴さにもかかわらず、それでも飼主が犬を処分しようとしないのは（処分というのは、殺すという意味なのだ、と年上の子供たちが教えてくれる）、馬鹿な犬であるにしても、血統書付きの高価な軍犬の血をひいていて、仔犬を産ませるために牝のシェパード犬とのつるませ料で元をとらなければならないからなのだとも、年上の子供たちはもっともらしく言うのだったが、一メートルほどの高さに灰色のざらざらした砂岩で組んだ土台の上にまゆみの生垣のある角の家のシェパードは角を曲りきっても吠えつづけ、もう、その道に出てしまえば、人通りはなくても、道の左側には夜遅い時間まで開いていて、煙草を並べたガラス・ケースの上に小さな窓のある、切手と葉書きも売っている煙草屋の薄青い蛍光燈に照された店が見え、小さなガラス窓の奥には、頭がいつでも冷えるのだといって真夏でも毛糸の正ちゃん帽を被っている主人がラジオを聴きながら、誰か近所の人と碁を打っているだろうし、八百屋と魚屋はとっくに店を閉めて、木やトタン張りの雨戸を引いているので暗くなっているはずだけれど、酒屋からは締め切ったガラス戸にひかれた白と青のたて縞木綿のカーテン越しにオレンジ色がかったあかりが薄あかるく漏れているはずだし、商売屋ではない家の戸口や窓からも、もちろん、まだ白熱燈や蛍光燈のあかりが漏れていて、前庭に植えられた曲りくねったさるすべりの枝やアオキや夾竹桃の影がぼんやりと浮かびあがり、電気を消してしまっているので、今はただの乳白色のガラスの円柱にしか見えない、赤と青と白の縞が斜めのラセン状にグルグル回転する床屋の広告が見え、犬の吠え声はずっと後になってしまうのだし、それからその先きに一晩中小ぶりなネオンの青いあかりのついているテーラー・テラサキが見え、もう市電は廃止されて通っていないのに道路に埋め込まれた上りと下りの線路が残っていて電車通りと呼ばれている大通りはすぐで、大通りを越えて、銀行の赤いレンガ造りの壁と陰気な灰緑色の化粧タイルを張った商工会議所と長い黒い板塀の続く旅館と化粧品問屋の土蔵の並ぶ暗い道を通って、南北につづいている中央商店街通りまで出てしまえば、商店街通りには夜の八時まで店を開いている八百屋と肉屋と、十時まで開いている酒屋があるのだし、何度も何度も、おつかいを言いつかって歩いた道なのに、歩いてきた道を振りむいてみると、戻る道がわからなくなっているのだ。中央商店街通りを北に行けば商店街の外れで、市を南北に走っていた電車が二手に分かれて西の方面に分岐するカーヴの停留所があって、そこを東に向って歩けば、どっちにしても、くねくねと曲った坂道の続く一角にある家に帰れるのはわかりきったことで、家から電車通りまで出る道は、遠まわりをすれば四つあり、四つの道のどこを通るにしても、行きつくのは、どの家もまゆみの生垣を四方にめぐらしているくつもに曲った廊下のように続いている一角で、土地は徐々にゆるやかな斜面になって町の背後の薄茶色の和三盆の落雁のようにくずれやすい砂岩段丘にむかってのぼって行くのだが、幾つもの直角の曲り角があみだくじのように折れ曲っているまゆみの生垣の間の狭い道を、何回も角を曲って歩いているうちに、このあたりが砂岩段丘に続いている斜面だということを忘れてしまう。まゆみの生垣にはさまれた見通しのきかない小道の一つを――どの曲り角かはわかっているけれど、地図もかかないで、いや地図をかいたとしてもだが、どうやって、それが他の無数の同じ曲り角と区別できるのかを説明できるだろう――左に曲る。この曲り角を曲ると、突きあたりの紫陽花の植え込みのある前庭までバラスを敷いた狭い小道が続いているけれど、紫陽花やバラス敷きの小道は何の目じるしにもなりはしない。同じように紫陽花を植えた前庭につきあたるバラス敷きの小道は曲り角と同じ数だけあったし、そうした小道に枝わかれしながら、大筋としては左方向に曲って砂岩段丘の昇り口へ向っている狭い道も何本もあったし、どこにもつきあたらずに砂岩段丘をくりぬいた空洞の埃臭い防空壕に吸い込まれてしまう小道も曲り角と同じ数だけあって、洞穴の中の一つは底無しの暗闇の地底に続いている、と子供たちは噂しあう。中央商店街と電車通りを貫いている東西の道を濠ばたに出て城趾の公園に向って歩くのは、直角に曲がる角を幾つも持って城のまわりに掘りめぐらした濠のあたりに人気《ひとけ》があまりないことと、濠ばたの道にそった住宅地にイトコの家があったからで、週一度のピアノのレッスン以外のいろいろな理由で彼女は、市のはずれの水田と防風林に囲まれた旧街道沿いの村の家には戻らずイトコの家に泊まることになる。村まで行くバスの最終便は駅前のバス・ターミナルを出発する九時の便で、映画館やダンス・ホールへ村から遊びに来る青年たちは、バス代をもったいながるというよりも、最終便の時間が早すぎるせいで自転車か小型のモーターバイクで市内に出て来るのだけれど、暗い田舎道を一時間も自転車を漕ぐことなど、あなたみたいな若い人にはなんともないでしょうけれど、あたしに出来るわけもないし、だからといって、いつもタクシーを使うのは贅沢すぎるし、今日のように音楽会は八時半に終われば、もちろん最終バスの時間に間に合うのだけれど、でも、こんな田舎に住んでいては滅多に聴けない美しい演奏に心酔して魂が揺すぶられる経験をしたあとで、そそくさとバスに乗って、魂ではなく身体をデコボコ道で揺すぶられて、患者の馬や牛や豚の病気やお産やお乳の出具合を心配した一日の仕事の後で、晩酌をしながらラジオの「尋ね人」で、戦地や占領地や植民地で消息の知れなくなった人たちの行方を探す放送——旧朝鮮咸鏡南道永興郡永興邑出身の永興国民学校を昭和二十年に卒業の同級生の消息だの、アンナンで農林技官だったなんとかさんの消息を尋ねる人たちの投書を読みあげるアナウンサーの平板で単調な声を聴きながら、獣医の夫は、ご苦労なさった人たちに比べて自分たちがいかに幸運だったか、と溜息をつき、彼女は、あたしは集団疎開でとてもいやな目にあった、と答え、夫は、でも今はぼくたちは、ささやかなりとも恵まれているし幸福だよ、とうなずく――を聴くことが戦争を生きてきた我々の幸運だと信じている、不粋で鈍重で、神経のこまやかさとか魂の求める純粋さといったものをまるで理解しない夫のいるわびしい家へあたふたと帰える気になどとてもなれないし、せめて、おいしいコーヒーを飲んで、たとえば、あなたのような若い純粋な人と音楽や文学や美術について語って、少しの間だけでも演奏の余韻に浸っていたい、と思うのは当然のことで、わがままでもなければやましいことでもないはずだし、高いタクシー代を使うより、イトコの家に一泊して翌朝バスで帰えるほうが、よっぽど経済観念の発達した奥さんというべきだろう、と言うのだったが、彼女はコーヒーは嫌いで、甘いココアかクリーム・ソーダを喫茶店で注文するのだったし、音楽についてまったく無知な私としては、彼女の趣味や素養についての判断は出来はしないものの、「モーツァルトの走る悲しみ」といったふうの言葉の俗悪で知的な引用の仕方や、音楽を聴くことは、魂が無限とか理想といったものに向って高められる経験なのだ、といった貧乏くさく、つべこべとうるさい物の言い方に対して、はっきりとは言えないまでも（というのは、そういった言葉は、もちろん厳密な意味ではなく当時の私の幼く感じやすい感受性に映じた魅惑に輝いている「美しい顔」の唇からもれるわけなので）通俗性に不快さと苛立ちを感じてはいたのだ、と今では、はっきりと言うことができる。彼女は戦前の品物の黒いキッド革のバッグから、そろいの小さな財布を取り出して、ココアとコーヒーの代金を払おうとするので、あわてて自分のコーヒー代を払おうとすると、それはいいのだ、そのかわり、お濠ばたのイトコの家までおくってくれないかしら、あのあたりはとても暗くて、なんだかこわいから、と言い、もちろん、おおくりいたします、と私は答え、濠ばたに出る道の方へ電車通りを曲り、銀行の赤と茶色の混ったレンガ造りの幅の狭い細長い窓が二階と三階に開いているが、一階の部分は何もない平面の壁（銀行だったのか、それとも裁判所の建物だったのか、曖昧な気がしてくるのだが）と陰気な灰緑色の化粧タイルを張った商工会議所と長い黒い板塀の続く旅館と化粧品問屋の土蔵の並ぶ暗い道を通って中央商店街を越え、土蔵と軒の低い古い商店の並ぶ通りに入り、夏だったならば、もう中央商店街のあたりから、「お濠」の微かな生ぐさい匂いがしていたはずで桃色と白の花の咲く睡蓮の葉が水面に浮び、淡水性の水藻が泡立つように繁茂して底には死んだ魚やザリガニやカエルになりそこねたオタマジャクシや近所の住人が投げ込む残飯や猫の死骸や土手に植えられた桜の木の落葉が厚く溜って腐敗しねばつく黒いヘドロ状になった泥の匂いが水のなかから立ちのぼっていたはずなのだが、それは冬の日で（それとも、冬は終わりかけ、早い春の微かに生ぬるい湿っ気と混りあっていたのかもしれない）、彼女は、いつもだったらお濠ばたの暗い道を一人で歩くのが気味悪いなどとは思わないけれど、恵比寿講の夜に、柳町の若いお女郎さんがお濠に身投げをして、朝、イトコの家を出てバスに乗るために歩いていた時、人だかりがしていて、濠ばたの道に水から引きあげた死体がまだ毛布も被せていないまま置いてあるのを見てしまい、それがあまりにも寒々としてかあいそうでしかたがなくて身ぶるいしたことを思い出すのだ、と言い、若い娼婦の自殺にいたる悲劇的でロマンティックな恋の物語を（空想まじりに）語ったはずなのだ。私は、もちろん、黙って耳をかたむけつづける。通りに人気はなく、微かに湿った空気の気配はしていたけれど寒く静かな夜で、電車通りに二人の靴の音が響き、両側の家並みからは、淡い光りがぼんやりと漏れ、薄暗い街燈のあかりと混りあい、レンガ造りの銀行（だったのか、それとも裁判所だったろうか）と商工会議所の間の道へ曲って商店街の通りに入った時、私は見たのだ。いや、そうではなく、見たというのではなく、それを、はっきりと思い出したというべきだろうか、それをなんと言うべきだろうか。それは、こう書かれている。「それからわたしは歩く速度を落し（というより立ち止まって）、商店街の黒い家並みの間から丸いなめらかな月が昇りはじめ、微細な網目のように半ば被さっていた水色の薄雲が夢の速度で月の周囲に流れて薄紫色に輝くのを見た。そして、まるで唐突に、まるで頭の血液がいっぺんに退いていく時の落下と上昇の感覚が同時におこる眩暈《めまい》のようにして、ひとつの考えが閃めく。この今わたしが見ている月は、はじめて見る月であり、同時にこれを見るのは今が最後なのだ、という考えが浮んだ。それから、そう考えたこの今の瞬間が、他の多くのことと同じように忘れ去られてしまうだろうと考えて無性に悲しくなった。それとも、いつかこの今の瞬間、今こうして見ている月と、この道と、風と、こうして今わたしの感じているすべての感覚を思い出すことがあるだろうか。この今の瞬間から、瞬間ごとに遠ざかっているのだという思いがわたしを苦しめた。時間というものが止ることなく流れつづけ、すべてのことを取り返しようもなく過去のものにしてしまうという思いが、歩く足の一歩一歩を重くした。それでも、わたしは決してこの瞬間のすべて、この夜見たものと考えたことのすべてを忘れないでおこうと願った。歩いて来た道をふり返って、店の戸口ごとに翻えるカーテンのふくらみを見つめ、夏の午後のプールの帰りのけだるい路地の夢を反芻し、その大半のイメージをすでに忘れかけていることに気づき、あわててもう一度長い商店街の人気のない通りのすべてを記憶にとどめようとして見つめるが、その間に、なめらかな黄色い丸い月は家並みの上で位置をわずかずつ変えてしまいそうだし、霞網のような薄紫に光っていた雲は、ずっと遠くのほうへ流れて、灰色がかった靄のようにかすんでしまっている。」それが、〈いつ〉のことだったのかさえ覚えてもいず、おそらくは、いいつかった買物をすませて家に帰える途中の、まゆみの生垣をめぐらせた砂岩段丘に通じている折れまがった道のどこかで、すでに遠のいてしまったのに違いない、あの〈月〉を、その時、見たのではなく、すべてを唐突なまなましさで思い出したのだ。あの〈月〉を見た瞬間をもう一度、まざまざと生きていることに、私は言葉を失い（といっても、失うほどの饒舌な言葉など持ってはいなかったのだし、奇妙な言い方だ）吐き気がして身体がふるえ、それから、不意に立ちどまった私をいぶかし気に振り返える彼女に、少しめまいがしたので何でもない、と言うと、お腹が空きすぎたのじゃないの、だって晩御飯を早くすませたって言ってたから、と母親のように眉をひそめ、むろんそれは、私にとっていかにも場違いで見当外れな、馬鹿気た、腹立たしい言葉だったのだが、その時、当然何も知らずに彼女は一緒にいた。そのために、だからこそ、と、その時も、そして今も考える。私は彼女に恋をしているのだ、と唐突に気づいたのだ、と。それだから、私は書いて、それからそれを読みかえす。書かれたことと記憶は入り混り、新たな記憶が増えながら消え去り遠ざかることを怖れつつ願いもしながら、読みかえす。「艶のある毛足の長い柔らかな黒い毛皮が取り巻いている白い首筋は、なめらかな円柱の形をしていて、床屋でうぶ毛をあたってもらったばかりらしく、鋭く薄い剃刀の刃できれいな二つのくさび形に整えられた襟足は、そこに舌の先きで軽く触れると、微かな金属の味がしたかもしれない。ひんやりと冷たく、舌の先きのざらざら荒れた味蕾の粒の一つ一つに、ひんやりと冷たく微かなヒリヒリする苦味のある金属の味がひろがり、なめらかな首筋の皮膚はくすぐったがるように少しばかりふるえて小波のような興奮のために小さく粒立ち、彼女は艶やかな光沢の柔らかな黒い毛皮のなかに顎を埋めるようにうつむくので、皮膚の表面が粒立った首筋は尖った頸椎を浮びあがらせて水平になり、左腕に持っていた柔らかなキッド革の四角いハンドバッグを右腕に持ちかえ、手袋をはめていない手で、厚手のかたく粗いツウィード地のコートの袖をつかむ。ツウィードはザラザラした手触りで、かたく縒った羊毛には甘ったるいラノリンの匂いが残っていて、かたい縒糸のけばが指先きにちくちくした感触をあたえるのに違いないのだが、幾重にも腕を包んでいる布地越しに彼女の冷たい指にこめられた力が伝わり、真珠色のネイル・エナメルを塗った爪に粗いツウィードの糸がこすられて、ごく微かな軋むような音が耳に伝わる。〈目をつむると、そのうなじから首筋にかけてのなまめかしいかおりが顔一面によみがえってくるが、それからは、もう気の遠くなるほどの時間がたってしまっている〉。」それから、「それを思い出した時、というより、その月を見た時、わたしは今自分が彼女と一緒に道を歩いていることに突然気づいて、ひどく狼狽した」ことの意味を「甘美に忘れ去る」

砂の粒

まぶたの裏側というべきなのか、それとも内側なのか、どう呼ぶのかよくわからないのだけれども、昼の白っぽく輝いているあかるい光の中で眼を閉じると、最初はシャッターを切ったカメラのレンズのように黒い幕がひかれ、それから、薄いまぶたの皮膚と肉と血管を光が通過して黒っぽい赤いまぶたの内側の色が閉じた眼に見えて、多分、そのあたり、眼玉とまぶたがなめらかに動くゴムの部品のように触れあう隙間にゴロゴロする砂の粒が入り込むのだ。黒いゴマ粒かアリのような小さな字の並んだページの続く、薄茶色の表紙に房と葉のついたブドウの枝と鳥が図案化された埃のにおいのする紙が茶色に変色している本を開いて、夜ふかしをする子供の眼に細かな砂の粒を撒いて眠らせる砂男の話しを読んでくれたのは父親だったかもしれないし、戦争中に戦病死したので、写真でしか見たことのない伯父さんの「かたみ」の本のなかの一冊を、伯母が読んでくれたのかもしれない。

ページの周囲が滲んだように茶色に変色した本の間に、赤い椿の花の模様を印刷した紙で折った折り紙の小さなヨットがはさまれていて、伯母は中指と親指で小さなヨットの帆の部分をつまみ、ヨットをよく見るために少し眼を細める。クリーム色の地に赤い線描きの小さな椿がプリントされているので千代紙のように見える紙は、ねえやがもったいぶって大事そうに使っていた資生堂のバラ色の化粧水の包装紙で、特別に姉妹に下げわたされたものであり、千代紙はいろいろな図柄の物を集めて持っていたけれど、特別な花椿の紙で何かを作るようにと言われたので、本当はありふれた鶴か小さな箱を折るつもりだったのだけれど、ねえやが、前に奉公していた家の女学生のお嬢さんたちの間で流行っていたというヨットを折って本のしおりにするという話しをしたので、ヨットを折って、兄さんにあげたことを伯母と母は確かめあうのだった。まだ、絶対に眠むたくなんかないと言い張って、たとえば、いつもの時間どおりにもうすっかり用意されている寝床にもぐり込んで眠ってしまうと、何かとんでもない損をすることになる――眠ってしまったせいで、特別な出来事に自分だけが出あうことが出来ないといったふうの――と思い込んで、たれさがりそうになっている重いまぶたを必死で持ち上げようとしている子供のところにやって来て、眼に砂の粒を撒く砂男の話しを、私はどうやって聴いたのだったろうか。ずっと閉じずに開いていたせいで、眼球の表面の水分が少なくなって、眼がゴロゴロする感じになるのだ、と母は説明し、もちろん砂の粒のせいではないし――だって、一粒だって本当の砂の粒が眼に入ったら、眼がチクチク痛いけれど目薬をさせば涙と一緒に流れて眼の外へ出てしまうもの――夜ふかしのせいでそうなる、娘時代には、その先きがどうなるのか早く知りたくて――ページをめくるのももどかしく、という決り文句があるくらいだもの――真夜中すぎまで布団の中で小説を読んでいて、ずっと眼を開きっぱなしにしているものだから、眼が乾燥して、まぶたの裏側がゴロゴロして来てやっと、眠いのを我慢してというか、眠む気と競っていたことに気がつくということもあったけれど、大人になってからは、そういうことはまるでない、と軽く溜息をつき、大人になってしまうとこの先きどうなるのだろうと気をもむのは、小説の登場人物たちの波乱万丈の悲痛きわまりない情熱の物語などではなく、平々凡々でありふれていすぎて退屈なはずだった自分の生活のことだし、本当は眠いのに無理して起きていることのかわりに、眼がさえて眠むれないことや、うとうとしかかってもすぐに眼が覚めてしまう不眠の夜が続くことの方が多くなる、と言うのだ。

　もちろん、私は今ではもう早い時間に寝床に入ってしまう。枕もとに置いてある古い小型のケースに入った旅行用の目覚し時計は、起きるべき時間にベルが鳴るようにセットしているわけではなく、夜中に眼を覚した時に時間を見るためで、古い木造の様々な隅や出っぱりや隙間に埃の溜った家のあちこちで、乾いて縮んだり湿っ気のせいで膨張した建具や天井や壁や床や柱が不意に年寄りが咳込むような音をたて、生あたたかく湿った砂地の浅瀬のような眠りが妨げられ、眼が覚めると、暗闇というより濃い灰色の空間は部厚く溜った柔らかな埃のように曖昧な、あるのか無いのかわからない重みでしめつけるように覆い被るので、ふと心細くなり、枕もとの電気スタンドのスイッチの鎖を下に引っ張って燈りをつける前に、黄緑色の蛍光塗料の小さな文字盤の時間を見るのだ。雑草の生い繁った庭で出会ってしまった野良猫同士が毛をふくらませて威嚇しながらいがみ合う鋭い声が響き、やがてどちらからともなく、背中を丸くしうなり声を発してにらみ合う状態に耐えきれずに生じた裂け目に向って跳びかかるように、二匹はお互いの身体に向ってジャンプしながら鋭い爪を突き出し、丸い毛糸の塊のようになって抜け毛をあたりに撒きちらしながら地面を転げるので、祖母と伯母は野良猫が大嫌いで——野良猫だけではないのだが——それは、もっぱら猫が持っている猫被りという裏表のある性質のせいでもあるけれど、オス同士の騒々しい喧嘩といい、さかりのついた時の下卑た浪花節のような鳴き声といい、とても好きになれないと言うので、昔、父と母と三人で暮していた時飼っていたように猫を飼えないのだ。小説の思ってもみなかったような事が次々とおこる物語ののびひろがったり縮んだりする時間とは違って、ひどく退屈で灰色がかって見える不安な「いろいろ先のこと」を考えるせいで「不眠症」だし「胃下垂」でもある母親も、やっとうとうとしかかったと思った時、猫の喧嘩騒ぎで眼を覚まされる腹立たしさのことを言いたてるし、祖母は、あんたたちはまだいなかった頃、麻布の家の池の錦鯉が何匹も近所の大きな大きなふてぶてしいような黒猫（化猫そのもの）にとられた経験からいっても、猫は猛獣というか、すくなくとも野獣なのだ、と言うのだ。灰色と白と薄茶色の混った表面がざらざらしていて小さな穴のある大谷石を低くめぐらして盛土をして、そこに家ではカラタチの生垣を造っていたのだけれど、大きな大きなトラ猫は毛も厚ぼったく生えていたからカラタチの枝の棘をものともしないで隙間から平気で入り込んで、猫というより無声映画の化猫役の女優のように、いろいろなことが達者で、まっ暗な庭に緑色のような黄色のような丸い二つの光る目玉がまるでカラタチの実のようで、それがこっちをうかがうようにじっと光るのだから本当に恐しかった、と言い、娘たちは、麻布の家の生垣はカラタチではなく初夏になると枝に毒蛾がいっぱいいて近づくのがいやなサザンカだったし、庭に池などなかった、と言うのだったが、それはもちろん、だって、あんたたちが生れる前のことなんだから知ってるはずがないじゃないの、その頃には錦鯉の泳いでいた池があって、生垣もサザンカではなくカラタチだったのだし、錦鯉どろぼうの凶暴な野良猫が界隈の何匹ものメス猫に生ませたのが一目でわかるそっくりな猫がそこいら一帯にぞろぞろいたのだって、あんたたちが生れる前だったんだから、もちろん覚えているはずがない、と祖母は少しかん高い声でゆっくり、多分何度となく語る。それがどのくらいの大きさの実なのか知らないので、ミカンとは思わないまでも、カサカサした咽喉と咳が楽になるというので冬になると食べさせられた砂糖煮の甘苦く酸っぱいキンカンの実くらいの大きさだとするとカラタチの実のような緑色のギラギラ光る眼をした猫は、眼の大きさから推し測ると普通の猫の大きさとは比べ物にならないとてつもない大きさで、見たことはないけれど、トラに近い——ずっと昔、城址公園で、つぎはぎだらけの薄汚いテントを張って公演していたみすぼらしいサーカスに連れて行ってやったのだから、その時本物のトラをあんたは見たことがあるのだ、と母親は断言し、トラのエサ用に小犬や小猫をもって行くと入場料が無料になるという噂があったと言い、祖母や伯母は真面目な顔で、そうだろうね、と頷く——のだった。

　おかあちゃんは女学校のクラス会に出るので、そのためにビヨーインに行ったのだと父親が言い、ビヨーインなのかビョーインなのか区別がつかないのだけれど、なぜか質問をするのがためらわれて——そんなこととの区別もつかないのはバカみたいではないか——黙っている。母親は外出着《よそゆき》のグレーのフラノのスーツにパンプスをはいてタマゴ色のメルトン地の厚手のショールに茶色の革のハンドバッグを持って出かけたのだから、どっちにしても近所の店へ夕食の買物に行ったわけではないのだ。夜になって母は帰って来るので、父と私は二人で夕食をすませる。それから母が帰って来るまで眼をさましているつもりだったのに眠ってしまったらしく、ふすま戸を閉めた隣りの部屋で二人が押し殺して低めた声で言い争うのが聞え、振り向いてはいけないような気がして私はふとんの中で背中を丸め、白と黒のブチ柄の猫が廊下の方から畳の上をそっとやって来る気配がし、ふとんの中に頭から強引にもぐり込もうとして濡れて冷たい絹のビロードのような柔らかな鼻づらを私の首筋にこすりつけながらなまあたたかくて生ぐさい小さな吐息を吹きかけ背中に熱い体を押しつけながら丸まり、それから、私は眠りに吸い込まれるように（あるいは眠りの深くて暗いなまあたたかな穴に、最初はゆっくりと、途中から急速なスピードで落下するように？）眠ってしまい、眼を覚すと自分が眠る前よりすっかり大きくなっているのに気がついたのだった。猫はどこかにいなくなっていて、私の体温はあたたまっていたはずなのにすっかり冷えていて少しうすら寒くさえ感じるのだったが私は母と一緒に汽車に乗っていた。汽車は駅に停るたびにレールと車輪の軋む重い金属音をたて、大仰な深い溜息のような蒸気を吐く音をたてながら車体をぶるぶる震わせ、駅に到着するたびに、汽車を降りる必要がなくてまだずっと乗っていられるのかどうかを確かめているつもりで、「まだ？」と訊くのだが、母はすっかり私が単調さに退屈してあきてしまって、目的地にはまだ着かないのかと言っているのだと誤解し、上の空に、もうすぐ、と答えて窓の外に流れる景色をぼんやりと見つめる。揺れながら進みつづけ石炭の煤のにおいのする汽車の中で、体もずっと揺れつづけているので疲れてうつらうつらしながら、規則正しい揺れにうっとり体をもたせかけ、濃いあずき色の磨り減ってざらざらした三等車のビロードの座席の感触をてのひらと指さきに感じ、窓の外の薄く濡れたようになめらかに光っている線路の周囲にひろがる丘陵地帯の暗闇（ところどころ不意に丘の中腹あたりの人家のオレンジ色の電燈の光が見え、急速に描かれた光の線のように後方に筋をひきながら消える）と、少しだけ開けてある窓から流れ込む夜の冷たく湿った空気にまじった鼻と眼と咽喉をいがらっぽく刺激する煤煙のにおいをすい込み、丘陵地帯を抜けると黄色い丸い月が水の上をすべるようにして昇り、長い一日はまだ終っていなくて、夜がはじまったばかりなのにまぶたは重く機関車で燃やす石炭の黒い煤が眼に入ったわけではもちろんなく、まぶたと眼玉がなめらかに動く機械仕掛けのゴムの部品のように触れあう隙間にゴロゴロする砂の粒が入り込むのだ。扁桃腺が腫れたり虫歯がひどく痛んだり、咽喉に魚の小さなとがった骨がささったり、指の先に棘をさしたり、ヒョウソウで指が腫れあがってズキンズキンと血の流れる速度に重なって激しく痛んだり、眼の縁《ふち》のメッパがクリーム色と赤の混った色でポツリと腫れるといった体のすみっこでおきる異変とはあきらかに違うのだけれど、眼の奥の鈍く重い渋みが四肢をぐったりさせるようで、体全体が深い深い眠りの波にひきずりこまれるようで、甘酸っぱいリンゴのにおいのするゲップが口からもれる。家を出る時に隣家のおばさんが汽車の中で食べるようにといって渡してくれた小ぶりでひらべったい青竹の籠に六つ入っているリンゴをここで食べていいかと母に訊くと、どうぞ、と答えたので竹籠に被さっている薄い赤紫色の紙とセロファンを縫った紐の間からリンゴを強引に引っ張り出そうとしているうちにリンゴがベタベタして黒っぽい油じみて汚れた床に二つこぼれ落ち、母が座席から立ってそれを拾い、私は籠の中から別のリンゴを取り出して歯を立て、甘酸っぱい香りの果汁のしぶきを口と鼻に浴び、明るい日差しのなかで信じられない程青く輝いている川の流れを見つめながら鉄橋を渡る汽車の轟音でよく聞えない母の言葉を無視する。母は私に何を言ったのだろう。ホオズキの実の色の口紅を塗った唇が動くのだが、長い鉄橋を走る汽車の轟音は流れる川の水と河原と土手と空の間にひびきわたるので、声はかき消されてしまうのだ。前の車輛とこちら側の車輛を繫げていて短い通路のようになっている絶えず揺れ動き続けている鉄の板とアコーディオンのように折り畳まれて伸び縮みのする蛇腹状の防水布の壁が大きな音をたてながら広がったり狭くなったりして大きく揺れるので、そこを通り過して次の車輛の前の方まで歩かなければならない便所に行くのは、ひどくためらってしまう。座席と座席にはさまれた狭い通路を歩くだけでも、走っている時は上下にも横にも揺れ動く不安定な汽車の中では巧妙にバランスをとらなければならないのはとてもむつかしいし、鉄製の連結器を覆っているいってみれば渡り廊下のような連結部分は車輛と違って、汽車の動きを吸収して上下左右に同時に揺れる大きな布と金属で出来た蛇腹のようなので、走っている汽車のそこを通り抜けるのは少しこわいのだ。何人ものがっちりした男の大人も、ガチャガチャと音をたてて揺れる連結部分の鉄板の上を歩く時には、歩幅を狭くして足どりが慎重になるし、小さい子供たちは大人に抱っこされてそこを渡るのだから、私もそうやって、脇の下に両手を差し入れて体全体を持ち上げるようにされて——両足をぶらんと下げて、驚いたような顔をして——でなければ便所には行けないのだが、そんなに力の強くない母は私をそうやって抱き上げることが出来るだろうか。

眼を閉じると最初に黒い柔らかな闇が私を覆う。それから、薄いまぶたの皮膚と血管を昼の白っぽく輝くあかるい光が通過して黒っぽく赤い血液の色が透けて見えることを、私はとても大事な発見をしたように誇らし気に母に報告する。母は茶色のニスがべったり塗られて濡れたように光っている窓の下の狭い板に肘をつきてのひらで頬をささえているので頭かそれとも奥歯が痛むようにも見えるのだがどことなく上の空に、そうね、とくぐもった疲れたような声で答えるだけだ。窓の外に流れて行く景色はしだいに単調な同じような畑や畑の中に点在する農家や林ばかりが続くようになり、畑の中の道には人気《ひとけ》もなく、番小屋のある踏切りは渡るために汽車の通り過ぎるのを待っている人もいないし、母と私の乗っている三等の車輛は、乗った時にはとてもこんでいて、私は母の膝に座っていたほどだったのが、駅に停車するごとに乗客が降りて、私たちの周囲は空席ばかりになっていた。汽車の中は窓の下に通っているスチームの暖房と窓から差し込む白っぽい日ざしのせいでむっとするくらいだったので、肌着のシャツの上に着ていた黄土色のトックリ首のセーターの首のところに汗をかいてひどくチクチクするので、左手の人差指を折り重なった二目ゴム編みのトックリ首の襟に入れて伸ばし、顎を埋めて口で息を吐いて肌の熱をさまそうとするのだけれど、そうすると首だけではなく胸や胴のあたりまで暑くなるし退屈で、もう汽車に乗っているのはあきたし、眠むいのだった。頭を窓側にして、ザラザラしたビロードの座席に横になると伸ばした足の先きが通路側の肘掛けに乗り、そのままの姿勢でしばらくじっとしていると伸ばした膝の裏が痛くなってしまう。窓辺で頬杖をついている母の顔は白粉をはたいているのでいつもより白く、大きいのだけれど肉の薄い形が私とそっくりだといわれる耳殻の丸みをおびた縁に淡く銀色に光る生毛が見え、涙形の粒の翡翠《ひすい》がイヤリングの小さな金の鎖の先きで揺れ、薄い皮膚を透して濃い桃色の細かな編み目のような血管が見えるので、私は貝殻にそっくりな全体に薄いピンクで輪郭が銀色にぼうっとかすむ生毛でおおわれた耳にすっかり見惚《みと》れてしまうのだったが、それはむろんまったく別の顔の持ち主の耳についての記憶だったのではなかっただろうか。私以外の存在のたよりなくあてにならない気配を求めて苛立たしく不安気にそばだてられる裏切りの耳――。

それから、私はものうくゆっくりと毛布のなかでこわばった体を伸ばすのだが、そこから出て起きるつもりはなく、うつらうつらした半覚醒状態で見ていたような気のする夢を反芻する。一つの肉体についての単純な夢だ。物語のない破片――けれど鋭く光るガラスの破片のように皮膚と眼球に突きささる――だけで出来ている夢のなかで、彼女は曖昧なピントのずれた輪郭を持つ白いあらわな肉体として〈私〉のほうへ身を投げかける。そんな姿を実際に見たことはまったくないのだけれど、まるでふざけて遊んでいるようで、たとえば、水泳の跳び込みの真似をしているのだろうが、腕を前方に真っすぐに伸ばし、真っすぐに伸びたすらりとしてとてもなめらかな腕の先の白い指が閉じた翼の形で緊張しているのだけれど、とても身軽に上下にしなうジャンプ台ではなく床の上で跳躍し、寝台に横たわって首だけをねじ曲げて彼女の方を見ている私にむかって腹の上を目ざすように直角に跳び込んで来るのだったが、それはいかにも変なので、私は笑ってしまう。それから、いきなり雨が激しい音をたてて降り出し、いなびかりが灰色のカーテンの隙間で透明なオレンジ色で一瞬輝き、雷が鳴って、光と半透明の闇と夥《おびただ》しい水に私は飲みこまれ、睡気が頭の芯をしびれさせているのになかなか眠ることが出来ずに、毛布を体に巻きつけながら何回も何回も寝がえりをうち、むせかえる湿気を含んだ雨のあとの暗緑色の空気が窓から流れ込んで部屋をみたし無秩序な欲望とあやふやな不眠とも眠気ともつかないしびれが指先を腫れぼったくむくませて、眼とまぶたの間に砂の粒が溜り、まるで水の中にいるようだ、と私は口に出して言ってみる。暗闇のなかで眼を閉じて横たわっていると脚を軸にして身体がゆっくりゆっくりゆっくり回転しはじめ、回転の速度に徐々に速度が加わって斜めにゆっくりとかしぎながら旋回する渦の中に落ちて行くように、何度も何度も何度も繰りかえして、眠りのなかに吸い込まれて行きながら、すべてを思い出してみることなど出来はしないのだが、何回も何回も何回も同じことを、それが唯一の主題でもあるかのように書いたことがある、と私は思い、なじみ深く、たとえばよく知っている自分の肉体のように慣れているのに、そこにいるという抵抗感によって微かな軋み、そこここに、くぐもった音で鈍く響かせる、しめって重い紙の肉体、紙の湿り気をおびた言葉のことを考えようとする……

トゥワイス・トールド・テールズ

「それから」という言葉はいつもその先きのことを性急に尋ねる口調で二度繰りかえして、それから？　それから？　と尻上りの高い声で発せられ、少し息つぎをしてからもう一度、それからどうなったの、と、多分、好奇心で物語に胸を高鳴らせ眼を丸くして口にするのだったが、お話しというものは、そういったふうに聴くものではないのだ、と母親は言う。なぜならば、先きを急かせなくても話しはいつか進行するのだし、進まなくても一向にかまわない、幾つもの曲り角を横道にそれるように本筋を外れて別の奇妙な話しの中に入っていってしまうねえやの話しの途中であたしたちは眠むくなってしまうこともあったし、そうでなかったら、晩御飯に好物のおかずを「お腹の皮がパンパンにふくらんでパチンと大きな音をたてて弾けそうになるまで」食べたせいでねえやがうとうとしはじめることもあったから、話しにおしまいというものはなくて、それからの先きはいつまでも続くのかとも思われるのだった。それから、それから、と話しの進行を気にして尋ねるのは、もっぱら兄さんで、姉さんとあたしはそういうことは言わなかった。多分、それから先きのことが気になるのには幼すぎたのだ。

　子供部屋とか子供室と呼ばれていたけれど、特別に子供のために作られた部屋ではなくて、ただ子供たちがそこで寝るのと、おもちゃや勉強机や本棚や子供たちの服が置いてあったからそう呼ばれていただけなのだったけれど、末っ子だったから四つになった時、それまでそこで寝ていた一階のとうさんとかあさんのところから、二階の八畳のねえやと兄さんと姉さんが寝る子供部屋で寝ることになって、兄さんが尋常小学校の四年になった時、隣りの六畳の部屋に移った後は、姉さんのと二つ並んでいた兄さんの勉強机（とうさんが上海で買ってきた高級な細工のある机は、兄さんが高校生になったら使うことになっていたので、児童向けのごく普通の造りの机）とガラスの扉のついた引き出し付きの本棚が無くなって、部屋はずいぶん広くなってガランとした感じがしたけれど、姉さんはこれですっかり女の子だけの部屋になって、窓のところに置いてあったいやらしい年寄りの汚いカメの入っている水槽とか、ベタベタに汚れたおもちゃの刀や十手や幾つもある作りかけの模型飛行機や針穴写真機や望遠鏡や、きれいな羽の蝶々なんか一匹も入っていない標本箱、黄土色のズック地に部分部分豚革が縫いつけてある子供用のグローブと蜂蜜色のニスを塗って握りのところに野球のボールのマークが焼き印で付いている子供用のバットとソフト・ボール、藤むらの羊羹の箱に入れてはあるのだけれどいつも箱の外にちらばっているメンコとベーゴマ、受け皿の縁に肥後守でギザギザに刻み目をつけて、赤と青の色エンピツで色を塗った剣玉、ボール紙に映画《スクリーン》を見て大喜びしている子供たちの絵を印刷して――ケイオー服の坊っちゃん刈りの男の子たちと、白い襟のついた赤と青や、茶色と黄色の格子のワンピースを着た刈り上げのおかっぱの女の子たち――かつどうえいしゃきという文字がローマ字で書いてある、電球を光源に使うと、安物の質の悪いレンズを通してぼんやりした映画フィルムの切れ端しの、真っ白に塗った顔に黒く眉や目ばりを入れた時代劇の活動写真スターたちの写真が暗くした部屋の壁に映し出されるオモチャの幻燈機といったひどく子供っぽい物が片づいて、さっぱりしたと喜び、家に遊びに行ったことのある同級生のお姉さんの部屋について、ねえやと妹に向って、それがいかに素敵できれいで欧風で（と気取った言い方をして）ロマンチックだったかを説明する。だから、あたしたち少女の部屋もそうした部屋に近づけなければならない。もうここは子供部屋ではなく――なにしろ、子供っぽい男の子のくせに総領息子だというので部屋の大部分を占領していた兄さんはいなくなったのだから――ここは「乙女の館」とまではいかないけれど、少女の部屋なのだ、と姉さんは宣言し、もう、ねえやはこの部屋で一緒に寝なくてもいい、とも言うので、色の白いぼってりした大きな顔で、二つにわけて三つ編みにした長い髪を頭の上で巻きつけるようにしてピンでとめたガバレットとかマーガレットという髪型にしているので、剝き出しになった白い大きな顔が目立つねえやは少しむっとして、まぶたが赤くはれぼったくなり、夜中におしっこがしたくなっておばかりに行く時、それでは誰が廊下や階段の電気をつけてくれるんですか、あんたたち、おチビは天井についている電燈の紐に手がとどかないくせに、と、嘲笑的な態度をとり、姉は頰をふくらませて少し考えてから、母さんに言って紐を長くしてもらう、と勝ち誇り顔に答えるのだった。子供部屋が少女の部屋に変るのはもう少し時間がかかったので――同級生の望月さんも本当のところ、まだねえやと一緒に寝ているのだった――あたしたちは少し広くなった南に面した二階の子供部屋から物干し台に出て冬はお人形遊びやママゴトをしたり千代紙を折ったりお手玉やおはじきや綾とりをして遊ぶ。竹の節の一つ目か二つ目のところの低い位置に先きを二つに割った杉の薪を麻紐でくくりつけた竹馬にあたしたちは乗ったけれど、体がとても身軽だった兄さんは中学一年の時、物干しざおで足の台がとても高いところにある竹馬を作り、それを一階のひさしに立てかけて二階の窓から屋根に出てひさしまで降りて、特製の高い竹馬に乗って、石川五右衛門の真似をして絶景かな絶景かな、と叫けびながら庭を歩きまわり、かあさんとねえやは転んで骨折したらどうするのだとひどく怒ったけれど、あたしたちはすっかり感心してキャーキャー言って喜んだ、と母が話すと、もう一人が相手の言葉をさえぎり、こまごました色や形や名前や場所や時間を、もう一つの別の、もっと正確だと自負している記憶で補うのだった。

震災の後で郊外に建てられた近所の家は、ほとんど同じ造りで、ざらざらした色と灰色と薄茶の混ったような色の大谷石を低くめぐらして盛土をしたところに、ツゲかサザンカの生垣があって、小さな芝生と植木のある庭付きの赤い瓦屋根の二階屋で、ダイヤ形のすりガラスをはめ込んだ玄関のドアの右の横手に、八角形を半分にした形で突き出た洋間があって、そこはどの家でも書斎とか応接室に使われ、高等学校に入った兄さんが自分の部屋にすることにしたのだったけれど、望月さんのお姉さんはピアノをやっていたので、アップライトピアノの置いてある洋室を自分の部屋にしていて、そこにはうっとりするようなきれいな物がいろいろと飾られていて——ガラスのケースに入った桃色の絹のドレス（ではなく、薄緑色の富士絹のドレス、エンジの縁飾りのヒダのついた）を着て薄いローズ色のジョーゼットの顔に黄色の絹糸で作った縦ロールの金髪のフランス人形とか、「アマリリス」（ではなく、「メリー・ウィドウのワルツ」。望月さんのお姉さんが短く終わってしまうオルゴールのメロディーの続きをピアノで弾いてくれたのだった）の曲の木彫りのオルゴール付き宝石箱とかそういったもの——いい匂いがして、お姉さんはきれいで優しく、切子ガラスの器に入ったクリーム色のカスタード・クリームとイチゴをおやつに出してくれたのだと姉さんはあたしたちに自慢し、家なんかイチゴにかけるのはコンデンスミルクだけど、望月さんのお姉さんはミルクと卵でとてもなめらかなカスタード・クリームをちゃんと作ると言うのだった。母は、ぼってりした色の白い顔のねえやが、自分などはいろいろな家で奉公した経験があって、これはあの望月さんの家とかこの家などとはまったく違う大きなお屋敷だったから、そこにいたのは娘さんやお嬢さんなんてものではなく、ねえやがお小間使いとしてお仕えしたのはお嬢さまやお姫さまだったのだという話をしてくれて、二人ともすっかりねえやを尊敬してしまい、大きくなったら、あたしたちも絶対、お小間使いになると決めたのだ、と言う。お姫さまは十八歳で眼が濃いスミレ色かサファイアのような色をしていて金髪の縦ロールの髪にいつも宝石入りの可愛い普段着用の冠を被って普段着の絹のふわふわしたドレス（普通の人間はウエディング・ドレスにだって着られない高級な）を着て、アメリカの映画スターのジャネット・マクドナルドにそっくりで、たくさんの求婚者が毎日やって来るので、ねえやにいつも、こんなにたくさんの身分の高い男の人がいるのに、わらわが本当に愛せる者はいない、とお嘆きになっていたけれど、ある時、出入りの、見事にカールした何本もの縦ロールを作る美容師と駆け落ちをしてお城を出て行ってしまったので、お姫さまつきお小間使いは不用になりねえやはひまを出され、それから別の大きなお屋敷でお嬢さまつきお小間使いになったのだったが、このお嬢さまは縦ロールのお姫さまよりもグレタ・ガルボよりももっと凄い美人《シャン》で、ドレスを三百六十五枚、靴を三百六十五足、帽子を三百六十五個持っていて、むちろん（と、ねえやは発音する）それに見合った数のたくさんのたくさんのダイヤモンドの首飾りや耳飾りや腕輪があって、一度着たドレスは二度と着ないことにしていたけれど、とてもケチだったので、もう着ないドレスを小間使いや召使いに下げ渡すという親切なことをせず、古着屋に売ることにしていて、それもとても高く売れたので次々と新しいドレスを作っても、ちっとも、不経済じゃない、といつも言い、ねえやが二百着目のドレスの着付けを手伝っていた時ドレスにウエストが入らなくなるという異変がおき、お腹はふくらむばかりで、それから何ヶ月かして旦那さんがいないのに男と女の双児を産みおとしたものだから、乳母を二人やとうことになって、お小間使いのねえやはおはらいばこということになり、旦那さんがいないのに双児を産んだそれはそれは美人《シャン》のお金持のお嬢さまは、ひろいひろい日比谷公園の倍くらいあるお屋敷の地所の中に建っている高い高い上野の五重塔くらいある鉄で出来た塔のてっぺんに閉じ込められてしまい、それは、二度と男とみだらなことをしたり、双児を産むことができないようにするためだったのだけれど、毎日着がえるので、一年では三百六十五枚、閏年では三百六十六枚のドレスを作るドレスの仕立屋さん、靴屋さん、帽子屋さん、宝石屋さんの出入りは許されていたものの、それも、男と名のつくものは、おじいさんでもオカマでも支那の宦官（兄さんとあたしたちは、それはどういう人なのか質問し、ねえやは、キンタマを手術で切った人たちで、だから、半分女のようなのだ、と答え、あたしたちはびっくりして黙り込む）でも犬や猫や小鳥でも許されていなかったから、出入りする仕立屋も靴屋も帽子屋も宝石屋も全部女の人だったのに、凄い美人《シャン》で世界一の衣装持ちのお嬢さまはまたドレスの寸法が大きくなり、今度は男の三つ児を産み、それというのも、仕立屋も靴屋も帽子屋も宝石屋も皆女に変装した男だったからだ、と言い、あたしたちは驚いて、しばらく沈黙してから溜息をつき、姉さんが産れた赤ン坊たちはどうなったの、と訊くと、双児と三つ児の赤ン坊たちのうち四人は産れてすぐに死んで、と、声をひそめ、四人の赤ン坊が自然に死んだと思うか、と質問し、上と下にフリルと房飾りのついた薄い水色のジョーゼットで、全体にドレープが畳み込んであるので、フランス人形のふくらんだスカートのようにきれいな枕もとの電気スタンドのガラス玉のついたスイッチの細い鎖をねえやは手を伸ばして引き下し、暗くなった部屋で、あたしたちはふとんの中で、思いっきり手足をバタバタ動かして、大きな悲鳴をあげる。それから、それから、どうなったの、と、いつ、兄さんは話しの先きを急かしたのだろう。あたしたちは声をそろえて、そう思わない、と言い、ねえやは、あんたがたは、とってもお利口な子供ね、と言い、電気スタンドの明かりを点け、隣りに置いてある誰も開いてはいけない金属の止め具の付いた小さな黒い革のハンドバッグ（姉さんとそっと開けてみたら脱脂綿と湿布の時に使う黄色がかった茶色のリント油紙が入っていて、ねえやは体のどこかに漁夫王のように血を流す秘密の傷口があるのだろうか、とあたしたちは想像する）から、両端をねじったセロファン紙で包んだ丸い子供の親指くらいの大きさの白とピンクと薄緑色と紫色と薄黄色の洋酒入りボンボンを取り出しパラパラとてのひらから落して白いシーツの上にひろげ――姉さんとあたしは小さな黒いバッグの中から、脱脂綿とリント油紙ではない物が出て来たので、いくらかあわてたような気持になる――この洋酒入りのボンボンは、上野のあたしの家の近くのお菓子屋のおやじさんが作っていて、あたしがお小間使いをしていたお姫さまもお嬢さまもこれが大好きで、お休みの日に家に帰える時になると、あれを買って来てね、と必ず言ったものだと自慢気に鼻を蠢《うごめ》かし、洋酒ボンボンにはとても値段の高い高級な外国の強い洋酒が入っているから、子供なんかが食べてはいけないものなのだけれど、ここにあるこれはと、腹ばいのまま体を伸ばしてスタンドやバッグに手を近づけるので胸のはだけた寝間着から小さいおまんじゅうのようなふくらみを見せているねえやは説明する。これはお菓子屋のおやじさんに特別に作ってもらった、ごく少量しか洋酒の入っていないボンボンだから、酔っ払うこともないし、ほんとうは、夜甘い物を食べると虫歯になるから絶対にいけないけど、今夜はおとうさんもおかあさんも御留守だから、食べた秘密を守れる子には差し上げます、と、とてもおごそかな口調で言い、産れてすぐに死んだ四人の赤ン坊の話しが途中だったし、少しおそろしくもあったあたしたちは、ひとかたまりになってねえやのふとんにもぐり込んで、お姫さまが使っていたのをごほうびにいただいて大切にしていた資生堂のホワイト・ローズの香水をお風呂で体にお湯をかけた後、ほんのぽっちり耳たぶに付けたというせいで、とっておきのよそ行きの着物を着た時のかあさんと同じ匂いに混って、微かな生あたたかい血液の匂いがするのに気がつくのだが、もちろんそうした疑問は口に出さず、お姫さまとかあさんは同じ香水をつかっていたのだと自慢そうに考え、セロファンを剝いたボンボンを一粒ずつ（あたしはピンク、姉さんもピンクで、兄さんは男の子だから、薄緑）あおむいて口に入れてもらい、すべすべしてかたいボンボンを上と下の歯の裏側にあててわざと音をたてながら口の中で転がし、お砂糖の甘さを味わった後でおそるおそる嚙んで中のトロリとした高級洋酒入りシロップ（焼酎に香料を入れたものなのだ、と後で知ることになる）の味を確かめると、はっきりとはわからないけれど洋酒の味がするような気もして、小さなボンボンは口の中で溶けて、それから、兄さんが四人の赤ン坊がどうなったのかを質問する。死んだのは四人の赤ン坊ではなくて、次に産れた四つ児も含めて八人だったわよ、と伯母はテーブルの上に置いた本のページをめくりながら赤ン坊の人数を訂正し、一人を除いて全部の赤ン坊が真綿を詰めた柔らかな絹の刺繡をした枕を顔にあてられて、息が出来ずに死んで、日比谷公園の倍くらいある広い地所のどこかに埋められて、何人もの嬰児殺しの罪深さにおびえた家令が三度目に産れたそれぞれがそっくりのセルロイドかブリキのぶっこぬき人形みたいな四つ児の一人をこっそりと助けて自分の家に連れて行ったのだけれど、老母と年寄りの女中が住んでいる家に、グレタ・ガルボのようなお嬢さまと女形よりずっと女らしい仕立屋か靴屋か帽子屋か宝石屋との間に産れた、きれいな赤ン坊が突然現われたのではあまりにも世間の目を引きすぎるからその子はすぐに、女中の遠縁にあたる歌舞伎役者に囲われていた新橋の芸者のところへ養子に出されたのだから、あんたたち、少し大きくなるまで待っててごらんなさい、きっとその子は大変な美男の歌舞伎役者か映画スターになるでしょう、って、すえちゃんが話すので、あたしはすっかり感心しちまって半信半疑だったのが少しグラつきかけていたら、まだ五つくらいだったあんたが、ねえやはお嬢さまが双児を産んだ時お小間使いをやめたのに、どうしてその後のことを知っているの、と訊くので、ほんとにその通りだと思ったら、すえちゃんは、それはむちろんです、だってお屋敷の家令はあたしの伯父さんなんですから、と答えたのよね、と言うのだった。それから、私は、目を丸くして、ほんとうに？ と、母は伯母に尋ねる。それから、どうしたのだったろうか。あの頃、すえちゃんは数えで二十三だったけれど、降るほどあった縁談を次々にことわりつづけてこの年になってしまったのは、なんといっても、恐しくはあったけれど楽しかったお屋敷でのお小間使いの経験が原因なんですと、いつだったかお風呂で髪の毛を洗ってもらいながら聞いたことがあって、体つきも顔と同じように白くてすべすべで、とりとめもなくぼってりしていて、着物を着ていても、帯の下に丈がいくらもないんだもの、足の短かいのはわかったけれど、裸になるとおかしくなくらい足が短かくて、平べったい胴体の上の方に葬式まんじゅうくらいの大きさのおっぱいがあって、桜色の小さな乳首が何度もアクをとって似た小豆のように見えた、と伯母は言う。眼に石鹸の泡が入らないように髪を洗ってくれるのが上手で、スノコの上にぺっちゃり座りをした濡れてすべすべしてぼってりとあたたかくてみっしりした弾力のある太股の上に頭を載せて寝そべっていると、肉厚の大きなぼってりした指がたっぷり泡立てた石鹸をつけて頭の地肌をクルクル擦って——かあさんに洗ってもらうと、あの人、せっかちだからゴシゴシ洗って、眼をしっかりつぶってって言って手桶のお湯をざばあってかけて、ハイ、一丁上り、でしょう——大人のお嬢さまになったみたいで、とても気持が良かったのだったけれど、お屋敷の家令をやっていた伯父さんとは違う別の親類の人が持って来た縁談——いつまで、ねえやをやっていてもしかたないだろう、何年もしないうちすぐにばあやになっちまうよ、と言われたってプンプン怒りながら笑っているんだから困った娘だ、と、かあさんは笑ってた——で、結局海上火災保険会社の三人の子持のやもめの勤め人のところへ嫁《ゆ》くことに決って、すえちゃんが家をやめた当初は、ぽっかり穴があいたようでさみしかったのだろうけれど、でも、そのことはあまりはっきり覚えてはいなくて、確かすぐに旦那さんが大阪の支社に転勤になって引っ越していって、兄さんは修学旅行で関西に行った時、学校から許可をもらってすえちゃんの家に一泊したことがあるはずで、少しヤブニラミの一番下の女の子が、疑わしそうな顔で、この人があのお屋敷のお坊っちゃまなのか、としつこくねえやに質問したのだそうだ。それから、どうなったのか、何年かは手紙のやりとりもあって、ねえやに子供が産れたり、連れ子が肺病で死んだり、女学校に入学したり、旦那さんがどこか地方の支店長になったり、というあれこれがあった後、戦争中にこっちに越したりしたから、音信は途絶えたままなのだ。それから、どうしたのだったろう、と二人は言いあう。

おとうさまは、と手紙には書いてある。私に気をつかっていらしたのか、あなたの御本を家には置いておきませんでした。図書館で借りて読むのです。あなたやおかあさまが自分のことをどう思っているか、当然、とても重く気になさっていらっしゃいましたが、それを私に言うことはなく一人で悩んでおいでだったし、そうしたことの原因は、みんなこの私にあるのですから、一緒に暮しながら私たちの生活は最初から、いつも重くのしかかる罪のかげりのあるものだったのです。一世一代の、とても自分などにはあると思えなかった勇気を奮い起こして、私のような女に対するどうしようもない、ほとんどキチガイじみた愛情のために、ああいうことをした時のことを、おとうさまは、「ズキンズキン音をたてるような気の狂いそうな幸福感で有頂天に震えながら、ためらってためらって、ためらった挙句」と泣き笑いの表情でおっしゃったものです。泣き笑いの顔で、歌うように、ズキン、ズキン……、と。それから、中古の自転車を駅前の自転車置場におき——鍵をかけるかどうするかで、また、ためらって——古着屋で、まだ自分が独身だった時、ずっと昔、上海に行ってあなたに会った時に着ていたのとそっくりな、薄い灰色の麻の背広と白いシャツに着がえたとおっしゃいました。家を出た時着ていたシャツと古いズボンと麦ワラ帽子を、なんで駅前にいつもいた女の乞食にやったりしたのか、さっぱり、訳がわからない、ともおっしゃってました。それから私は手紙を封筒に戻し、父と一緒に暮していた女性が、お収めくださったらおとうさまもさぞお喜びになるでしょう、と書いてある品物をどうしようかと考え、母が言っていることをもう一度耳にする。ほんとうに、何もとっておかなくっていい、全部処分してくれればいいのよ、あたしが死んだら、洋裁室においてあるかあさんやにいさんやとうさん、ねえさんの「物」はさばさばと全部捨ててしまってかまわない、取っておいたっていいけれど、処分したって一向にかまわないんだからね、いやじゃないの、そんな物に囲まれて、一人で。全部捨てて、それから、あとのことを考えればいい——

『月』について、

もちろん、あれから長いこと時間がたったのだ、と、声に出して言ってみると（そう、たとえば本に書いてある文章を読むように、それとも、暗記していたことなどすっかり忘れていた詩か何かの一節が不意に口をついて出たように？）、咽喉にからまった黒い煙草のヤニの混った痰を切る時と溜息と咳の他には長いこと音を出したことのない咽喉と口の内部から出た言葉——ひびわれたように耳障りで粘つく声というかざらざらと反響する音そのもの——が風呂場のタイルの壁と床にこもったように反響しまるで自分の声ではない音のように耳の中にのみこまれ、長い間誰も使わずに放置されたままのガラスの表面にこびりついた埃（窓ガラスには雨滴と泥のはねが一面に薄くはりついている）と霧状の粒で曇ったガラスの表面を湯気が水滴になってすべり落ちるのを見ているのだが、私の記憶は丸めて捨てられた様々な色の糸くずのようにこごなってもつれているようなのだし、何度も何度も小さな虚《うろ》になってゆらいでいる虫歯をとがらせた舌の先きでさぐることを、やめることが出来ないように戻ってみても、だからといって何も変りはしないのだし、あれから、多分、とりかえしようもなく長い時間がたってしまっているのだ。秋のはじめか夏のおわり、どちらで呼ぶにせよ、ジグザグに空気が入り混って季節の移りかわる時期で、汗ばんだ額と首筋に風がひんやりとあたり、汗で濡れた皮膚の表面の少し奥の方がぞわっとふるえたのだったし、ズックの靴の中で足の指の間に湿って少しぬるぬるする生ぬるい汗の感触があったのは、家から出て狭い折れ曲ったまゆみの生垣のある道を抜けて、五軒目の家の角を曲って電車通りに通じる少し道幅の広いアスファルト舗装の道に出る前に、角の家で飼っている大きな背中の毛と耳ととがった口のあたりが黒いシェパードに吠えられたせいで、心臓もドキドキしているし、てのひらとあしのうらにも汗をかいているのだ。灰色と薄い茶色のまざったざらざらした落雁のような砂岩で組んだ土台の上にまゆみの生垣のある角の家のシェパードは、角を曲りきってアスファルト舗装の市道の左側にある煙草屋の前を歩いている姿の見えない私に向ってまだ吠えつづけ、犬が動き回わり、つないである鎖が地面の上を引き摺られてぶつかりあう鈍い音がし、何人もの子供や老人や犬や猫に嚙みついたという悪い噂のせいで、市道に出るために一番の近道のこの角にある家の横を通るのはいやなのだけれど、別の道を選ぼうとすると遠まわりになるのだ。家から市道の先にある電車通りまで出る道は遠まわりをすれば四つあり、四つの道のどこを通るにしても、どの家もまゆみの生垣を四方にめぐらしていくつにも曲った角をつらねて廊下のように続いている小道は——土地は徐々にゆるやかな斜面になって町の背後の和三盆の落雁のようにくずれやすい砂岩段丘にむかってのぼって行く——幾つもの直角の曲り角があみだくじのように折れ曲っていて、どこの家も同じに見えるまゆみの生垣の間の狭い道を何回も角を曲って歩いているうちに見通しのきかない閉された場所で道に迷ったような気持になり、このあたりが砂岩段丘に続いている斜面だということさえ忘れてしまう。まゆみの生垣にはさまれた見通しのきかない小道の一つを——どの曲り角かということはわかっているのだけれど、地図もかかないで、いや地図をかいたとしてもだが、どうやって、それが他の無数の同じ曲り角と区別できるのかを説明できるだろう——左に曲る。この曲り角を曲ると、突きあたりの紫陽花の植え込みのある前庭までバラスを敷いた狭い小道が続いているけれど、紫陽花やバラス敷きの小道は何の目じるしにもなりはしない。紫陽花の植え込みもバラスを敷いた小道も、曲り角と同じ数だけあったし、そうした小道に枝わかれしながら大筋としては左方向に曲って砂岩段丘の昇り口へ向っている狭い道も何本もあったし、どこにもつきあたらずに砂岩段丘をくりぬいた空洞の埃臭い防空壕に吸い込まれてしまう小道も曲り角と同じ数だけあり、洞穴の中の一つは底無しの暗闇の地底に続いていて、道に迷ってその穴に吸い込まれたまま戻って来ない犬や猫や人間の大人や子供の数は知れないのだと子供たちは噂しあう。地底には厚ぼったく冷たいまっ黒な雲のような闇が広がっていて、そして、吸い込まれた犬や猫や人間の大人や子供がどうなったかについて考えてもよくわからなかったので、それだけで話しはいきなり終ってしまうのだ。

戦争中に掘られた防空壕は少し前に埋め戻したか入口の扉に鎖と南京錠をかけて塞いで入れないようになっているけれど、一時は空襲で家を焼かれた被災者が住みついて火を焚いて焼け残ったホーローのヤカンで何かを煮ていたけれど、頭もちょっとおかしくなっていたのかもしれない、あんなところにそんな長く住めるはずもないからいつの間にかいなくなったと祖母が言い、伯母が、あそこに住んでいたのは被災者ではなく、戦前からずっとこのあたりにいた乞食だし、あれは防空壕ではなく、砂岩段丘に昔からあった奥行の浅いホコラなのだと母親の記憶違いを訂正するのだが、それはあんたが考えている場所とは別の防空壕のことなのだと言い、そうなの？と伯母は少し首をかしげる。風呂場の壁のタイルと窓ガラスと鏡には薄茶色の和三盆糖の粉クズのような埃がこびりついていてその上に湯気の微細な粒が乳白色の水蒸気の薄い皮膜のように張りつき、微細な水の粒々は球状の粒でいることに耐えられなくなって筋状の水滴となって下の方にゆっくりと、カタツムリがねばつく体液の跡を紫陽花の葉の上につけるようにゆっくりと下の方に這いすすみ、水道の蛇口から水を出して熱く沸きすぎたお湯をうめているので浴槽の縁からあふれる湯がタイルの床に流れ落ち排水口にうずを巻きながら聞きなれた水の音をたてて吸い込まれ、もちろん、私はもどかしく半ば呆然と放心する。なぜそれ程いそぐ必要もないのに（それに、「ひどく疲れていたようだし少し熱もあったのかもしれない」と、ブルーのインクの太いペン先きの字で手紙には書いてある）図書館に本を返しに行ったのかわからない、それも借りたのが三度目の本で、そんなに繰りかえして読むのなら、私のことなど気にすることはないのですから、手もとに置くために買えばいいと言ってやるだけではなく、私が御本を買いもとめて書店で被せてくれるカヴァーを着けたままあなたのおとう様の机に置いておけばよかったのです、と〈罪深い女〉は書く。まだ小学生だったあなたにお会いするために行ったことも私には黙っていて、ずっと隠しおおせていたと思っていらしたのでしょうけれど、私は知っていました。住宅地に開発されてしまってわずかに残っているあおい麦畑の中に通っている県道を雨あがりの澄んだ空気の中を自転車で走りたかったのかもしれません。あの青々として少し冷やかな麦の匂いを吸い込むと、鼻から眼の奥に風が通って吸い込んだあおい麦の匂いのする新鮮な空気と一緒に眼玉の表面からも頭のてっぺんからも手の指の一本一本の先きからも、しつこい塊のように頭の中に喰い込んで巣喰っている重い偏頭痛がゆっくりと溶けて気体化して体の外に押し出されるような感覚がするのだ、とおっしゃってました。風を孕んで帆走する小さなヨットか、それとも裸馬にまたがって西部の大草原を走るインディアンのように自転車を走らせて、と、おとう様はよくおっしゃっていました。もちろん、ヨットを帆走させたことなどないし、乗馬の経験もなかったのに。自転車の前輪の上にとりつけられた金網のカゴの中には図書館に返却するための本が一冊帆布製のカバンに入っていて、車に後からはねられた自転車ごと畑の脇を流れている用水路に落ちてコンクリートの縁に頭を打ちつけて即死したことがまだとても信じられないと彼女はブルー（濃い黒に近いブルー）のインクで太いペン先の万年筆の几帳面な文字で書く。抑制のきいた感情的なところのない文章で書かれた手紙は、だからこそ秘密が告げられているかのように、そして、その秘密は自分と長い間一緒に暮していた男の息子の母親で男の妻であった存在の眼から隠さなければならないものであるかのように、「おとう様」が三度も読みかえした（三度、図書館で借りた）本の奥付に印刷してある出版社気付で送られてきたのだったが、二階の北側の部屋の雑然と物の詰めこまれた古い木の机の引き出しの中に長いことしまわれていた他の手紙やノートや映画のパンフレットのように湿っ気と埃を吸い込んで変色してはおらず（出版社の封筒の中に入っていたので）、書かれた時のみずみずしさが保たれていて、引き出しのつぎ目のゆがみの隙間から入り込んだ細かな砂のような埃と湿気を吸った古い紙の匂いに咳込みながら、もう誰も覚えている者もいない――おそらく、私を除いては――二人の苦く甘美でもあったはずの過ぎ去った長い時間について考えようとするのだが、私は二人について何も知りはしないのだ。ほとんどなにも。あの本も三度も図書館で借りたのだから、よほどお好きだったのにちがいありません。昔の人間は私の父などがそうでしたが、重要な文章を暗記する教育を受けたせいで、漢詩や短歌だけではなく好きな文章も暗記して暗誦することが出来たものですし、おとう様も酔うと、ぶつぶつ一人言をいうように何かの一節を暗誦する癖が若い頃からおありでしたから、あなたの文章も暗記していらっしゃったかもしれません。この手紙の書き手のことを何と呼ぶべきだろうかと考えたのだったが、私の口から彼女のことを語ることなど一度もありはしなかったのだ。なんの前ぶれもなく不意によみがえった断片的な記憶を言葉にして声に出さずにはいられないので、それを私が聞くことになった脈絡に欠けてはいるけれども一連の出来事の中に、彼女はぼんやりとヴェールか靄に包まれているというか、それとも、木や電柱や家具や屋並の背後の陰になっていてぼんやりした後姿の半分しか見えない人物のように、少し震えをおびて憎悪と好奇心の混った声で語られるので、本当のこととはとても思えないのだけれど、「あの女《ひと》」と呼ばれるかつて上海と北京に住んでいたことのある「そりゃあ、宿命の女《ファム・ファタル》だもの美人《シャン》に決っている」女のせいで、「あんたとあたしは不幸」な目にあっているのだ、と母はそっと（しかし、憎しみと嫉妬のために粘ついたものがからみつく声で）語り、それに濃いブルーのインク（ペリカン社のブルーブラックのインク）で書かれた文字が重なりあう。赤いジュータンを敷いた両側に部屋の扉のある薄暗く長い廊下の角を曲り、川べりの急な岩盤の段丘に建てられて何度も増築をしたせいで複雑な構造になっているらしい幾つもの短い階段を上ったり下りたり曲りくねった通路を壁のところどころに張られた矢じるしを目あてに歩いて、道の方から見る建物の入口のある正面は二階建てなのに、川の方から見るとコの字形に川岸に積みたてたように張りついている四階建ての建物のどのあたりにあるのか見当もつかない人気《ひとけ》のないガランとした大浴場で私たちは白い大小さまざまな形の雪片のようにも見える湯の花の薄片がゆらめきながら浮き沈みしている大きな湯舟に浸るのだが、白い雪か花びらが湯の中で浮き沈む様子は、水玉文鎮の球体の中の小さな風景のようなレンズ越しの記憶と混りあい、微かに鼻をつく硫黄の混ったお湯のにおいと湯気のもやの向うに大きく開かれた窓の外に川というより増水した濁流が岩にぶつかって渦巻く激しい水音が響き、大きな風呂の中を横切って窓辺にまで進み、窓の枠に両手をかけて身をのり出すようにして下を見れば、何日か続いた長雨のせいで増水した川が見えたのかもしれないけれど、もちろん、私はそうはしない。たちこめる湯気の白い靄は窓のところで冷たい川霧と混りあい、大きな濡れたガーゼの布が風にゆらめくように、ふわりとひろがって揺れながら川の方向に流れ、大きな浴槽にあふれる柔らかなあたたかいお湯の中で身体を動かすと浮力のついた身体が不安定にふわりとゆらいで傾き、たぷたぷと波打って表面の揺れているる大量のお湯が柔らかな重い壁のように身体を圧迫してしめつけるようなので、顔から汗が吹き出し、大浴場の溜った湯気の滴《しずく》がぽたぽたと断続的に落ちてくる高い天井の空間でくぐもって湿った音が反響するのだが、浴場の空間の反響なのか、それとも鼓膜と鼻と眼の奥で頭の球状の骨のなかで反響する音なのか区別がつかず、気が遠くなりかけ、白い湯気と川霧の幾重にもかさなったガーゼの織目ごしに、薄くクリームがかった色の丸い大きな気違いじみて大きな乳白色の球体の月がシューシューと音をたててのぼるのだ。『月』について語ること、あるいは書くことがあるのは確かなのだが、しかし私は今あの月の前で気が遠くなりかけているわけではない。冷たい水に濡らした手拭いを私の首筋にあてながら、初老の男である父親は乳白色の満月を見て、あんたのおかあさんは、満月の夜になると自分の飼っていたウサギが小屋から出てピョンピョン跳びはねて庭で踊ったといつも言っていた、と笑いながら首を振り、私は表面が水滴で曇ったコップで、ポット形の銀色の魔法瓶から注いだ氷入りの冷たい水を一口飲む。水は台所の水道を長いこと使っていなかったせいで錆びた鉄の匂いがして生ぬるかったけれど、それを一口飲み、私は長いこと読んでいなかった本を開いて読む。

　家に戻ってみると、出かけた時と何もかも同じで、母は居間のいつもの場所で籐の寝椅子に横たわって、懶《だ》るそうにあずき色の表紙の本を読んでいて、わたしの顔を見ると少し怒った顔をしてみせながら、どこで寄り道をしてたの、この子は、と言った。誰かにさらわれて戻ってこないのじゃないかと思ったわ、わたしは自分の見てきたことを説明しようとして口を開きかけたが、物悲しい焦燥感にしめつけられただけで、何一つ話すことが出来ない。すると、父が、月を見ていたんだね、と言い、わたしは眼をパチパチさせて、短く、うん、と答える。買物の包みを父が受け取り、三十分で鳥が焼ける間に、お風呂に入ってしまえ、と言う。もう一人でちゃんと身体が洗える年なんだからね。頭はパパが洗ってやるよ。それから母が死んだのだが、それが一年後だったのか、一ヶ月後だったのか、一週間後だったのか、あるいは、一日後だったのか、わたしにはわからない。

裏切りの耳、紙の肉体

その劇場の前桟敷へ、燃える思いを懐《いだ》いている者にいかにも似つかわしい盛装をこらして、私は毎晩姿を現わしていたのである。

『シルヴィ』ジェラール・ド・ネルヴァル、入沢康夫訳もちろん私以外の、ここには絶対いないのに、頼りなくあてにならない声の気配を求めて苛立たしい期待と不安のせいで彼女は耳をそばだてているので、その声の存在はいつも私をおびえさせ、だから、聞えはしないのにいつもここにいたのかもしれない。その声の持ち主は、電話をかけて来るのだろうか。あいびきの約束を取りつけるため——それはもうすでに二人の間で決っている日付と時間だったのではないだろうか。次に会う日と時間を決めてから、二人は別れるのだ——ではなく、汗で湿ったてのひらの中で重く感じられる受話器を通して声と息づかいの気配が伝える体温の生暖かさを、そっと耳——白い巻貝のような形の耳には薄いピンク色の網目状に細かな血管が透け、窓から差し込む明るい光に輪郭が銀色にぼうっとかすむ生毛におおわれていて柔らかく、嘘を吐く時には熱くなる——で触知しあうためではないのかと、私は充分な根拠などありはしないのに、多分、ただ、自分の幸福が信じられないほど幸福なので、疑うのかもしれないし、彼女は完全に別れたといっていた男と、まだ別れてはいないのかもしれないし、うわのそらで別の方向にむけられている形の良い耳は知らない男の声を思い出しているのかもしれない、と私は考え、なぜ、彼ではなく、私が選ばれたのか、思いあたるところなど、ちっともありはしないとつぶやく。

東に面したテラスのある部屋は、よく晴れた午前中だけあふれるような光が差し込み、窓の外に流れている川が大雨の後で水量が増えた時には、黄土色の水が激しく波打ちながら流れて行く川面に反射する光が氾濫して、カーテンの隙間から部屋の天井と壁をちらちらと絶間なく動きまわる光斑を踊らせるのだが、午後になると薄明るく白っちゃけて水の色をした鈍い灰色がかった光が部屋を染め、なまあたたかい体臭――汗の細かい粒が口の周囲と額に浮かび、少し苦味のあるヴァニラのにおい――が二つの乳房の間から熱いむっとする蒸気のように立ちのぼり――欲情した霧の粒子になって――私は深く息を吸い込み、水に映る月影のように下腹がふるえ、うっとりと眼を閉じる。銀灰色の光を反射させるスクリーンでは、街角の芸人の手回しオルガンのかなでる単純なルフランの甘美な恋の唄に耳をかたむける人々の背後を、メリヤス会社の出納係で日曜画家でもある男は誰にも気づかれずに（誰も彼を見たりはしないし、大柄な灰色の動物の影のような存在に誰も注意を向けたりはしないのだが、別の映画の中での彼は身体中に世界中の港々のスーヴニールや女たちの顔を刺青したセーヌ川をのぼりくだりする荷物船の船長で、別の映画では空気の精に扮してバレエを踊るのらくらの兵隊で、別の映画では歌姫から死の接吻を受ける暴君）アパルトマンの入口の扉をすり抜けて、太ってダブダブした灰色の身体や老人じみてたるんだ醜悪というより滑稽さとかなしみの入り混った顔にはまるでそぐわないというより、そうしたけものめいた異貌にしかふさわしくない柔軟にしなうサーカスの道化た曲芸師のように軽々とした甘美な弾んだ足どりで階段を上り、路上で手回しオルガンのシンプルなメロディーに合せてポマードで光らせた黒髪の色の浅黒い、水につけて洗ったせいで寸法が全体に縮んだ元々は縞の小意気なスーツにきちきちに身体を押し込めた二枚目然とした歌手が甘ったるい鼻にかかったテノールで繰り返し歌う恋の唄を真似て、メロディーを、部厚い唇を突き出すようにして、素晴しい朝を鳴きかわす小鳥のように口笛で三小節、牧場《まきば》の朝のかぐわしい新鮮な空気を思いっきり肺に吸い込む陽気なポニーのように鼻唄で三小節、「ラ」と「フム」の連続音で三小節、うろ覚えの歌詞をところどころごまかしながら、まだ見ぬ優しい娘の微笑みを歌い、いつか出あえば、フフフム、私にはお前が一眼でわかる、と歌いおわったところで、アパルトマンの四階に若い女と暮すために借りた部屋の扉の前に重く大きな革の靴の弾む足どりは着地し、扉をコウモリ傘の水牛の骨の柄でリズミカルな拍子をとってうきうきと上気してノックし、最後のルフラン、優しく微笑んで私にキスしておくれ、を歌いながら扉を開くと、ベッドには、白い雌狐の毛皮を襟と袖口に縫いつけた淡い桃色の絹のガウンを素肌の上に着た豊満な曲線を描くぼったりした若い女の体に腕をまわしているキツネのような優男がいるのだ。それもベッドの中で小意気なカンカン帽をアミダに被ったまま。それから私は眠りにあたためられて全体が薄い薔薇色に染って汗ばみ毛布からはみ出している彼女のむき出しの肩と腕が部屋の冷たい空気に触れて少しぴくりと震えるのを見あきることなく半ば夢見心地の欲情に放心して一心に見つめる。彼女のなめらかな丸味をおびた頭は曲げた腕の上で斜めにかしげられ銀灰色の生毛を鋭利な刃で剃りあげた後では舌で舐めると刃物の鉄の味のする首筋の付け根に三本の浅い皺が刻まれているのを何度も繰りかえし見あきることなく一心に見つめるのだが、目をさますと、私のかたわらは空っぽになっていて、体温であたたまっているはずのシーツはひんやりと冷たく、閉されたカーテンを明るく輝く水の反射がちらちら踊って斑模様に染めあげ、彼女が去って行ってもう戻ってはこないことを、ひりひりとしめつけられるような重い痺れの中に走る鋭い痛みのようにして覚えるのだ。短い手紙は二つ折りにしてテーブルの上に透明な重いカット・グラスの灰皿を文鎮のようにして置かれていて、最初からこの部屋に彼女の物など何一つなかったかのように、部屋に置かれていた幾つかの装身具や衣類や身のまわりの物は最初にそれ等がある決意をはっきりと語ること、いや、愛と訣別を同時に告げる儀式的な手続きであるかのように、四角い小さな箱のかたちの旅行鞄にあわただしく――しかし、それを実行するこの瞬間、手と指はもう裏切りに対する恐れや不安や懐疑にためらって小さく震えるのではなく、むしろ愛の期待のために喜びで震えるために物を落しそうになる――詰められて持ち込まれた時と同じように再び持ち去られたわけなのだ。メリヤス会社の出納係は、死んだ伍長の遺族年金をエサにする未亡人（生れた時からギスギスとした脂っ気のない未亡人だったのではないかと思われる）と結婚したのに、結婚式が終ったとたん、未亡人ではなく新妻になった干からびた女はすぐに正体をあらわして、ビタ一文を惜しむ吝嗇《りんしょく》であることを隠そうともしなかったので、毎週の給金さえ新妻にほとんどをとりあげられてしまっていたから、アパルトマンを出る時、特別の時にだけ着る上等なスーツを着て〈燃える思いを懐《いだ》いている者にいかにも似つかわしい盛装をこらして〉から戦死した伍長の形見の古い革の旅行鞄にわずかな身のまわり品を詰めたのは、錠前のこわれたその鞄が未亡人によって戸棚がわりに彼にあてがわれていたからで、すり切れた革のベルトを巻いてひょいと肩にかつぎ、描きかけの二枚のキャンバスと、戸外で油絵を描くための折り畳み式になっていてまとめると何本かの棒を革紐でとめた束になる小さな焚木の束のようなイーゼルと絵具や筆やパレット一式がコンパクトに収納された木の箱を持って、一歩踏み出せばそれでいいのだ。なんという崇高な身軽さ！　なんという燃える思い！　なんという無防備で甘美な激情！　と私は書き、書くのをやめて、彼女の白いザラついた人工皮革のスーツケースの蓋が開いて中から取り出された物のことを思い出す。残してきたものは不幸で惨めな結婚生活の贅沢なおぞましい澱《おり》なのだからすこしも未練はない、だから、こうやって、こうやってあなたのところへやってきたのよ、と、彼女は姦通小説《メロドラマ》の女主人公の口にするような決り文句と言うか、小説《メロドラマ》のなかで何度も繰り返えしてヴァリエーションを読むことになるシチュエーションと言葉を生きて、幸福というよりたかぶって神経質な笑い声をあげたかと思うといきなり泣きはじめる。（「こめかみのところの青く浮き出た血管が破裂しそうにズキンズキン音をたてるような気の狂いそうな幸福感で有頂天に震えながら、ためらってためらって、ためらった挙句、何もかも大事なものを全部捨てて」あの人は私のところへやって来た、中古の自転車を駅前の自転車置場におき、駅前の古着屋で薄い灰色の麻の背広の上下とシャツと靴を買って着替え〈燃える思いを懐いている者にいかにも似つかわしい盛装をこらして〉、何一つ持たずに身ひとつで、そんなことがおこるなどと夢想したこともないことなのに、それでも、朝の目覚めと同時に忘れ去られてしまう夢の中でなら見たことがあるのかもしれない事態はおこり、「あの人は本当に、突然やって来て」、そのせいで私たちは取り残されるのだ。）ドアの旧式なインターホンは壊れていたので、彼女はためらいがちな小さな音で木のドアをノックし、むろん、何日も前からその日その時刻にドアがノックされることを知っていたのだから、私ははやる気持を鎮めながらドアを開けると、コの字形のアパートの建物の西陽のあたる狭い中庭にスーツケースを足もとに置いて、少し青ざめて昨夜はよく眠れなかったのに違いない眼の下に薄くくまの浮いた顔の彼女が立っていて、あの青っぽいグレーのくまは、狭い中庭の中央の石組みで囲まれた花壇に植っているしだれ桜の風に揺らめく緑の枝の反射でそう見えたのだろうか、と私は考え、部屋の電燈の下で顔をあおむけ彼女の薄く黒ずんだ眼の下を中指でさわってみる。それから彼女は川に面した部屋のベッドの上で少しはずかしそうにスーツケースを開いて、中に詰めてきた物を一つ一つ取り出すのを私は見つめる。父は小さな茶色の革のボストンバッグを持っているだけの軽装なので、とても遠い海辺の町から夜行列車でやって来たようには見えないのだが、もちろん私に会うことだけが目的だったわけではなく、東京での商用があったのかもしれない。あの女《ひと》は上海で支那の古典の古本屋をやっていたのだけれど、たとえ大学のある町だって、そういう古本屋を戦後の地方都市でやって生活できるはずがないから、パパが仕事を見つけてなんとかやっているということなのだろう、と母親は、いつの頃からか大して興味を持っていない話題をしているようなどことなく投げやりな調子で話すようになり、母子の間でその古びた話題は滅多に口にのぼらなくなり、私たちはいつだって何かしら過剰なもので手ざわりがブヨブヨしているのに空っぽな現在を生きていたのだから、聞えてこない声に耳をそばだててみたりはしないのだ。だから私は朝の光が川面の流れる水を反射させて光の斑が天井にチラチラとまたたくように動く部屋で、彼女が白い人工皮革のスーツケースからいろいろな物を一つ一つ取り出すのを見ながら、城址公園の崖の下を流れる川が丘陵にそってカーブして下流の平野に入りこむあたりの竹の簀《す》の子で出来た、梁のある古い川魚料理屋の、八つ橋とかきつばたの図柄の二つ折りの屛風のおいてある川に面したどことなく生ぐさい水の臭いの染みついた座敷で食事をしたのは伯母と母と一緒だった——そう、海の近くの砂岩段丘の曲りくねったまゆみの生垣のある坂道をのぼったところにある祖母の家に引っ越す前の日、ささやかな宴会を伯母が開き、北京から引き揚げて来てこの町に住んでたけれど、あの人はこのお店が昔から有名なんだって言ってはいたものの一度も連れて来てはくれなかった、と母が言い、そりゃあそうだろうさ、と伯母は妹の態度をじれったがって鼻を鳴らす——と長いこと思っていたのにそうではなく、父と一緒にそこへ行ったことをくっきりと（いや、模糊とした冷たい乳白色の揺れ動く川霧に半ば以上が包まれて――）思い出す。私は多分（と曖昧に口ごもりながら）一年か半年前、父と一緒にここに来たことがあると、その時口にしようとしてやめたのかもしれないし、最初から一切口にすることなく――口にすると誰かが、というより皆が傷つくので沈黙していなければならない――男同士の秘密として守られたのかもしれないが、どちらにしても、それはなめらかな時間の推移がほとんど無意識に行なわれることを示す、いつの間にかの中に埋れて忘れてしまう。上海の女《ひと》とも宿命の女《ファム・ファタル》とも呼ばれることになった女性は、私に話しかける時、自分のことをおばちゃんといい、陰気な黄土色と朱色と深緑色が小さな無数の渦を巻いてつながりながら流れるように一面を覆っている津軽塗りの座卓の向う側で、お年はお幾つ？　と初めてあった子供にほとんどの大人が口にする愛想まじりの上の空の質問をしたかもしれない。座敷の隅の薄暗い角に旅行鞄とハンドバッグがおかれていて、私たちは――、父と私は川の石積みをした堤防のすぐ下の市営住宅に引っ越した父の事務所の同僚の家に遊びに行くことになっていたのか、それとも、石と土を積んだ堤防が大水で切れて水びたしになった家を見舞うためにといって自転車で出かけたのだろうか。かきつばたと八つ橋の図柄の屏風のある部屋で二人が何を話したのか、庭の池で鯉にエサをやっていた私には聞こえなかったし、たとえ聞いたとしても何がわかっただろうか。池のほとりに立っていた私を彼女が手招き、縁側から座敷に戻ると、古い茶色の革の旅行鞄を開いて、中から包装紙につつまれた平べったい長方形のものを取り出し、私にとも父にともつかないのだったが、言いわけをするように、自分のまわりにはぼっちゃんくらいの子供がいないので、どんな本を選んでいいのかわからなかったと言うのだ。水色のナイロンのリボンで飾られた本が入っているという包みは、私がもらったものなのに父は私からとりあげ、それを市営住宅に住んでいるアメリカ軍の同じエルエスティーで引き揚げて来た子だくさんの一家の私より年下の男の双児にやってしまい、満映撮影所の守衛をやっていた男は、何度も、いやあ、恐縮ですなあ、立派な本をいただいて、と繰りかえし、双児は包装紙を破って取り出した講談社の絵本の『くもの糸』と『こがね丸』を自分が手にしていない本の方が魅力的に見えるらしくとりあいになり、元守衛はてのひらで双児の坊主頭を一回ずつ大きなピシャリという音をたてて素早くたたき、ぼっちゃんは一人っ子だから、おとうちゃんからもおかあちゃんからもひっぱたかれたことがないだろうから、さぞや驚いただろうと言う。水色のウールの模造真珠のボタンが前だてに何個もずらっと並んだ七分袖のワンピースを着た美しいのかそれともそうではないのか——たとえば、母とくらべて——私にはまるで判断のつかない「おばちゃん」は、歯が痛いのを我慢しているような腫れぼったい縁が赤くなっている眼で、自転車の後の荷台に子供を乗せた古い知りあいの死んだ夫の旧友を見送り、父は本屋でなんでも好きな本を買っていいから商店街を通って、おかあちゃんには来々軒の肉のたっぷり入った特製シューマイをお土産に買って帰ろう、と言うのだったが、私はその時、本の背表紙の文字を読むことの出来る歳だったのだろうか。一本の長い道が続き、その途中に幾つかの細い脇道と電車通りや城址公園通りへ通じている道が交錯している商店街の入口近くにあるパチンコ屋の隣の湿って黴《かび》とまじった埃臭いにおいのする剥き出しの土のでこぼこした三和土《たたき》の自転車あずかり所に自転車をあずけて私たちは、道路を横切って向いあう商店の屋根に張り渡した針金に桃色の薄いぴらぴらしたセルロイドを切り抜いてつらねたサクラの枝の飾りと店の名前の書いてある提灯がわびし気な季節外れの夏のおわりの夕方の薄明のなかにぶら下って時おり吹いてくる風にカラカラと音をたて人通りもないし、定休日なのでほとんどの店はあかりが消えていて、緑色と白のタイルをチェス盤のように張った壁と明るく輝く回転扉とスチール写真を飾ったショーウインドーのある映画館の横手の窓から微かに、甘美で、何かが次々と沸きたつように高鳴る情熱的で感傷的なピアノでかなでられるメロディーが流れてきて、この映画を私は母につれられて、昨日《きのう》かそれとも一昨日《おととい》かそれよりもう少し前に見たことを思い出す。緑と白のタイルの壁の屋根の上には地球儀を模して緯度と経度の線を結んだ大きな金属製の球体がゆっくり回転していて球体の上には銀色の立体的な五つのとんがりのある星がキラキラ輝き、回転扉の横にはヒロインのピアニスト役のジョーン・フォンテインを描いた顔色が赤すぎるし、顔そのものがゆがんでいて少しも似ていないペンキ絵の看板が置かれ、ベニヤ板の上でジョーン・フォンテインは笑っているのか泣いているのかわからないやぶにらみの眼つきで遠くを見つめている。休日以外には玩具や流行の婦人服や花の飾ってある明るい飾り窓にはカーテンが引いてあったが、どの店のガラス戸も二、三十センチほどずつ開いていて、たいていどの店でも決ったように使っている青と白のたて縞の化繊織りの洗って丈の縮んだカーテン布の上端に縫いつけた金属の輪を針金に通して吊されてだらりとぶらさがっているカーテンは不意に向きが変って強くなる風にふくらんで揺れ、風を孕んだカーテンの布が重い木の枠のガラス戸の間から道路のほうへ大きく翻って軽い心地のよいはためきの音をたて、夕暮れの空の下、銀星座の屋根の上の地球儀と銀の大きな星を照し出す明りが点けられ、商店街の道路は濡れたように黒くなめらかに光っていて、通りを一つへだてた城址の濠の藻の繁殖したにおいと樹木のにおいの混りあった風が吹きぬけ、本を買ってくれるはずの店にはカーテンがぴったりとひかれてガラス戸も閉されているのだ。私たちは黙ったまま人気《ひとけ》のない通りを歩き、買物客のいない閑散とした通りでは商店の子供たちがアスファルトで舗装された道路に白いチョークで石蹴りか地図とり遊びの陣地を描いている最中で、この分だと来々軒も定休日かもしれない、と父が言い、私は映写技師が毎日たがわずに来々軒から出前をとることを知っていたので——いったい、誰からそんなことを聞いたのだったろう——休みではないことを父に告げる。彼女は白いスーツケースから手品のようにローン地のネグリジェや何枚かの着替え、化粧道具、レースのハンカチ、鍵付きの日記帳、革のケースに入った幾つかの小さなジュエリー、毛皮のポンポンのついた薄桃色の絹のスリッパ、絹の民族衣装を着て小さな三角形の傘を被った安南の女の子の人形といったようなものを取り出すのを、私は目を丸くして体をこわばらせて——それらの品々と彼女自身からオレンジの花の香水の香りが甘く漂いだして、部屋の空気を攪拌し、私は目まいのように少し吐き気のする欲情に両方の耳が熱くなり、こめかみに血の流れる音をズキズキと聞くのだ——彼女を見つめ、それがいつまでも続くことなどとは信じてはいないのに、いつまでも終わらずにいることを願いながら彼女を抱きしめ、激しい快楽のあとで、ものうくゆっくりと毛布のなかでこわばった体を伸ばして、深い眠りのなかにおちてゆきながら、眼をさますと隣には誰もいなくて、伸ばした腕に触れるのは冷たいシーツの布目だけなのではないかと考え、それが不安と怖れとなり、手を伸ばせばすぐに触れるあたたかな白い気配を引きよせようとするのだが、そうしたら、それは眼覚めと共に消え失せてしまうかもしれない、という考えが私をしびれさせる。

紙の肉体、裏切りの耳

……そういったすべてのことから、そうした、すべての、夢見られた、夢見られて甘美な暗さをたたえている——鮮やかな曖昧さと、きらきらと揺れながら木もれ日のように心地良くふりそそぐ光と一体化した風の中で、満ちたりてゆっくりと内側からあたたかく何かがわいてあふれるように広がる幸福感のせいで、ゆっくりと我を忘れて微笑みながら同時に暗闇のなかに広がる死について考えること、いや、そうではなく、そのようにして死を生きること——記憶から私は見離されて老いて行くことになる。頬杖をついた左手のてのひらと指の腹に触れる頬の皮膚のゆるんだたるみを通して、そこにかつてあったはずの弾力に富んだ柔らかな、バラ色に輝いてなどはいなかったにせよなめらかな皺ひとつない肌の記憶はてのひらによみがえりはしないのだが、頬を支えている反対側の手は、別の、そう紙の肉体の記憶を支えて生きているのかもしれない、いや、紙の肉体の記憶に右手は支えられて繰りかえしの中を生きているのかもしれない。汗ばんだ体であたためられて体に巻きついている皺だらけの柔らかなシーツの中で何度も何度も繰りかえし体を反転させ、多分、一種の苦い安堵とあきらめを口の中に溜った唾液と一緒に飲み込むのだが（飲み込んだのだったが）彼女はもう戻ってはこないのだ。私が家を出ていた間に（いやそうではなく眠っていた間だったろうか）、机の引き出しからB5判のメモ用のレポート用紙を出して、机の端に金具で固定して取り付けたライトの下のペン立てに使っているガラス壜――ガラス壜には安っぽい型抜きで、オレンジの花の咲いた枝とその周囲を飛ぶ蜜バチの柄が一種無器用な感じで浮き上っていて、伯母が旅行のお土産に持ち帰ったアメリカ製のカリフォルニア・オレンジのハチミツで、県道の先きのクリモト牧場で売っているこのあたりの畑のレンゲ草や桜の花からミツバチが、ブンブン飛びまわってせこせこと必死で集めた蜜とカリフォルニアの広大な果樹園のオレンジの蜜とでは、香りと濃密さが違うのだ、と伯母は言い、浮き彫り風の模様のある空壜にはしばらく小さな花束が生けられていたのだったが、いつの間にか私の鉛筆立てになったのだ――からボールペンをとって別れを告げる内容の文章を書き、多分、文章を二度か三度読み直してから、もうこれ以上書き加えることも書き直すところも、消す部分もなく完璧に書けていることに、男を裏切って逃げ去る女に特有の自己愛と満足感を覚えながら、書きそんじのぐしゃぐしゃにつぶした紙を机の脇のゴミ箱に投げ入れようとしてやめたのかもしれない、そうではなく、書きそんじの紙は雑にたたまれて彼女のハンドバッグにしまわれたのかもしれない、と、私は手紙を読んだ後で吐き気を感じながら考えようとする。ひりひりとしめつけられるような重い痺れの中に走る鋭い痛みで胸が息苦しいのだけれど、ここに彼女がいたというのは本当のことなのだろうかどうかわからない。御免なさい。私は行きます。あなたと過した幸福だった日々の間、自分のおかした罪の深さを考えない日は一日たりともありませんでした。こうするのが一番いいのです。私をさがさないで。

ほとんどグロテスクで滑稽でさえある無意味な古めかしい犯罪小説か映画の中の女が書いたような文章だと私は冷静さを装って考えたのだったろうか。別れを告げる言葉の記された手紙を書く前、彼女は嫉妬深い年の離れた夫の目を盗んで——あるいは巧妙にだまして——私とのあいびきの時間を知らせてよこし、薄紫色の柔らかく厚ぼったい紙に一茎のスミレの花と葉の型押し模様のあるレター・ペーパーには、こちらの都合とは関係なく会うことの出来る日付と時間が一方的に書かれていて、私は連絡をすることも出来ずにただ彼女の書いてよこした時間、部屋の中で待つことの苛立たしさと欲望の充足への期待と喜びでまるで無防備に落着きをなくし、約束をした時間——それも一方的に彼女の決めた——にやって来ないことに対して憎しみさえ覚えるのだが、それを書いた時のあわただしい息づかいの聞えるような乱れた走り書きの紫色のインクで、あなたと過すわずかな時間のなかで、私は今まで生きて来た人生の全ての時間をあわせたよりも、ずっとずっと多くの生を生きたのです、あまりいそいでいるので手がふるえて、よく書けません、と書かれた手紙は、もちろん真実なのだし、真実でしかないのに、奇妙なことに、いつも遅れてやって来る彼女を待つ間の、怒りの混った苛立たしく胃のあたりが痛む上の空の状態と、彼女が去っていった空白がひきおこす感じはよく似ていて、それはひどく非現実的な感じがするのだ。ごめんなさい、待たせちゃって、怒ってるでしょう？　もちろんだわよね、こんなに遅れちゃったんだもの、当然よね、ごめんなさい、でも、まず、水を一杯飲ませて、とっても焦って、駅からずっと小走りに走りつづけだったのよ、と彼女は息を弾ませて喘ぐように言い、汗ばんで濡れた髪のはりついている額や、汗の粒で濡れた首筋に左手に握りしめたハンカチを押しあて、水道の蛇口からコップに水をくみ、それを飲み干して溜息をつき、ゆっくりと少し困惑したような微笑みを浮かべるので、私は、時間に遅れるのを心配して断続的に小走りに走りつづけ、そうやって汗をかいて、用事をいいつかってのおつかいの帰り寄り道をして時間をつぶしてしまった時の不安を思い出してしまう。私の帰りが遅くなると、母は白い開襟シャツに進駐軍の放出品のカーキ色の綿ギャバのズボンに庭仕事用の麦ワラ帽子に歯のすり減ったちびた下駄をつっかけて中古のボロ自転車に乗って出かけたまま戻らなかった父親のことを、ズキリと指につきささる棘のように思い出すかもしれない、と私は不安に思い、汗をキャラコのハンケチで拭き、台所の流しで水道の少しサビ臭い匂いのする水をコップについで飲み干し、ごめんなさい、寄り道をして遊んでいたんだ、と告げ、鉄《かな》くさいサビの匂いのする水道の水を飲んで意味もなく笑う。

それから私は、別の手紙を読みかえすのだが、いく度か読みなおしたことのある文章は、何が書いてあるか熟知しているはずなのにいつもチクチクした痛みとかゆみが咽喉の奥から胸にひろがって咳込んでしまうのだ。青々として少し冷やかな麦の匂いを吸い込むと、鼻から眼の奥に風が通って吸い込んだあおい麦の匂いのする新鮮な空気と一緒に眼玉の表面からも頭のてっぺんからも手の指の一本一本の先きからも、しつこい塊のように頭の中に喰い込んで巣喰っている重い偏頭痛がゆっくりと溶けて気体化して体の外に押し出されるような感覚がするのだ、とお父さまはいつもおっしゃってました。言葉を選んで、ぴったりとあの感覚に重なる言い方をみつけようとするように、少し首をかしげ軽く眼を閉じて、と手紙の書き手は書く。まるで、自分が「お父さま」であったかのように。風を孕んで帆走する小さなヨットかそれとも裸馬にまたがって西部の大草原を走るインディアンのように、といつでも少し凝った言葉づかいをする癖のあった初老の男は言い、何の変哲もないありふれた古びてはいるけれど、よく手入れの行き届いたぴかぴかのスポークの家庭用自転車の前輪の上に取り付けられたカゴの中には図書館に返却するための本が一冊帆布製のカバンに入っている。ミツバチが花の咲いたオレンジの枝――ガラス壜の表面に咲いていた花は野バラだったのかもしれないが――の周囲を飛んでいるプレス・ガラスの壜――茶色のネバネバしたタバコのヤニと埃が薄くこびりついている――からボールペンを取って――もちろん彼女はプレス・ガラスの浮き上って見える少しざらついた感じの二匹のミツバチとオレンジか野バラの花の枝の柄のある壜を子供だった私がどんなに気に入っていたのか少しも知りはしない――机の引き出しから手紙を書くための紙を取り出した時、そこに自分の書いた何通もの手紙の束が入っているのを眼にしただろうか。つい少し前、一年前か、それよりもっと短い時間が流れただけだったかもしれないのだが、白い小さな人工皮革のスーツケースに「全財産」を詰めて彼女はやって来て、残してきたものは不幸で惨めな結婚生活の贅沢なおぞましい澱《おり》なのだからすこしも未練はない、だから、こうやって、こうやってあなたのところへやってきたのよ、と彼女は姦通小説《メロドラマ》の中で女主人公が口にする決り文句を言ったはずなのに、まるでそれに黒い線を引いて削除してしまったかのように姿を消してしまうのだった。何度も図書館で同じ本を借りるのなら遠慮することなどないのだから本を買えばいいのにそうしなかったのが何故なのかわからない。図書館の本は畑の脇を流れている用水路の中に落ちた状態で水に漬っていたので読める状態ではなくなっていたから、本屋で二冊買って一冊は図書館に返却しもう一冊はお棺に入れて持っていかせてやろうとしたところ、本屋には本が置いてないし出版社に問いあわせたら絶版になっているという返事だった、と手紙には書いてあり、私はその私の書いた本のページを開いて読みはじめる。

《こうして書いているなんの変哲もない大きな木の机、消しゴムのかすと煙草の灰で汚れ、ナイフで彫り込んだ飛行機の図柄（これは、ぼくが小学校の時に彫り込んだものだ。鷗《かもめ》のように大きく翼を広げ、四つの発動機を持った不様にゆがんだ飛行機）の細い溝の中には埃が溜ってすっかり黒くなり、そのまわりには雲海のように、書きかけのノート、手紙の束、雑誌や新聞の切りぬき、カレンダー、竹製の耳かき、灰皿、煙草、マッチ、ごたごた物の入った革の箱（鋏、消しゴム、鉛筆、赤と青のボールペン、クリップ、鉛筆けずり、木ねじ数本、画鋲数個、インク、ホッチキス、ピン、ワイシャツのとれたボタン、埃）、銀行の預金カード、原稿用紙、雑誌、チョコレート、ビールの罎三本、コップ、急須、湯飲み、小銭少々、などが置かれている。こうした物たち、そのすべての上に薄っすらと埃を被り、ぼくが動かさないかぎり、そこにじっとしている物たちをぼくは眺める。こうして白紙の上をすべって行く鉛筆の黒い文字と、鉛筆を持つぼくの手。》私はさらに読みすすめる。《あるいは、書きかけの手紙や原稿の文字。そして、それと同じ分量の空白。空白、それは単に書かれていない空白ではなく、書かれたものと同じ重さの空白だ。ぼくの書くことの意味。ぼくの書くことに対する意志と、書くことの理由のなさの、書かれ消し去られた時空。あるいは書くことの幸運《チャンス》に巡りあえるかもしれない唯一の白い空間、世界。もしかしたら、ここで物たちがしめる空間、確実で無意味なその空間は、それだけですでに傷つけようのない固い外皮に包まれた世界であり、ドラマなのかもしれない。空間を切り裂く物の発する閃光によって、物が光り輝きながら空間を穿孔するため。》もちろん、それを書いたのは「この私」なのだけれど、そうではないとしても、誰が書いたのであっても同じことかもしれないのだが、私は書く（あるいは、書いた）。《おそらく、ぼくは何一つ書くこともなく朝を迎えるだろう。机の前に坐ったまま、何もしないで、何もかも見落しつづける虚しい注視を空に穿ち、粘度の欠落した視線は空間の斜面をすべり落ち、カーテンを開いた夜を映し出す窓ガラスの向うに夜さえ見ずに。閉された夜の冷たい縁にそってすべり落ちながら、ぼくはすべてを見落し見失いつづける。》

私をさがさないで。あの川べりの散歩のことを思い出しています。あの日の散歩は二重の意味で黄昏でした。現実の時間の流れのなかでの黄昏と、私たちの関係の、二重の意味で。この悲しい手紙をあなたがお読みになるころ、私はもう遠いところへ去っているでしょう。あなたにお会いしたいという誘惑を避けるために、できるだけ早く遠くへ逃げ出してしまいたいのです。二人で歩いたはずの川べりの道の黄昏時の散歩のことなど私は少しも思い出せないのに（何一つ記憶していないのに）、彼女は言葉を書きとめるために文字の線が速度を増すような、強く握りしめられて押しつけられたボールペンが紙の上を擦りながら進むようにして書きつけるので、私はいつの間にか夕暮れの川べりを彼女と散歩する記憶を何度も幾通りにも作りあげてしまう。埃っぽい黄砂の混ったざらついた空気のせいで沈みかけている太陽は輪郭のぼんやりしたオレンジ色に鈍く光っている鏡のようで、運河の小波の立つ暗い水面を私たちは橋の鉄の柵にもたれながら見つめていたのだ。何度も何度も繰りかえし恋人たちがそうしたように。なめらかな丸味をおびた頭のかたちにそって髪の毛をぴったりと撫でつけてまとめてあるので黄昏の淡く鈍い光の中で彼女の横顔は彫像のように見え、いつもは隠れているのに、まとめた髪のせいでむき出しになっているクエッション・マークの形に似ている耳の縁の皮膚の生毛が鈍く金色に光って、私はいつもそうするように、彼女の髪に隠れている耳がむき出しになった時にいつもそうしていたように、右手の人差し指の先で柔らかな曲線を描く柔らかな肉の縁のかたちをなぞったのだ。彼女の耳は、耳の縁の皮膚を擦する私の指の音を聞いただろうか——。私の指は耳の縁の上をゆっくりとすべりながら、むろん、ひどく長い、繰りかえしの続く愛の言葉を書いていたのだ——耳が不意に消えてしまうことにおびえながら。

孤独な場所で、

道の突きあたりの三階建ての灰色の建物の背後には丈の高いヒマラヤ杉が二本あり、それが西陽をさえぎるので真昼の太陽が高い位置にある時間を除けばそのあたりは薄暗くいつも冷んやりしている。もう何年も手入れをされていないのでボサボサと生い繁った葉なみの枝ごしに、沈みかけている太陽のオレンジ色の明るい光が西の空を染めて薄れて行き、ここより少し小高くなっている昔の谷地の向うにある公園の樹木は黒ずんだ濃い緑色に沈んで行き、ここには風が少しも吹いていないのに——むっとするような生あたたかい空気が重い塊のようになって胸とこめかみのあたりをしめつけるようだ、と私は考える——伸びすぎて手入れのされていないボサボサしたヒマラヤ杉の枝や公園の上空には灰紫色に鈍く光る雲がゆっくりと風に吹かれ、道の突きあたりの三階建ての灰色の石とコンクリートで出来た建物の雑草の生い繁った庭で焦茶色の三頭のシェパードが、番犬の役を果そうとして、突きあたりの道に間違って入り込んでしまったらしいそば屋の出前持に向って、石造りの崩れかかった塀越しに吠えたて、雑草の繁った庭を走りまわりながら吠える三頭の声は川の水面の上空をすべるように鳴り響いて、彼女は響き渡る吠え声にひどくおびえてしまう。彼女に向って三頭のがっちりして弾むようにしなやかな筋肉質のシェパードが吠えたてたわけではないのだが、普段人の通ることのない私道に侵入してきた者に向って吠えるように訓練された犬たちの戦闘的でガッガッ吠える声に怯えてひきつけをおこしたように泣き出す赤ン坊を心配して、妻と子供はどこか地方の町の実家に帰っているのだ、と二階の部屋に住んでいる若い夫は、秘密という程ではないけれど吹聴するようなことではない家庭の事情をそっと打ち明けているのは、若々しい幸福な夫に見えているかもしれない自分が実はひどく苦しい立場に置かれているからなのだと打ち明ける口調で、自分だってあの馬鹿犬どものせいで寝不足もいいところだし、あなたもおそらくそうだろう、とクドクドと続け、あの犬たちの吠え声については警察にも保健所にも苦情を言っているのに何もやってくれない。行きどまりの私道に迷い込んでしまった人間を威嚇して吠えるなんて、だいたい飼主がヘンなんだよ、戦前はどんな危しげなことをやっていたんだか、と若い夫は酒を飲んでいるらしく急に酔いが回ったような声になり、コの字形の建物の四つの扉が向いあっている中庭の花壇の前に置かれたベンチに腰をおろし、もう妻は子供と一緒に出て行ったきりで戻ってこないかもしれないと思っている、と訴えるようなグチっぽい調子で言ったあと、急に荒々しい口調になって、それもみんなあの戦争狂のじじいの飼っている犬たちのせいなのだといきまき、どこかの公園を散歩していた犬が花壇にばらまかれていた毒入りのミート・ボールを夢中でがっついて一息に飲みこんで、口から泡を吹いて死んだっていうニュースがあったけれど、あいつ等こそ、そういう目にあえばいい、と言うのだった。若い夫はベンチの上に置いたレジ袋から缶ビールを取り出し、どうですか、一杯、と、断る間をあたえず押しつけるように渡してよこし、ベンチに座るように仕草で示すのだった。

ドアの旧式なインターホンは壊れていたので、彼女はためらいがちな小さな音で木製のドアをノックし、もちろん、私は何日も前から手紙（何度も何度も繰りかえし読んだ）でこの日のこの時刻にドアがノックされることを知っていたのだし、それに、私は川ぞいの道にターコイズ・ブルーを薄めた水色のシトロエンが駐車しているのを、ついさっき窓から見たのだ。彼女はもう車をおりて、このアパートの入口に通じる道の角を曲って、まさしく歩いていて、姿は見えなかったのだから、彼女のゆったりとリズミカルに歩く速度を考えれば、川ぞいの道に面した石の階段を上りおえて、剝げかけた白いペンキのところどころに錆が金属の粉のように浮きあがっている金網のフェンスと門扉を越して、コの字形の中央の四角い空白にあたる中庭に足を踏み入れたところかもしれない。そうしたら、私の部屋のドアまで、彼女の歩幅で二十二歩、私がゆっくり二十二数えおわると、彼女は、ためらいがちに小さな音で木の扉をコッコッと叩き、もちろん、私は一枚の木の扉の内側でじっとり汗ばむほど馬鹿みたいに息を殺して——息をつまらせて、幸福感に——いたのだから、もう握りしめていたノブを素早く右に回して、扉を手前に引く。コの字形のアパートの建物の西陽のあたる狭い中庭——道に面したフェンスと門扉から中庭を二十二歩で少しふるえながら足を踏みしめるように歩けばあなたの部屋——にスーツケースを足もとに置いて少し青ざめて昨夜はよく眠れなかったのに違いない眼の下に睫毛のおとす影と浮きでた血管とまじりあった薄く青いくまの浮いた顔の彼女が立っていて、あの青っぽいグレーがかった目の下のくまというか翳りは——上まぶたに薄くブラッシュされた銀灰色の鱗粉のようなアイシャドーとは別の——狭い中庭の中央の石組で囲まれた花壇に植っているしだれ桜の風に揺らめく緑の枝の反射でそう見えたのだろうかと私は考え部屋の電燈の下で顔をあおむけ——尖った顎の先に指をあてて少し上に押しあげる——薄く黒ずんでくぼんだ眼の下を中指で触れ、小さな堅い球体の包まれているまぶたに唇を押しあてると、マスカラを塗ってかためていない柔らかな睫毛が唇の内側の唾液でぬれた粘膜をチクチク刺激するのが擽《くすぐ》ったくて私は少し笑うだろう。

冷たいアルミニュウムの缶に口をあてて飲み込むと小さな発泡する冷たく苦い粒が

ロのなかで弾けて私はビールというかガスの泡粒を発泡する飲料が嫌いだったことを思い出すのだが、そんなことを伝える必要はなかったので、座席のスティン塗料をした横板が一枚腐って取れているベンチにビールの缶を置いて煙草に火をつけながら、コの字形の二階だてで四つの部屋のあるモルタルを塗ったアパートに住むことになって以来、花壇に面したベンチに腰かけるのは初めてだったことに気づいて少し奇妙な気がする。そもそも妻は腹の丸さが少し目立つようになった妊娠六ヶ月の時には実家に行ってしまい、予定日にあわせて会社の休みをとってあっちへ行き、新生児室のベッドに何匹も並んでいる赤い無毛の猿のようなふにゃふにゃした生物の一つがお前の子供だと言われても何一つリアルな感じは持てず、飛行機に乗ってこっちに帰って来てから六ヶ月後に妻が赤ン坊と義母と一緒に戻って来た時もどう考えても他人事という感覚で、一階も二階も部屋の間どりはほぼ同じだから想像がつくだろうけれど、もともとは外国人の独身者用に作られた広いワンルームを家族向けに間仕切りをしてあるから、薄い圧縮ボードで寝室とリヴィング・キッチンが仕切られ、寝室にはサークル付きのベビー・ベッドにいつ泣きはじめるかわからないし誰にも似ていない赤ン坊がいてベニヤ一枚隔てたリヴィングには、どこからか手に入れて持ち込んだアメリカ軍放出の野戦用折りたたみ簡易ベッドに義母が寝ていて、もちろんそういう環境でセックスなどする気になれないし、それに妻が赤ン坊にお乳を吸わせているところを見てしまうと、あふれるばかりの母乳で張りつめて大きく腫れあがって青くうねうねと血管が浮きあがって、近くの公園の入口近くに植えられた山桑の実のような濃い赤紫色の乳首もグロテスクで、自分が哺乳類だなんて理不尽な気がしたし、それにあの褐色がかった濃い紫色の山桑の実ではなく桑の葉をカイコは食べるのだけれど、でもどうしても体内で作られた母乳で張りつめた乳房を見ると、子供の頃見学に行った養蚕試験所の棚の桑の葉の上でもぞもぞと動きまわっていた何匹もの太いむくむくした指のようなカイコを思い出して、ようするにこの若さでインポ状態がずっと続いている、と若い男はもう酔っ払っているらしく、くどくどというか熱心に話しつづける。それが原因で出て行ったというわけではないけれど、出て行ってしまったのだ。小さな赤ン坊と若い母親を見たこともなかったし、二階から赤ン坊の泣き声がきこえてきた記憶もないのだけれど、父親であることと夫であることの二つに失敗した男は、自分が会社に行っている間に、妻が結婚した時に持ってきた家具やその他が見事に消え去っていた様子を語りつづける。寝室の窓際のドレッサーの置いてあった場所のカーペットには長方形に毛足が押しつぶされて敷いた当時のまま変色していない跡があり、部屋の造りつけのクローゼットのなかは大量の彼女の衣類が無くなったのでひどくガランとした印象で、ベビー・ベッドをはじめ赤ン坊のための品々、食器棚の大半をしめていた新婚の妻好みの食器といったものが（思い出せない物の方が多い。もっといろいろな物が無くなっていたのかもしれない）姿を消して、残っていたのは本棚とベッドとデスクと椅子、白黒の十六インチのテレビ、部屋に備えつけの冷蔵庫だけで、学生時代から使っていたデスクの上は乱雑に物がちらかっていて、その上に置いても目立たないと思ったらしくて、外した結婚指輪はキッチンの流しに、出前の丼物について来たいやらしい黄色染料で染められたようなタクワンの載っていたカニの図柄の安物の小皿（丼を戻す時に忘れていたのだ）に入れて置いてあり、ウイスキーに入れようとして冷蔵庫から取り出した製氷皿についた白い霜を水道の水で洗い流そうとした時に気がついたのだった。ガランとして、家具や物のなくなっている部屋に入った時、暗闇で頭をいきなり殴られたような――といってもそういう経験があるわけではない――ショックを受けはしたけれど、むしろ、ほっとした気持の方が強かったかもしれない。カーラーで上向きにクルリと湾曲させマスカラを塗っていない睫毛が唇の内側をチクチク刺激し、彼女は息をはずませながら涙を流すので、私の唾液と涙が顔の上で混りあい私たちは顔を見つめあって微笑む。白いスーツケースに彼女はどのような規準でもって物を詰め込んだのだろうか。ローン地の白いネグリジェや何枚かの着替え、化粧道具の入ったポーチ、レースのハンカチ、鍵付きの日記帳、革のケースに入った幾つかの小さなジュエリー（そう大して高価ではないが換金できることは確かな）、毛皮の白いポンポンのついた薄桃色のサテンのスリッパ、絹の民族衣装を着て、小さな正面から見ると三角形の植物の葉か茎で編んだ日除け用の傘を被った安南の女の子の人形――マレーネ・ディートリッヒが都市を流れ歩いた高級娼婦を演じる映画《メロドラマ》で、彼女は少女時代を過した豊かな植民地の商人の家庭の思い出のために大切に持ち続けたのとそっくりな釣り上った眼と黒い絹糸のおかっぱ頭と、纏足のように小さな足にはいた繻子の靴には細かな（まるでネズミが針で刺したような）ボタンの花の刺繍――といったような神秘的とさえ思える品々を、そう、秘儀めいた手つきで、もしかしたら震えながら、あるいは姦通小説《メロドラマ》のヒロインであることに胸苦しくなるほど酔いながら、スーツケースに詰め、それからここにやって来て、目を丸くして体をこわばらせている私に見つめられながら、そうした品々がおさまるのにふさわしい場所を決定して行く。ポンポン飾りのついた華奢な作りのスリッパはベッドの足もと、ネグリジェや着替え（セーターとスカートその他）といったわずかな衣類は寝室のクローゼットに、化粧道具は洗面所の鏡付きの扉の戸棚、鍵付きの日記帳と革のケースのジュエリーはスーツケースに戻してからクローゼットに、安南の人形はコルクの圧縮ボードで寝室と仕切られたリヴィングの本棚に決りかけて、ベッド脇のサイド・テーブル（電気スタンドと目覚し時計と灰皿と何冊かの読みかけの本が載っている）に足をとめたものの、上に本が積み重なって置いてある小ぶりの整理ダンスの上に決り、それらの品々と彼女自身からオレンジの花の香水の香りが、カリフォルニアにせよ、フロリダにせよシシリーにせよ、果実が実るのはまだずっと先きなので、惨めな低賃金の季節労働者の姿はまだ見えない時期の果樹農園のように蜜蜂たちを誘う花粉の香りが漂いだして部屋の空気を攪拌し、私は目まいのように少し吐き気のする欲情に両方の耳を熱くしながら、岩に囲まれた池のある庭で鯉にエサ——古くからある料亭の年を取った老婆のように見える仲居か女将が紙袋に入った麩を渡してくれて、坊っちゃん、お退屈でしょうから、池で鯉《おとと》にエサをおやんなすったらいかがですか、と誘う——を投げあたえていた時、耳鳴りのように鈍く羽音を響かせ池のまわりを飛びかっていた蜜蜂のあの羽音を耳の底でよみがえらせる。池のまわりには白と赤紫色の混りあったミソハギの花がこぼれるように盛りあがって揺れ、満開に咲き誇り蜜蜂が眠くなるような羽音をたて、池の水面に大きく口を開いて突き出して集った鯉が激しい水しぶきをたて、幾つもの水輪が池の水面に広がっては消え、水面に浮いた白い麩をまたたく間に争って飲み込んでしまうので茶色の紙袋に入った麩はすぐに無くなってしまい、私の足には大きすぎる大人用の庭下駄の鼻緒の付根のところに足の親指と親指より長く突き出した人差指（足の指で誰が人を指し示したりするのだろうか）の間を大きく広げて引っかけるのだけれど、足の指は短かすぎてうまく引っかけられずとても歩きにくいので裸足になって座敷の縁側の緑色がかった灰色の大きな石の沓ぬぎのところへ戻り、冷んやりした縁側に横になって眼を閉じると最初は黒い柔らかな闇が私を覆い、それから、薄いまぶたの皮膚とこまかな網状の毛細血管を昼の白っぽく輝くあかるい光が通過して黒っぽく赤い血液の色が透けて見えることを私は発見するのだが、かきつばたと八つ橋の図柄の屏風のある部屋で、水色のウールのワンピース——模造真珠のボタンが前だてに何個もずらっと並んでいる——を着た女は父と話しをしながら、たしかに泣いているらしいことがわかるので、まぶたの血の色が赤く透けて見えることを父親のところに行って口に出来ずにいる。「こめかみのところの青く浮き出た血管が破裂しそうにズキンズキン音をたてるような気の狂いそうな幸福感で有頂天に震えながら、ためらってためらって、ためらった挙句、何もかも大事なものを全部捨てて」お父様は私のところへとうとうやって来てくれたのだ、と手紙の書き手はためらいがちに、しかし、長いこと待って待って燃える思いを懐いていた恋の勝利者の鈍感な無神経さで告げる。

幼い息子を乗せて公園まで朝の短かいサイクリングをした中古品の古びていてとても重いサドルの革にひびの入ったボロ自転車を、イタリアン・ネオレアリスモの自転車と父親は冗談で呼ぶのだが、それより前は、フレームの横棒に取り付ける水色のペンキ塗りで鉄製の幼児用座席の背もたせの部分に描いてあった赤い胸のコマドリの絵にちなんでボロ自転車はクック・ロビン号と呼ばれていたはずで、しかし、駅前の自転車置場（駅前のマーケットの立ち飲み酒屋で、粗悪な密造酒だと噂されている酒とトウガラシで真っ赤になっている野良犬か野良猫の肉の煮込みを食べた男たちが、置いておいた自転車に乗って家に帰えろうとする時、決って立小便をするのと反吐《へど》を吐くせいでいつも汚れているしいくら水をまいても悪臭が染みついている）に置き捨てられて行ったのは、そのどちらの名前で呼ばれることももうない埃を被ってタイヤの空気が抜け、車輪のスポークが折れて泥除けに錆の浮いたただのスクラップ同然の自転車で、あんたのとうさんが置いていったものは本箱一つ分の本と茶色のボストンバッグ以外は全部救世軍のバザーに寄付したのだけれど、何もかも置いて北京から引き揚げてきて五、六年の時だからもちろん大した物があったわけではなく、ほとんどの家具は自転車と同じ中古品で、安物の吊しの背広とジャンパーとズボンとセーターとワイシャツが何枚かと革靴とマフラーや手袋やベルトや丹前とへこ帯と時々吸っていたパイプ、ブラシと泡立て用のカップと安全カミソリ、結婚指輪と腕時計はとっくに質屋で流れていたし、茶碗とお椀と箸と湯飲み、手ぬぐいやハンカチや下着やポマードとセルロイドの櫛はバタ屋に売り、商店街の暮れの福引きで当ったカット・グラスの水差しとコップとウイスキー・グラスのおそろいのセットはマチダさんの娘の御主人にさしあげて、駅前に置いて行ったボロ自転車は、隣りの夜間の工業高校生が自分でちゃんと修理して乗るというのでもらってもらうことになって、本の入っていたガラス扉のついた本箱も自転車につけてやったのでとても喜んで、お礼に引っ越しの力仕事を手伝わせてくれと、飛行機工場で働いていた技術屋の父親が戦争中に死んだ後女手一つで四人の子供を育ててきた母親を介して言ってきて、大きな荷物を八百屋で借りてきたリヤカーに乗せて運送屋の駐車場へ運んだり杉板のリンゴ箱に荒縄をかけたり、外地へ行く時に持って行って引き揚げの時にも身の回りの物を詰め込んで、エルエスティーの船倉では赤ン坊用のベッドにもなった頑丈な革のトランクには、向うに行ってすぐに必要な寝巻きや下着や着がえの服、歯ブラシや私の気に入っていた玩具が入れられ、それはチッキで送るので、泥除けの錆を金属ブラシで擦り落したりサドルに丈夫な布を被せパンクを修理した自転車の荷台に乗せて駅まで運んでくれたのだ、と母親は言う。あたしたちはパパが帰ってくるかもしれないと考えてずうっと待っていたけれど夏はとっくに終っていて、気がつくともうお彼岸だったから、あたしたちがあの町を引っ越した時は冬になっていたかもしれない、あんたが学校に行ってる年齢《とし》になってたら時間にその時々の節目《しるし》があったかもしれないけれど、あの頃のことはなんだかいろんなことがごっちゃになって順序が混乱してしまう。

　あの町へ行くには多分何回か汽車を乗りかえなければならないはずだ。次に乗る汽車との乗りつぎがうまく行けばホームなり待ち合い室なりでそれ程長いこと待たなくてもすむだろうが、事故があって汽車は遅れるかもしれないし、それに汽車を待っている間に決心が鈍ってしまうかもしれない。冷たい霧雨の中に建物の暖房装置から流れ出す白い霧か靄のような、若く罪を知らない娘が花嫁として被るはずだった純白にけぶるチュールのヴェール状に広がる蒸気が揺れ動く歩道で、テレビの小さな画面で放映されているモノクロ映画の中で、頽廃《たいはい》を顔ににじませた男はコートの内ポケットに入れた密告の手紙――自分のそもそもが邪《よこしま》な愛を平然と裏切った女が革命政府にとっての犯罪人である証拠を記した――を投函するかしないか迷って何度も何度もポストの前を行ったり戻ったりする。ポストの前に立ちどまって内ポケットから手紙を出しては投函をためらって歩き出しまた戻って同じことを繰りかえしながら手紙を投函することによって生じる一連の荒々しく惨忍な事態とその結果としての彼女の死と自分自身の激しく傷つけられた誇りと愛憎からやろうとしている密告という行為の卑怯さに自身が傷つけられるばかりか、卑怯な行いをさせようとしているのが結局は一度も自分を愛してくれたことなどなかった女への嫉妬なのだということに耐え難く傷つけられながら、投函することをためらって、ためらってためらって手紙を持つ指が(むろん、書いていた時も)ピクピクと痙攣《けいれん》している時、背後からやって来た男が、同志、急いでくれよ、とその手紙をひったくって自分の手紙と一緒に投函してしまうのだった。投函することをやめる決心をした瞬間、と、後になってみれば思えるのだが、突然見ず知らずの男の手が手紙をひったくるのだ。グズグズしないでさっさと投函しろと苛立たし気に言いながら。突然の事故ででもあるかのように、自分の手によってではなく他人の手によって、選択しないことの卑怯さを際立たせて密告は遂行されてしまう。あんたのとうさんは男には珍しく列車の時刻表を読めない人だったから、汽車に乗る時はいつもあたしがあやとりの糸をとるように、時間と時間をつなげて時刻表を調べてやったのだ、と母は何気なく言う。乗りかえのためにやってきた大きな駅のどことなく物悲しい——おそらく、いくつものいくつもの哀愁に充たされた別れを歌う流行歌のように耳慣れてありふれたドラマがそこではいつも常時量産されて出発進行したり乗り遅れたりするのだ――活気にあふれた騒音と湿った空気が期待や失望といったもので落ち着きを失って軽く興奮している旅行者や見送り人の早口のお喋りや痙攣的な笑い声や奇妙な抑揚があるのにのっぺらぼうな調子の間のびして反響する列車の発着を知らせるアナウンスを包み込み、朝早く駅前の古着屋で買って着がえた白麻のスーツとパナマ帽と革靴と小型のボストンバッグが、自分を別の男にしたはずだ、〈燃える思いを懐いている者にいかにも似つかわしい盛装をこらして〉と父は子供っぽい心もとなさで曖昧に考え、一瞬、これから乗りかえる列車はあの何もかも置いて家を出てきた町の駅に向って発車するのかもしれない、と考えるのだ。

ピース・オブ・ケーキと
トゥワイス・トールド・テールズ

——それに、いつも、たくさんの、白い人工黒玉《ジェー》のビーズをあしらった真っ白のブロンド・レースやチュール地に絹糸の平繡《フラット・ステッチ》の刺繡。夢のなかの、あるいはわたくしたちの花壇の、ときには、霧氷を吹いたような、真っ白な植物を、再現するこういった飾りを上手に使えば、千の見事な効果が得られます！

描写したい気持に駆られる愛らしい模様に目をつむって、わたくしは、きちっと、簡明に続けてまいります。

マルグリット・ド・ポンティ※

　手紙には、今でもわずかに残っている麦畑の中を通る雨上りの道を自転車で図書館に向っていた時、背後からスピードを出しすぎて走っていた車にはねられて畑の脇を流れている用水路に落下しコンクリートの縁に頭を打ち、十一センチの深さで流れていた水に顔がつかって水死したのかもしれない、と書かれていたのだったし、もうとっくに取り壊わされてしまった古い木造住宅の二階の北側の寒々とした部屋の雑然と物の詰めこまれた古い木の机の引き出しの中に、長いことしまわれていた古いノートや手紙や、なんとなく捨てそびれてそのまま引き出しに入っていた紙のがらくたの中に、その手紙も入っていたはずなのだ。古い茶色のニスを塗った片袖の机は疎開の時に始末をせずに持ってきた〈兄さんの形見〉で、右側の片袖の一番上の引き出しにだけ鍵がかかるようになっていて、一番上の二つの浅い整理用の引き出しと片袖部分の三つの正面の飾り板には、嵌木《はめき》細工で知恵の女神《アテナイ》の象徴の小さなフクロウ（黒蝶貝のパッチリ見開かれた丸い眼が浅彫りされて嵌め込まれた）の飾りがあり、上海で裕福な家庭の学生向けに作られた品物で、もちろん、机の嵌木と象嵌の図柄はお定りの勉学にいそしむことの重要さについての故事来歴を表わす、窓に蛍雪《けいせつ》や青雲、孟母三遷、刺股《しこ》読書といったものが多いのだが、ギリシャ神話のフクロウは珍しい細工で、商用で上海に行っていた若い時の祖父が、長男の誕生祝いに買い求めたものなのだと、母からだったのか、それとも祖母か伯母に説明され、おそろいの背もたれにもフクロウの嵌木細工を飾った椅子に座って足が床に着くくらい大きくなったら、あんたがこの机の所有者になるのだと言われたのだったが、埃や湿っ気を吸い込んで周囲が滲んだように茶色く変色して縁取られた紙のがらくたは、指で触れると（乾燥して継ぎ目のところに狂いが出て作られた細い隙間のせいで、黒蝶貝の賢者めいた丸い眼を見開いたフクロウの嵌木細工の引き出しは、開け閉めのたびガタピシと木と木の擦りあわされる軋みをてのひらに伝え摩擦音をたてる）隙間から入り込んだ微細な和三盆のような砂と埃で薄く覆われていて、紙の上で指をすべらせるとくっきりと白っぽい筋が残り、指の腹には薄黄土色というかミルク・ティー色のざらざらした埃がこびりつき、雑然と詰め込まれた紙の束はカサカサと乾いた軽い音をたて、一瞬、色彩も音もない映画のなかで発掘されたミイラ（それとも暗い棺の中で睡眠中の吸血鬼だったろうか）が光に触れ新鮮な空気の重味に耐えきれずにもろもろと土くれのように朽ちるシーンを思い浮かべたりもするのだが、机の引き出しに詰め込まれた（ぐしゃぐしゃに丸めたり、引きさいたりして捨ててしまうことが出来ずに、とりあえず仕舞い込んでおいた）ものの中には、B5判の画用紙を半分にした大きさの紙にデッサン用の柔らかい芯の鉛筆で描かれたマダガスカルの緑の海の女海賊に扮して、豊かな長い髪をなびかせるモーリン・オハラ（彼女が恋するのは、本当はイギリスの海軍士官で海賊の一味に潜入しているエロール・フリンだ）の似顔絵があって、絵の右下の角にH・Fというサインがあり、この丘陵地帯の坂道の小型オート三輪で入ってこられるところで降りて、その上の細い坂道は歩いて御用を聞いてまわる魚政の次男がもったいをつけて、夜店で買った新案万能型図形拡大機で描いた絵をくれたのだった。カーバイドが水に反応してシューシューという耳障りな音をたてて、むっとする臭いをさせ黒っぽい煤煙でアセチレン灯のガラスの笠の内側を薄黒く曇らせているので、アセチレン・ガスの照明はガラスが煤で汚れていない下部だけは眩しく光り、全体はぼんやりした湿っ気と靄がひろがっているような印象で、新案万能型図形拡大機を売っている夜店の米軍放出物資のつぎのあたったカーキ色のテントの中には、白い模造紙を画鋲で張った脚付きの台があって、芸術家風にベレー帽を被り科学者か技術者のような白衣を着た男が、何なのかはよくわからない複雑な曲線や直線の入り混った設計図を、細長い木片が遠隔操作用の伸び縮みするマジック・ハンドのアームのように連動する機械というか、木製のカラクリの部品のようにも見える、どことなくさもしい感じのする拡大機を使って別の紙の上に拡大していて、魚屋の次男（次の年の秋、妊娠してお腹の大きくなった隣家の女中と結婚することになる）は、その漫画とか映画に出てくるような博士風の男が、この拡大機は零戦や超弩級の大型戦艦の設計にも様々な局面で使われたし、戦後はアメリカ軍が日本の発明品として計算尺と共に持ち帰り、原爆の設計図はもとより、ことにハリウッド撮影所では人気スターの似顔絵を描く美術家から絶対の信頼を得ている——アメちゃんは機械の大量生産品ばかりで、日本人のように手先きが器用じゃないからね、絵も下手なんですよ、ハイ——とまくし立てていた口上をまさか鵜呑みにしたわけではないけれど、テントの内側に紐を張ってクリップにはさんで吊るされた何枚もの戦艦や飛行機を描いた少年雑誌のさし絵の拡大図や、鉛筆で描いて水彩絵具で昔風の人工着色の写真のように彩色された洋画や邦画のスターの似顔絵があり、そうした絵にすっかり魅了されて買うことになってしまったのだったが、新案万能型図形拡大機で描いた東映の時代劇スター東千代之介の似顔を描いてプレゼントしたのが、若い女中とのつきあいのきっかけになったのだから、その意味では安い買物だったと言えるわけですよ、と、台所で魚を捌きながら、母や祖母に惚気《のろけ》たのだそうで、魚政の次男は隣の家の頬っぺたの赤い四角ばった身体つきで眼のグリグリした若い陽気な女中（足柄山の山奥からやってきた金時娘だと、祖母は隣家の奥さんから聞いてくる）を、夏休みの間、路面電車の走っている電車通りの本町三丁目交差点から城跡公園へ続くかなりの長さのある大手前通りで開かれる夜店に誘ったのだが、お濠に囲まれた城跡公園の周辺には市役所と保健所と裁判所、中学の校舎に使われている元は連隊の兵舎だった建物と市立の病院があって、夜は人通りもなく寂しいし、城跡の公園は川に面して樹木の繁った崖で行きどまりになっていて、終戦直後の事件のように殺されこそしなかったものの強姦されたという娘の噂が絶えなかったし、人前では出来ないようなことを公園の木陰でこっそり楽しむつもりのアベックたちは、夜店の露店や屋台が続くアセチレン灯や桃色や水色の提灯のあかりがまぶしく人出でにぎわう大手前通りを真っすぐに進んで、静寂と夜の暗さに包まれた公園の方へ行くことになっているのだと、美容院の見習いの娘から話しを聞かされていたので（夜店に行こうと誘う男の目的はもちろんそれだし、誘われた娘は浴衣の下に木綿のレースの腰巻きは着けてもズロースははいていかないことになっていて、でも、最後のあの事はパンパンとは違うのだから、絶対にさせてはいけないのだ、指で少しだけさわらせるところまでならＯＫ、と細々とした心得を、映画の『乙女の性典』ものや「明星」や「平凡」の青春の悩み相談では、はっきりした言い方で教えてくれないようなことを忠告される）恐しくなり、誘惑に負けないために、坊っちゃんを「貞操の楯」として一緒に連れて行っていいだろうか、と朝のうちに台所口からやって来て母に相談するので、若い女中が帰った後、母と伯母は大笑いし、私はその夏はじめて大手前通りの夜店に行くことが出来たのだ。魚屋の次男はハリウッドの美男スター、トニー・カーチスに似ているという評判で、いかにも界隈の若い娘たちに騒がれていい気になりそうな軽くてトッポイタイプに見える割には、真面目で、本当は雑誌のきれいな口絵を描く挿絵画家になりたかったのだけれど、長男が南方で戦死したので魚屋を継ぐことになったのだと隣家の若い女中は、自慢そうに告げたのだと母が言い、いつもちょっと意地の悪い物言いをする伯母は、美男美女のカップルというのは映画のストーリーの中や映画界のゴシップの中にはあるけれど、たいていの美男《ハンサム》は相手に美女《シャン》ではなく自分の引きたて役タイプの女を選ぶものだと笑いながら答え、お土産にカルメ焼きとのしたての味付をしていないのしイカを買って来てちょうだい、と五十円札を三枚くれて、今日はちゃんと昼寝をしておかないとね、と言う。早目の夕食の後で、坂道を下りて商店街のもう店を閉めてあかりが消え店の前の通りに水のまかれた魚政の前で次男とおちあい、次男は予定外の隣りの家の坊っちゃんが一緒なのでちょっとびっくりした様子だったけれど、いかにも人絹人絹してツルツルした赤い半幅帯を文庫に結んだ若い娘のヒマワリの柄の浴衣（中原淳一のデザインゆかた）姿にはまんざらでもなく、本気で、よくさあ、似合ってるじゃん、と言い、店のオート三輪《ミゼット》で行ってもいいんだけど、なにし荷台はよくよく洗って新しいムシロを敷いたからちっとも生臭くはないけど、荷台に浴衣で座っているのは居心地がよくないだろうから電車で行くことにしようと言う。白っちゃけたようなエンジと灰色に塗りわけたいかにも冴えない色の路面電車は駅前から海水浴場のある海岸までを往復していて、海岸通りのスカラ座かメトロに連れて行ってもらう時と、駅前のロータリーに面した戦後に出来た三階建てのデパートに伯母と一緒に行く時に乗る乗物で、何度も塗り直したニスが部厚く重なりぎらついて光るベンチのような作りの木の座席にそう長い間座っているわけではないのだが（四回か五回、停車を告げる合図に車掌と運転手が紐を引いて鳴らすチンチンという軽く弾むような鐘の音を耳にするだけの距離）、小さな真鍮の鐘の空洞の中で金属のベロが震えながら打ちつけられて立てる音は、電車を降りた後に続く特別な楽しみへの期待を擽ったくかり立てるようで、私は顔を下に向けて、隣りにいる母や伯母の手を握り、クスクス笑ってしまい、おかしな子、そんなに、うれしいの？　と彼女たちは上機嫌に、それでもまわりに乗客がいるので、控え目に声をたてて笑う。海岸通りの商店街のスカラ座かメトロ（真夏の昼間、黒い木綿のサテンと赤い綿ネルが縫いあわされた重い遮光カーテンのかかった高い位置にある窓から、時おり湿った潮風に混ってゆるい傾斜のある廊下の突きあたりの便所の鼻をツンとつくアンモニアと饐えたような黴の臭いが流れてきて、映写機がスクリーンに投げかける長い円錐形の光の束にぼうっと淀んだような煙草の煙とキラキラ舞いあがる埃、白と緑の格子状のタイル張りの正面の装飾、ペンキ絵の看板、スチール写真を飾ったガラス張りのウインドーの手前の真鍮の柵、自転車置場、エンジやピンクのどっしりした重味のある布地なのに、ふんわりと夢の空間を開く前ぶれのようにキラキラと偽のダイヤモンドのように輝くビーズをちりばめたカーテン）へ行く時には丘の坂道を下って電車通りに面した四つ角まで歩いて、道路に埋め込まれた二本の線路の真ン中にある停車場で、駅の方向からガタガタと騒々しい音をたててゆっくり走って来る白っちゃけたようなエンジと灰色に塗りわけた電車を待つのだ。二本立てではなく三本立ての映画を見るような場合は時間がかかるので、商工会議所の四つ角の停車場より一つ先きの停車場まで歩いて電車通りに面したパン屋で焼いているロシア・ケーキ（チョコレートはダイヤ形でクルミの入ったマコロンの飾りつき、イチゴ・ジャムは銀色のアラザンの飾りがちりばめてあってハート形）とピロシキを買い、映画を見ながら手をベトベトにさせて食べるのだったが、駅前のロータリーに面したデパートには、たいていの場合、伯母が洋裁の仕事で使う物を買いに行く時で、終点というか始発の駅前行きの反対の方向の電車に乗る。服地売場には最新入荷の布地を見せるためにサリーのように巻きつけてゆったりとドレープの裾をひいたマネキン人形が並び、洋服地や裏地（ローンやブロード、ポプリン、シャンタン、デシン、ベンベルグやナイロンのゴース）、色々な色彩のミシン糸や絹の穴糸、マチ針、外側にカールしたショート・カットのミッチイ・ゲイナーに似た主婦がミシンをかけているペン画風の絵入りの水色のカードに、規則正しく二つ一組になって糸で縫いつけてあるスナップやホックや、側面に見本のボタンが小から大までのサイズをそろえて縫いとめてあるずらりと並んだボタンの箱が所狭しと置いてあり、伯母が売場の、艶々したポマードできれいに櫛目の通った真ん中から分けた髪の支配人（戦前、床屋のウィンドーに飾ってあったコールマン髭で目のぱっちりした髪型の見本のかつらを被った首だけの人形を思い出す、と伯母が言うのは、服地売場の支配人が小人だからなのだ）とお喋りをしている間、私は少し退屈しながら芯に巻かれた布が何本も何本も積み上げてある売場で新しいすべすべした布地の甘ったるいような糊やツンツンして眼が痛くなる防縮剤の匂いをかぎ、横浜の馬車道の一流のテーラーで入念に仕立てたのだというスマートというより厳《いか》めしく儀式張ったモーニング・コートのような感じのするスーツをいつも着ている支配人は私とほぼ同じくらいの背丈だけれど肩幅はがっちりしていて驚くような敏捷さで客の注文した布地を棚から抜き取って肩に載せ、裁断用の台の上に運んだ巻き物の布を優雅に繰り展げ、一ヤールの長さの物指しを布地にあてて、眼にもとまらぬ早業で何ヤールもの布を計りながら畳んで折り重ね、最後には、台の上の決った場所においてある大きな銀色の洋バサミの（刃の長さ二十センチはありそうで、イギリスに潜入したドイツのスパイはロンドンの高級な仕立屋《テーラー》にまで細胞を入り込ませているのだが、とても長い指の大きな手をした仕立屋《スパイ》は、体にぴったりと合っていて腕の悪い仕立てでは出来がちの縫目のびりくみや不必要な皺一つない——といっても、映画の中の人たちの着ている服やドレスのあらゆる場所に普通ならばどんな高級な仕立ての服でも出来るのに決っている皺が一つもないのは、カメラが監督のアクションの声で回りはじめる前、衣装部員がきっちりと皺一つなくぴしっと入念にアイロンをかけてブラシで埃をはらった撮影用の、上着とズボンを俳優に着せるからなのだ、と母が撮影所でどのように映画は撮られるかを解説した映画雑誌の記事で読んだのだということを教えてくれたのだが——背広の肩の両側から採寸用のメジャーを垂していて、上等な仕立ての背広なのに、そして仕立屋であるにもかかわらず、形崩れを気にする風でもなく下襟《ラベル》のボタン穴に左手の襟の下から親指を差し込んで親指の腹を人差指で強くこすって音をたてる妙な癖があるし、気味の悪いうすら笑いを酷薄さを表わしているかのような薄い唇に浮かべ、探るような鋭い眼を細めながら、それに単なる仕立屋の布地を裁つハサミではなく、いつでも人を刺し殺すための鋭利な肉切りナイフとして血を吸うことを望んでいる物なのだ、と語らせるかのように、大きな右手で銀色の研ぎすまされたメスのように光る長い刃のハサミの握りを持ち、ゆっくりと刃と刃がこすれあう重々しい金属音をたてながら開閉し、服地売場のおだやかな働き者の小人がハサミを持つと私はいつもあのまるで大きさの違う無慈悲な殺し屋の仕立屋を思い出すのだが、むろんそれは誰にも言えないことなのだ）ピカピカ光る刃が、足の長いフラミンゴとかそういった類いのニュース映画の中で見たことのある水中で魚を捕えようとして走る水鳥のクチバシのように、布地の質によって立てる音は様々なのだったが、薄いなめらかな布地の時には鋭いスとシとイの音の連続で布地を切り開きながら胸のすく速度で直進し、アコーディオンのプリーツのように折り込まれながら切り離された布地は（ブルーの薄いなめらかなポプリンだったりすると、二十ヤールごとに巻かれた束から布が繰り出される様子は、川の水が波だちながら流れるようなので伯母はそれを「ダニューブ川の小波」か「パリの空の下セーヌは流れる」とでも言うべきだ、と語る）さらに小さく畳まれて、裏表に展げて台の上に置かれたデパートのピンクとベージュのグラデーションになった縞柄に図案化された店の名前が印刷された包装紙に包まれ、平べったい紫色と水色の縞になっている紙の紐を十文字に掛け渡して結わいた中央に、包みの大きさや重さとバランスのとれた指を入れて吊り下げるために丁度良い長さの輪っかを作るために紙の紐が、上着の胸ポケットに入れられた小さな金色の鶴の形のハサミを取り出して切られ、二つに重ねられた紙紐の先端がくるりと回転して折り紙か結び文のようにきれいで平らな結び目が出来るのだった。伯母は支配人に和裁教室をやっている母親の様子をきき（戦争中はみんなモンペだったし、戦後は洋装一辺倒だもの、お前のところはいいだろうけど、こっちは商売上ったりだ、とグチってます）、お喋りをしている間に、私は籐細工のマガジン・ラックから表紙の端がよれて反りかえった外国のモード雑誌を取り出し（あたしは昔から「ヴォーグ」党だったけど、ここには「バザー」と「セヴンティーン」が置いてある、と伯母）、ページをめくる。「セヴンティーン」はカジュアルな服が中心だから、載っているワンピースやブラウスを真似て誂えるお客様が案外多いのだと小人の支配人が言い、ローレン・バコールはニューヨーク出身で映画スターになる前は「セヴンティーン」のモデルをやっていたのだそうですよ、と映画雑誌で読んだばかりのことを告げ、二人は、やっぱりね、スタイルがいいし、着こなしが断然垢抜けているものと頷きあい、伯母は「ヴォーグ」や「バザー」に載っているモード写真は夢の世界というか超現実の世界と言うべきもので、写真もドレスも美術品なのだと言って、私の見ている淡い金色がかったクリーム色の艶やかに光るサテンの肩がむき出しになったイヴニング・ガウンに大ぶりなエメラルドのネックレスとイヤリングを着けたとてもすんなりした首の長いファッション・モデルがドレスとそろいの長い手袋をした手にシャンパン・グラスを持って立っている写真が印刷してあるページには、何か特別な日を祝う時の装いとして、全体に大きな幅広のリボンを巻きつけて結んだシャンパンのボトルのイメージをデザインしたガウン、と説明の文章が載っている、と言う。シャンパンの泡のようにこんもりと淡い金色の髪を結いあげた長い細っそりした首のモデルは、ピンクがかったなめらかな砂丘のように見える胸に、エメラルドとダイヤモンドの蝶結びのリボンをデザインした大きなネックレスを垂し、蝶結びのリボンの左右の長さが違う垂れが鎖骨の微かな陰影から胸の谷間の影のある胸もとを飾っていて、大きな朝顔のかたちをしたシャンパン・グラスを持ち、つんと顎を上げた、不機嫌というか挑むような表情で歯を見せずに微笑を浮かべかけたまま、じっと正面というか、こちらを見つめていて、むろんそれが映画の中であれば「挑むようなまなざし」と微笑が向けられるのは（総天然色であれ白黒であれ）、微笑に魅入られたあげく、やがてその美しい女に捨てられるか裏切られる金持ちの初老か中年の実直な男か、さもなければ、彼女に興味を示さないふりをしつづける主人公の男で、結局二人が恋におちることは最初から決っているのだが（そう、映画のポスターで主演俳優の名前を見た時から、観客にはわかっている）、モード雑誌のシャンパンのドレスを着た高級そうなモデルが挑むようなまなざしで誰を見つめているのか、ちゃんとはわからないので（けれども、もちろん映画と同じような、誰でもが知っているよく似た物語の筋どおりのまなざしの先にいるのは、よく似ていて誰もが知っている男たちなのだが）、宙に浮くドラマチックなまなざしはどこか馬鹿気て見え、濃く眉を引いて大きな眼の目尻をオタマジャクシのしっぽのような形にはねあがらせたアイラインを描いたメーキャップも、顔も首も胴体も手足も細長い体つきも全部同じように見えるモデルのイメージはデパートの屋上のメリー・ゴー・ラウンドとまじりあい、伯母は売場で買った細々とした雑貨と布地の包みを受けとり、その後で私たちは三階の喫茶・食堂で、冬ならばココア、夏には緑色のメロン味のソーダ水にアイスクリームが浮かんでマジェンタの染料で染めたようなピンクのサクランボがそえられたクリーム・ソーダを注文し、ソーダ水のせいで何度も胃のあたりからこみあげるゲップに困惑しながら、屋上にある回転木馬を乗りに行くのだ。母や伯母のようにコーヒー・

フロートかアズキアイスを頼むべきだったのではあるまいか。それに、アイスクリームの匂いのするゲップをしながら、上下動して円板状の台の上をグルグルと回転する木馬に乗ると、胃がムカムカして乗物酔いと同じように気持が悪くならないだろうかと少し気になるのだけれど、半円形のスカラップになった縁がたれていて真ン中がとがった赤と白の縞のテントが屋根になった円形の舞台には、白と黒と、赤、白と黒のブチ模様、茶色の五頭の疾走する馬たち（競馬のラストスパートのようにではなく、西部劇のインディアンの乗っている草原を走る小型馬《アパルーサ》のような誇らかさで）の風になびくたてがみと尾は金色と銀色のテカテカと光る塗料で塗られ、鞍は木製の馬の本体と一緒に刳り抜かれて鞍のかたちにペンキで塗られているのだったが、馬の顔の口のまわりには革の轡《くつわ》がはめてあって、そこからのびている手綱を握って回転木馬には乗るのだった。木馬のそなえつけられた円形の舞台には、箱を積み重ねたようなベニヤ造りのギシギシする階段を三段上って、小さな、小学校に入っていない子供の場合は連れの大人が抱きかかえ鞍にまたがらせるけれど、それ以上の子供は、係員から十円で買った切符の半券をもらって箱のような階段を上り、どうやって鞍に取り付けてあったのか木馬のふっくらした胴体の横にぶら下っている鉄製の鐙《あぶみ》に片足を乗せ、もう片方の足を後方に円を描くように持ち上げてまたがって手綱を握り、回転木馬の係員

（戦争で負傷した片足を膝のところから切ったので左足は義足で、物悲し気で陰気な様子を子供たちはなんとなく恐がっている）が円形の舞台を回転させる機械装置の動力を入れるレバーを押し下げ、古びた手回しの蓄音機の回転盤に載っている童謡の傷のついたレコードの溝に針を下すのを、ちょっと緊張して待つのだ。女の子の童謡歌手がかん高い声でお馬の親子がポックリポックリ歩く様子やメーメー鳴く森の子山羊や森の木かげでドンジャラホイと踊る小人たちについて歌う幼稚で馬鹿みたいな曲が流れ、普通の日の昼前、屋上の回転木馬に乗っているのは私一人だけなので、陰気な係員は胸糞の悪くなる歌をかけなくていいのなら、タダでもう一回り、回転の速度を上げて乗せてやるよ、と言う。手回し蓄音機は切符売場にもなっている古びた事務机の上にマイクロフォンの台と一緒に載っていて、回転木馬のテントの鉄パイプを組み合わせた支柱の天井近くに取り付けたスピーカーからレコードの曲が流れるようになっていて、金属のハンドルを手で回して動かす蓄音機も、マイクロフォンもスピーカーも性能が悪かったし、レコードには傷があって、ひどく耳障りなザラザラした雑音が入るのだったが、童謡の78回転のレコードA面とB面をかける時間が木馬の回転の十円分だったから、馬鹿みたいに幼稚な歌詞をわざとらしい子供らしさのかん高い声で歌う童謡のレコードは時計がわりに使用されていたわけなのだが、伯母と母は、戦前に見たアメリカ映画の中に出て来たメリー・ゴー・ラウンドは豪華できらびやかにまばゆく輝いて優雅だったと言う。こないだ見た『見知らぬ乗客』（故障していきなり物凄いスピードで回転しはじめる木馬たち！）にも出て来たけれど、メリー・ゴー・ラウンドが回る時に流れる音楽は自動ピアノの「メリー・ウィドウのワルツ」と「いちごブロンド」に決っているのに、野暮ったくて恥しいような童謡を流したりして、万事が精神年齢十二歳以下ね――。青いペンキにコマドリの絵の描いてあった幼児用補助座席付きクック・ロビン号に乗って（ハンドルとサドルの間のフレームの横棒に取り付けられた幼児用補助座席に座って頭をそり返えらせると、前かがみになった父親のお腹と胸のあたりに頭が触れ、下から見た顎の先と首につながるあたりに剃り残した白くなりかけた茶色っぽいのが混ったヒゲがポツポツと見え、胸のあたりからは煙草の匂いがする）父に連れていってもらったことのある薄暗い木造の昔のかんこうばだった洋品屋の店頭には、コインの投入口に五円を入れると上下に動きながら前と後に微かに傾斜して揺れるので少しだけ前進運動の感じを味わうことの出来る赤い塗装の部分部分が剝げている廃馬寸前のような木馬《ポニー》が一頭だけ置かれていて、それはあまりにも幼児向きの乗物のような気がするのだけれど、背にまたがった股と尻を伝わってくすぐったい上下と前後に傾く電気仕掛けの単純な動きの心地良さに私はクスクス笑い、父は夜眠る前にふとんの中で、インディアンに変身することを夢見る男がアメリカの西部の大草原か荒野で馬に乗って空を飛ぶように物凄い速度で走っているうちに、インディアンでも馬でさえもなく、ただ荒野の空中を疾駆する人でもなく馬でもないものになりきってしまうという話しをするので、むろん私は、自分も馬に乗っておそるべき自由自在さで大地を駆けるインディアンになりたいと思うのだ。インディアンは裸馬に乗ると聞いたのだったが（父も、母と伯母も、そう言うのだ）誰も馬に乗ったことなどなかったし（塗料がはげちょろけになった白い幼児用の揺り木馬なら兄さんが小さかった時に遊んだのが物置小屋にあった、と伯母が思い出す）、生きている本物の馬は、昔は曲馬団と言っていたくらいだから、ライオンやトラといった猛獣ではなく馬が主役だったのかもしれないサーカスで、スタイルの良くない小太りの桃色の短いスカート《チュチュ》のバレエの衣装を着た女の芸人と白いタイツに短いパンツをはいた男の芸人が、白と黒の、鞍とか轡とか面掛《おもがい》や手綱とかいった馬具を一切着けていない馬を走らせて乗るのを見た他には、サーカスのテントの裏手の馬用のテントの稲ワラの秣《まぐさ》と馬糞と馬の汗とおしっこのあたたかいけもののむっとするような匂いが全部混りあって醱酵した匂いを覚えているし（通っていた幼稚園では、神の御子のエス様は馬小屋で産れて、飼葉桶で産湯をつかったのだったか、飼葉桶がベッドになったのだったか、どっちにしても馬小屋の桶に入った幼児《おさなご》が両親や東方の三人の博士と一緒に描かれた絵がクリスマスになると飾られて先生たちからお話しを聞かされたから、あんな臭いところで産れるなんてかあいそうだと思ったものだった）、近所に住んでいた軍人（階級は覚えていないけれど、家にいた若い女中は、もちろん、あの家のダンナさんは大将に決っている、と言って意味もなく自慢する）が陸軍省に通う時乗っていた茶色の馬より、あたしが覚えているのは品川の方から汲み取りに来ていたお百姓が肥桶を載せた荷車をひかせていた大きな馬で、お百姓は冬になると荷車に大根と白菜を積んでやってきたものだった、と伯母は話す。裸馬というのは、ようするに馬具を何も着けずに馬小屋で休んでいる時の様子を言っているわけで、映画の中で騎兵隊や駅馬車を追って猛スピードで走るインディアンたちは、馬を走らせながら弓やライフルを使う時、鐙にモカシンをはいた足を載せてはいないけれど、馬の背中に毛布を載せていて、轡と面掛と手綱は着けているのだ、と伯母と母は言い、私はそれがどんなふうだったのか思い出しながら画用紙にぺんてるで描く。西部の乾いた灰色と茶色の混った石くれだらけの荒野には大きな腕を曲げて真っ青に透きとおった空に伸ばしたようなサボテンがはえていて、川幅は広いのに水嵩の少い大きな川《リオ・グランデ》を騎兵隊の兵士たちとインディアンが馬で走って渡ると、川面には幾つもの幾つもの噴水というか、大きな透明な百合が無数に花開くように水しぶきがあがり、その様子はぺんてるで描くよりも本当は水彩絵具で筆を使って描くほうが、水しぶきのダイナミックさが出るかもしれないけどと、絵を見た魚政の次男は専門家風な技術批評を口にし、でも凄く上手く描けているといい、派手な羽根飾りを頭につけて鹿革のひらひらした切り込み飾りの縁のあるズボンをはき白地に茶色の斑のあるアパルーサに乗ったアパッチの酋長がとくにいい、と感心するのだった。映画の中で若い戦士のインディアンたちは馬に乗って走って走って殺されてしまうし、時には馬もろともライフルに撃たれて倒されてしまうのだったし、そしてその後でも、映画はハッピー・エンド（晴れやかな、しかし、どこか物悲しく、ただ時間のそれというだけではなく何か別のものの黄昏のイメージが色濃くただよう）へと進むのだから、なぜ馬に乗って疾走するインディアンになりたいという夢（私はそれをしばらく後に本の中で発見して読むことになる）について父が話すのか本当は見当がつかないのだけど（お茶を飲もうとすると茶碗の底に見えた顔の持主と、お茶を飲んでしまった男の小さな物語に結末がなかったのにも似て）、裸足の足をぐいっと思いっきり伸ばして、洗濯の後で丈も横幅も縮んでしまった蜂巣織りのシーツにこすりつけると、でこぼこした織目のせいで足のうらがくすぐったくなり、父親は、インディアンになって裸馬に乗り、雲一つなく広大な永遠の円天井のように閉されて透きとおった目映く青い青い空と荒野のまじわる地平線に向って馬にまたがり、インディアンは速度を出させるために馬の腹を蹴る機械の歯車のように回転する拍車をブーツの踵に着けていないから、インディアンは柔らかなモカシン・シューズをはいているので、馬にまたがって直接触れている股と膝を馬の熱い腹に押しつけてスピードを出すように体ごと伝え、轡も手綱もないのだから、艶々したなめらかな毛に覆われた逞しい首の怒張して浮き上った熱く脈打つ血管を川のように流れる血液の音を馬の首筋に押しつけた耳でききながら、なめらかな首に巻きつけた腕の内側全体が燃えるように熱く、空気を切り裂いて進みながら体の横を勢いよく流れて行く風の中でたてがみと髪の毛（額を押えて頭の後で結んだ布のバンドでとめた長い真っすぐな）がからまりもつれあって靡《なび》き、風が吹き渡り大海原のように波打つ大地を太鼓のように轟《とどろ》く蹄《ひづめ》の音を透きとおる空に響かせ、ぴりぴりと電気をおびて発光する空気の中を稲妻のようにギャロップする、と父は語ったろうか。馬に乗ったことなどなかったのに。私はゴツゴツというかカサカサした小さい四角い枡目状のふくらみが規則正しく並んだ蜂巣織りのシーツに頬や腕や足をこすりつけて眠む気で重くなって砂の粒が内側にはりついたように、かゆい瞼を指でこすり、溜息をついて深い生あたたかな眠りの螺旋状の穴へ汗ばみながらゆっくりとすべり落ちて行くだろう。枕元のスタンドの燈りはまだ消されてはおらず、掌にかいた汗が入り乱れた鎖状の筋の間にたまって銀粉のようにきらめき、指と指の間が汗のためにじめじめして気持が悪いのでシーツに掌をこすりつけて指と指の間にたまった汗を拭い取っても湿った生温かい感触が執拗にからみついていたし頭痛がして背中も痛かったし、確かに熱が高くなっているのがわかる。不摂生をすれば覿面《てきめん》、熱が出ることはわかっているのに夜ふかしをして本を読んだりするからだ、そもそも、「絶対」は付かないまでも「安静」というのは本なんか読まずに（本を読むのは頭だけではなく、体中の細胞を使うことなのだ、と母親は主張する）休んでいることなのだから、じっとしているのが退屈だって我慢しなければしかたがないのだ、と母と伯母と祖母が言い、それに、「安静」にしている時は「想像力」をつかえばいいのだし、「本」の中に登場する人物のほとんどは「本」を読んで「学問」というより「想像力」を培うというか養うのだけれど、それは本人にとって必ずしもいい事ばかりではなくて、滑稽なことの方が多いかもしれないし、時にはそれだけではなく不幸のもとになるかもしれない「想像力」、と伯母は言って笑う。体温の熱いぬくもりを包み込んだシーツの感触をパジャマから出ている手足の皮膚で感じ、すっかりシーツと一体化してしまうのだ、と私はぼんやり「想像」する。汗ばんだ皮膚と溶けあって、どこまでが自分の肉体でどこからがシーツなのか区別のつかない微睡《まどろ》みのなかであたたかな海へ溶け込み泳いでいるように手脚をゆっくりと屈伸させ、肉体を構成するあらゆる有機物はこのうえなく柔らかくなり、白い布が光を浴びて透きとおりながら織目と織目の隙間を燃えあがらせ、織目の中に細胞が溶け込み、ついにはシーツそのものになって、その上に横たわる彼女の汗を吸い込み彼女の動きにあわせて体に搦みつき眼を閉じ、ぴったり重ねあわせた皮膚全体をまなざしに変えて彼女を見つめるだろう。それから私は、そういったことのすべてをどうしたら彼女に伝えることが出来るのだろうかと考えて、自分の無防備な欲望にたじろいで沈黙する、と言うか言葉を失う。柔らかく溶けかかっていて触れるとくぐもった音で鈍くてのひらに響きが伝わる紙の肉体について紙の湿り気をおびた言葉で考えつづけること。軽く閉じられて震えるようにまばたきするまつ毛や、唾液で濡れた白い歯で時々噛みしめられる薄い桃色の唇、戦慄する咽喉と、そうしたものの全てをなまなましく思い出すと言うか、幾度となく思い浮べて記憶と言葉に新鮮な血液をめぐらすことを、どうやって、ここにはいない「あなた」に伝えたらいいだろうか。なまあたたかくくぐもって震えながらGとRの音を苛立たしく連続させて丸くふくれた胸に響かせる土鳩の鳴き声が夜明けを告げる頃、眼を覚すと彼女の姿はどこにもなく、鳩尾《みぞおち》のあたりを冷たい痛みとして恐怖と不安が差しつらぬき、彼女の書いた手紙だけがテーブルの上の透明な貝殻の形のカット・グラスの灰皿を重しにして置かれていて——灰皿の中には押しつけて火をもみ消した口紅の付いた吸いがらが一本と少量の煙草の灰と貝殻の形をしたガラスの湾曲面にこびりついた濃い紅茶色のねばつくニコチンの脂《やに》——庭に面した窓の閉されたカーテンの隙間から差し込む西陽が表面にホタテ貝の殻の形に湾曲する縦の線がカットしてあるグラスの中を通過して屈折し、白い紙の表面は淡い七色の微かにチラチラゆらめいて踊りながら消えかかる光の小さな斑と筋に覆われていて、そして彼女はモノクロームの犯罪映画の無名の女優が演じるヒロインのように姿を消してしまう。長い時間の埃と湿っ気を吸い込んで周囲が滲んだように茶色く変色して縁取られたようになっている紙のがらくたの中で父の死を告げるブルーブラックのインキで絹目紙に銀色の細い縦の線の入った便箋に書かれた手紙だけが、時間の侵蝕に耐えてみずみずしい白さを保持して、まるでほんの二、三ヶ月か、そうでなくても数年前に配達されたもののように見えたのは確かだったが、その手紙には一度も返事を書かなかったので——たとえ、単なるマナー上の理由で返事を書くにしても、何をどう書けたと言うのだろうと考えると気が滅入る——私は二人がどういう生活をしていたのか、ほとんど何も知らないし、母が名字や名前を言わずに〈あの人〉とか、時には少し冗談の混った芝居がかった口調で

〈宿命の女《ファム・ファタル》〉と呼んでいた上海の女であり〈罪深い女〉でもある手紙の美しい文字の書き手は、父が死ぬ前に読んでいて図書館に返却するはずだった私の書いた本が麦畑の中を通る雨あがりの道に落ちて泥と血に汚れてしまったので図書館には返却せずにお棺に入れて持たせてやったと、ゆっくりとなめらかな物悲しい調子で物語っていて、私は――多分、ひどく（胸糞が悪く）、おそらく（何かを、かならずしも飲み込みにくいものというわけではなく、ただ何かを飲み込むことの不快さに）、うんざりしたのだ。雨あがりの道の泥と血に汚れた父親がうつ伏せで顔と体の半分が水につかって横たわっていた麦畑の用水路（幅が四十センチ、水の深さは十一センチ、頭を打って水死したのだ）には私の本が落ちていて、その本の最後のページを私は開く。〈わたし〉は家に戻る。彼は配達人の忘れた牛乳を砂岩段丘の頂上にある牧場に取りに行って母親にとどけるだろう。そしてまた〈戻って来る〉かもしれない。押しつぶされた乳房の間の白く細長い隙間から香水の靄がたちのぼり、ひそやかに息づいて増殖しつづける。においが染みついちゃうわよと、彼女は言い、いや、〈わたし〉は言い――咽喉にからまったかすれ声で――〈わたし〉は、いや彼は、構わない、と答える。〈わたし〉か、あるいは、誰かの舌が――柔らかく粒立っている――〈わたし〉か、あるいは誰かの貝殻骨の窪みに溜った汗を舐め取り、複数の夢の水となって、汗と唾液がまじりあい、身体の内部から分泌する液体と精液がまじりあう。そして、無数の誰でもない者となる。

※マラルメ全集3『最新流行』6号 ステファヌ・マラルメ
清水徹・與謝野文子・渡辺守章訳 筑摩書房刊

あとがき

読む快楽《よろこび》・書く快楽《おののき》

ほとんど全ての読者は、自分で文字を読むことの出来る読者になる以前、語り直された言葉（と声）によって、やがて深い複雑な関係を持つことになる「本」と出あうことになります。「本」に書いてある「言葉」を子供むけに変えながら誰かが読んでくれるのを耳にする様々な物語に、もし謎や秘密というものがあるとしたら、それは、物語の舞台がギリシャだったりイングランドだったり、日本だったりと遠くへだてられているのにもかかわらず、そっくりで似ている、ということだったと私は思い出します。

そして、いくつものいくつものトゥワイス・トールド・テールズのつづきとして、読者だった者たちが（それを読んだせいで）「小説」を書きはじめるはめに陥ります。

本書のタイトル『ピース・オブ・ケーキとトゥワイス・トールド・テールズ』は、後者はナサニエル・ホーソーンの短篇集のタイトルで、有名な『ウェイクフィールド』（この短篇についてボルヘスが魅力的な短いエッセイを書いているせいで、何人もの現代作家が触発されて、書き直し《トゥワイス・トールド》を試みております）が含まれています。「ピース・オブ・ケーキ」は、フランソワ・トリュフォーによるアルフレッド・ヒッチコックのインタビュー『映画術』の中で、ヒッチコックが、普通作家というものは人生の一断面《ピース・オブ・ライフ》を切りとって見せると言われるけれど、私の映画はケーキの一切れ《ア・ピース・オブ・ケーキ》を差し出すというわけだ、と答えていることに感動してタイトルに借用することになりました。おまけにこの言葉は口語として、楽々と簡単にできること、という意味があります。

ですから、本書は意味的には「楽々とできる語り直し」という、あざといタイトルを持っています。

ばらばらに分割されたピースをはめ込んで一枚の絵を完成させるジグソーパズルは、難易度が高いほど人生の一断面《ピース・オブ・ライフ》的様相を持つのでしょうが、これは、そういうものではありません。

小学生の子供だった頃、いろいろな本の中で読んだ文章と言葉とスクリーンで見た海を総天然色のもとにして、一度も見たことのない海について文章を書いたことがあります。書いているうちに、言葉だけのもの（おまけに寄せ集めただけ）が現前するかのようなリアリティに戦慄《おのの》いて気持が悪くなり、これ以上書きつづけるとどうなるのかわからない恐怖と不快な嫌悪感を感じたことがあったのを、小説を書きおえて一冊の本にまとめようとしている今、まざまざと思い出しました。長いこと、記憶の底に埋れていた経験です。

本書を美しい謎のように包み込んでいる岡上淑子さんのフォト・コラージュは、本書の装幀者の姉が偶然（というか必然的にと言うべきでしょう）彼女の写真集（『DROP OF DREAMS』2002 Nazraeli Press）を見つけ、一目でその写真に魅了されたことがきっかけで、私の本に月の光のような輝きを加えてくださいました。一九五〇年代にまだ年若い少女だった岡上さんは、エルンストのコラージュを知らずに独特なコラージュを制作していたのですが、長い間、多くの人々には知られることのない存在でした。時間をこえて、私たちに与えてくれた岡上さんの作品の美しい衝激《ショック》の波が、また新たな小説を書くことへ誘い込むようです。

二〇一一年十二月二十六日

著者

岡上淑子の世界――コラージュとお裁縫

金井久美子

岡上淑子さんの存在と作品を知ったのはアートフェア東京２０１０の会場だった。一九五三年当時にこのような大胆で美しいコラージュを作る作家、しかも若い女性がいたという驚きと同時に、二〇〇〇年に「岡上淑子フォト・コラージュ――夢のしずく／第一生命南ギャラリー」が開かれているにもかかわらず何故これまでこの作家と作品を知らずにいたのか不思議だった。

一九五一年　武満徹から瀧口修造を紹介され数十点のフォト・コラージュ作品を見せる。

一九五三年　瀧口修造の強い勧めを受け、東京神田のタケミヤ画廊で「岡上淑子コ

ラージュ展」を開催（第一生命南ギャラリー個展パンフレット年譜　編・中村淳行　二〇〇〇年）

このような作者と作品を何故知らなかったのか。瀧口修造氏にはいろいろな作家や作品を教えていただいたが、それは一九七〇年代である。当時この強烈な魅力のコラージュについて聞いた記憶がないのはすでに岡上さんが「一九五七年にはフォト・コラージュ作品の制作から遠ざかっていた」せいかもしれない。

そして岡上さんを『日本現代写真史』（一九四五〜一九七〇　平凡社）で再発見した金子隆一氏にお借りした資料によって知ったのだが岡上さんとその作品の紹介や展覧会評の載った雑誌が『美術手帖』以外は写真雑誌だったことも私が岡上作品を知らずに過ごしてきてしまった理由なのかもしれない。

瀧口修造氏が書いているように（『美術手帖』一九五三年三月）、「岡上淑子の仕事は系統からすれば明らかにシュールレアリスムのコラージュに属している」だろうし、マックス・エルンストの「百頭女」や「カルメル修道会に入ろうとしたある少女の夢」や「慈善週間または七大元素」を思い出すのだが、エルンストのコラージュに用いた素材が十九世紀の通俗小説や博物誌の木版画の挿絵なのに対して、岡上さんのコラージュは当時の最先端メディアであったニュース写真雑誌、『タイム』、『ライフ』や『ハーパース・バザー』と『ヴォーグ』などのファッション雑誌のモノクロの写真が使われている。

作品集『DROP OF DREAMS』も手に入れ何度も見返し、すべての岡上作品をぜひ見たいという気持は強まる一方だった。

思いきって岡上さんに手紙を書いた。そして、岡上さんが金子隆一氏に連絡をしてくださり、金子氏の好意で東京都写真美術館所蔵の作品と全作品のポジフィルムも見ることができた（資料もお借りした）。

岡上さんの作品に対しての驚きと感嘆は増すばかりだった。

『タイム』や『ライフ』の戦争関連の写真の中の、海、船、波、船上の漁師達、馬車、連合軍に接収されたのであろう荒れ果てた荘園屋敷、城塞の荒々しい石壁、重々しいドアや暖炉やシャンデリア。それと同時代のリチャード・アベドンのファッション写真の美しいドレープのドレスを着た流線型の身体の手袋と宝石に飾られたモデル達がありきたりの優雅さとはまるで別のものに変形してしまう。戦争の記憶が生々しく残っている建物と共にコラージュされることによって生じる異様な効果《デペイズマン》。

岡上さんの作品のコラージュの動的で強烈なイメージと魅力は、映画のスチール写真や女優の写真が素材として使用されているわけではないのに、五〇年代に映画と一緒に上映されていた様々な映画会社のニュース映画を含めて、その後長い間に見た無数のサイレント時代からの映画と同様の鮮やかな魅力に似ているのではないかと思う。

妹と子供の頃からほとんどの映画を一緒に見ている（そうした映画が小説の中でどのように書かれているにせよ）者として、岡上さんのコラージュを一目見た瞬間、絶対に『ピース・オブ・ケーキとトゥワイス・トールド・テールズ』の装幀に使おうと強く思ったのは当然だったわけである。

作品を妹の小説の装幀にぜひ使わせていただきたいとお願いし、ゲラ刷をお送りしたのだった。私たちが驚いたのは、あの長いセンテンスのびっしり詰った小説を、あっという間に読んでくださった岡上さんからの電話だった。楽しいお喋りの調子ではじまり、戦後に見た様々な映画を思い出したということ、昔洋裁をなさっていて、ゲラを読みながらいろいろな布地や針の感触が指に甦えるというのだった。私も妹も大興奮である。小説とのなんという幸せな一致！　使用を快く承諾してくださったのだ。

「私の指は箒《ほうき》や縫い物の為にしか無かったかのように」（『机』一九五三年四月）とエッセイの中に書いている岡上さんのコラージュを瀧口修造氏は「人間の技術のどのような範疇にはいるものなのだろうか。（中略）不完全に物資を変貌させることによって自己の完全な創造としての権利を主張している多くの芸術家にくらべてこの作者はおそろしく謙譲であった」と書いている。

シュールレアリスムの女性画家達の作品は個人の負った肉体的であると同時に深い内面的な傷や欠損として精神分析的に語られる（フリーダ・カーロやドロテア・タニング）。そして、陽気で無邪気なアニミズム的動植物との親和性がまるで女性画家達を無いもののように扱ってきた男達の免罪符であるかのように語られる（レオノーラ・キャリントン）。性的感応性が知性と結びつけられたりする（トワイヤン）。

とは言え、フリーダ・カーロを除いてこの女性画家たちが日本の美術雑誌や、新聞の美術欄で作品が紹介されたり批評として語られたことがあっただろうか。何年も前、東京ステーションギャラリーで、キャリントンの展覧会があった以前には、渋谷にかつてあったアート・スペース美蕾樹で小さな展示会があったのと、澁澤龍彥がキャリントンの何とも魅惑的な知篇「最初の舞踏会」を翻訳していたことがあったくらいだったと思う。

トワイヤンにしても同様、美蕾樹での展示とその際に作られた小冊子中に巌谷國士が紹介的エッセイを書いているくらいである。

ドロテア・タニングも『みづゑ』の図版と巌谷の批評、そして美蕾樹での展示会と小冊子の巌谷國士のエッセイ。その前後と記憶しているのだが今はもう存在していない佐谷画廊でのマックス・エルンストとタニングの小品の展示会のおり、私もエルンストとタニングへのささやかなオマージュとしての文章を『みづゑ』に書いた。これらの女性画家の素晴しい独特な魅力は魅力として、岡上さんのコラージュは一見同系列の「内面」を秘めていそうに見えながら、そうした作品とは全く別のものだと私は思う。むしろ、映画スターのブロマイドや様々な雑多なモノを素材に夢想と魔法の箱を作るジョセフ・コーネルや、露《あら》わなエロティックさが売り物のピンナップガールの写真を嬉々として貼りつけ、見る者を唖然とさせるマックス＝ワルター・スワンベルクに近いのではないだろうか。

岡上さんは「自己の完全＝創造としての権利」よりもっと楽しい世界はあると言わんばかりに、戦後街頭に溢れていたアメリカの雑誌に写された写真の切りぬきを素材に作品を作る。「若いお嬢さん」らしく少し野蛮に、残酷でもある未知の世界へ、イキイキとした好奇心と、糊とはさみをお裁縫もする小さな手に持って紙《イメージ》の上に紙《イメージ》を重ね、この一度見たら忘れることのできない祝福された輝くコラージュの世界を作ったのである。

ちなみに『ピース・オブ・ケーキとトゥワイス・トールド・テールズ』のカヴァー

に使用した岡上作品に、一九五五年のリチャード・アベドンによるキャバナーのドレスの写真が使われていることをたまたまアベドンの写真集でわかったのだが、時代の寵児だったカメラマンのシャープなモード写真は、岡上さんのコラージュにくらべるといかにも平板に見えてしまうのだ。

東京では恵比寿の Galerie LIBRAIRIE6 と大阪では The Third Gallery Aya でしか見ることのできなかった岡上さんのコラージュ作品が『ピース・オブ・ケーキとトゥワイス・トールド・テールズ』が出版された後、広く知られるようになった事は、この「本」も力ぞえができたのかもしれない。

幸いにも高知県立美術館での展覧会、そして河出書房新社から出版されもし（『岡上淑子全作品』）、東京都庭園美術館での展覧会、今年（二〇二四年）になってから東京都写真美術館で所蔵している作品の展示もあり、多くの人の目にふれる機会ができたことは喜ばしい限りである。

『ピース・オブ・ケーキとトゥワイス・トールド・テールズ』の新潮社版単行本のカバーに使った岡上作品（「彷徨」）はリチャード・アベドンの写真を使用したコラージュ作品なのだが文庫のカバーを別の作品にしたのには理由がある。この作品をカバーに使った岡上淑子作品集というのがある。もちろん新潮社版の後で出版されたものだが、何かちょっとした異和感があり、それが今回別の作品にした理由である。

ところで河出書房新社の『岡上淑子全作品』には、岡上さんのコラージュの元になった雑誌と写真が（ぜんぶではなく‼）何点か解るような図版がある。これに対し、私としては『カストロの尻』（中公文庫）の、堀千晶氏による解説を引用しておくことにする。

「岡上淑子のコラージュ作品のもとになった写真をぜんぶ特定できたところで、彼女の作品の秘密にはぜったい届かないのとおなじことで、もとの作品をいくら探ってみても、そこから出発して書かれた言葉とそのコラージュはかぎりなく別ものだ。」

（かない・くみこ／画家・装幀家）

（『新潮』二〇一二年五月号）

読む快楽《よろこび》と書く快楽《おののき》

金井美恵子ロングインタビュー

聞き手　矢野優

時間と記憶と忘却と

――『ピース・オブ・ケーキとトゥワイス・トールド・テールズ』は、二〇〇三年の晩秋から二〇一一年の夏まで、七年間をかけて『新潮』に発表されてきた連作がついに完結したものです。発表形式は短篇連作でしたが、単行本化によって、長篇小説と呼ぶべき構造を持った大きな作品世界が誕生したと思います。完成後の今のお気持ちをうかがえますか？

この小説を書いてきた七年のあいだに、網膜剥離《はくり》の手術で二度連載を休んだことがあったので、それを差し引いても、五、六年はかかっていますね。『噂の娘』（二〇〇二年）も四年がかりだから、小説を本の形にするまでなんかそういうとてもスローなペースになりつつあるのかと思ったら、ちょっと嫌ですね（笑）。ただ、この今度の小説も『噂の娘』も、それだけを書いていたわけじゃなくて、ほかの原稿を書きながらだったわけで、その時々のいろいろな事に興味や関心を向けつつ、時々小説に集中するというのがちょうど私にとってのいいペースではある。書くことって凄く疲れるわけで、エッセイもですが、それよりもっと小説が疲労困憊《こんぱい》します。

あとがきを渡したのが昨年末で、念校のゲラを見たのがつい何日か前だから、まだ終わったわけではなくて、本を作る過程にいるという感じがしているんですね。だから、このインタビューのためにゲラを読み返してきたんだけれど、つい、まだ書き足したくなる（笑）。ただ、その書き足したい気持ちというのは次の小説のために保存しておけばいいわけです。

ゲラを読み直したり、あとがきを書いたりしながら、ちょうど今年が吉田健一の生誕百年というので、昨年末に丹生谷《にぶや》貴志さんと吉田健一の小説について対談（『吉田健一』〈KAWADE道の手帖〉所収）をして、また、クロード・シモンの『農耕詩』（白水社）のための推薦文を書いていたんです。吉田健一とクロード・シモンの小説を読みながら、自分の小説を読むというのは、ちょっと特殊な経験ではありましたね。

何と言ったらいいでしょうか、自分の書いている小説が吉田健一とクロード・シモンのあいだで相対化されるというか、それと同時に、小説なんてものは誰が書いてもいいんだというか、「作者」は私でもあなたでも彼（彼女）でもいいということでしょうかね。そういうことが強い実感として起きたのは希有な経験だったと思います。普通、自分の小説のゲラを読んでいる時にわざわざ他人の小説を、ましてクロード・シモンや吉田健一は読まないですよね。たまたまそういう状況になっちゃったので、それも面白いことの一つでした。

――主人公というべき男性の「私」は、終戦の年に北京で生まれ、その後、一家三人で帰国したものの、父は主人公が小学校にあがる前に突然以前から知りあいで秘かな恋愛関係にあったらしき女性の所へ妻子を捨てて行ってしまいます。そこで、母子は伯母が洋裁屋を営む別の町に移り住み、伯母と祖母と暮らすことになる。そのような幼年時代を、後に成人して作家となった主人公が回想している。そして、もうひとつの回想として、書き置き一枚を残して主人公から去っていった恋人の記憶がある。そういう理解でよろしいでしょうか？

まあ、筋に還元されちゃうとそういうことになるわけでしょうが、うーん……そんな小説を自分が書いたかどうか、どうもピンと来ないですね。私がいかに小説のストーリィーに関心を持っていないかが露呈しますね（笑）。「強いて言えばそういう話ではあるのだが……」っていうことでしょうか。

——最初に主人公が父母と暮らしていた町はいくつかの点で金井さんの出身地高崎を思わせ、父の出奔後に母、伯母、祖母と暮らした町は海の近くで、大磯から遠くない。にもかかわらず、それはどこか実在の町からずれているようです。

そのとおりです。映画で一つの町が登場する時に、記録映画は別ですけれど、いろんな場所でロケした映像を寄せ集めて作るわけです。この小説で描かれているのは入沢康夫の長篇詩『わが出雲・わが鎮魂』の一節の「よせあつめ　縫い合わされた」「借りものの　まがいものの」土地で、決してトポスなんかじゃありません。複数の場所や土地がごっちゃになっている。高崎のようでもある町と湘南の町がどこかで地続きになっている瞬間もある。おまけに、自分が直接知っている町だけじゃなくて、映画の中で見た町とか、夢の中で繰り返えして見るまったく実在しない町とか、それもまた寄り集まってできているものですね。

――本作は小誌（『新潮』）に掲載されたものの単行本化ですが、一章だけ例外があります。『新潮』での連作開始に一年ほど先立って単独で発表された短篇『月』について、」です。では、『月』について、」が本作の起源なのか？　しかし、「『月』について、」とは、一九七八年に発表された「月」（『単語集』所収）という短篇を語り手が読み直し、その一節を引用しながら書かれています。ならば、「月」が本作の起源の起源なのでしょうか？

「月」という短篇は簡単に言うと、時間と記憶と忘却についての小説だと思うんです。忘却とか時間とか記憶について初めて子供が意識した瞬間を、ある一定の時間が過ぎた後で、そういう体験があったということを同じ場所で生々しく思い出す瞬間の多重的な時間の構造の不可能さというか、作中の「わたし」が丸い桃色がかった月が昇りはじめるのを、鉄橋を轟音《ごうおん》をたてて渡る列車の中で見ると同時に、ある女を激しく愛してることを唐突に理解する、というシーンがあるのですが、この短篇のキーワードの一つは「唐突な理解」ということでもあると思いますけれど、自分の小説を批評的に分析してもしかたがないですね。完璧な読み方の批評、と本人は自惚《うぬぼ》れて思っちゃいますから（笑）。

で、引用しますと、「それを思い出した時、というより、その月を見た時、わたしは今自分が彼女と一緒に道を歩いていることに突然気づいて、ひどく狼狽した」というように、「それ」、つまり、行く手の夜に月が昇りはじめる瞬間は、何度でも繰りかえし、思い出すのではなく、ひどく狼狽させられるほど突然やって来てしまう瞬間なのです。「わたし」は子供の時、母の言いつけでおつかいに行き、商店街の家並の上空に月が昇りはじめるのを見て、「まるで唐突に、まるで頭の血液がいっぺんに退いていく時の落下と上昇の感覚が同時におこる眩暈《めまい》のようにして、ひとつの考えが閃く」のですが、それはこの月がはじめて見る月であると同時にそれを見るのが今が最後の瞬間で「そう考えたこの今の瞬間が、他の多くのことと同じように忘れ去られてしまうだろう」けれど、「それとも、いつかこの今の瞬間、今こうして見ている月と、この道と、風と、こうして今わたしの感じているすべての感覚を思い出すことがあるだろうか。（中略）時間というものが止ることなく流れつづけ、すべてのことを取り返しようもなく過去のものにしてしまうという思いが、歩く足の一歩一歩を重くした。」と私は書いたのですが、この、どちらかと言うと舌たらずで切迫した調子で書かれた情景は、私の小説の中では比較的めずらしいことですが、小学校低学年の時にはじまった実体験です。

ですから、「月」という短篇はある意味では私が後で小説を書くようになることと関係はあるでしょう。幾つかの重層的な時間がある場所に向かって流れて、最初にいいつかって出かけたおつかいの買物をして、長い寄り道をしたような時間がたってから家に戻ってくると、父親が、月を見ていたんだね、と「わたし」に話しかけるのですが、これは、「わたし」の経験が特殊な個人的なものではなく、仮にそうだとしても、同時に誰とでも共有して共振できる経験だということなのです。父親もまた同じ月を見たことのある読者であり書き手にすぎない。

――なるほど。金井さんのさまざまな作品に昇る月がいつも印象的ですが、その月とは女性性や神秘性とは無縁のものであり、かけがえのない、しかし他者と共有可能な（経験）の形象化だったわけですね。

「ウェイクフィールド」の衝撃

それで、この『ピース・オブ・ケーキとトゥワイス・トールド・テールズ』がどうして書かれたかということなんですけれど、実は一九八〇年だか八一年ぐらいに、すでに構想があったんです。ホーソーンの短編集『トゥワイス・トールド・テールズ』に「ウェイクフィールド」という小説が入っているんですけれど、その「ウェイクフィールド」の主題で少し長めの長篇小説を書くつもりでした。家出をする父親と残された妻子の出てくる小説です。それを新潮社から書き下ろしで出す予定で、夏の暑いころに新潮社の応接室に通って書いていたんですが、全然うまくいかなくて、結局、その時の印税の前借りは、『遊興一四　迷い猫あずかってます』の時にようやく返したんじゃないかな（笑）。

——まさに猫の手を借りたと！

（笑）ほんとに有難いトラ様でした（笑）。ボルヘスが「ウェイクフィールド」について書いた短い文章があるんだけど、ちょっと不思議な小説です。何年か前、アルゼンチンのエドゥアルド・ベルティの『ウェイクフィールド／ウェイクフィールドの妻』（ホーソーンの「ウェイクフィールド」とベルティの一九九九年の小説「ウェイクフィールドの妻」を併録／新潮社刊）という小説が翻訳されましたけれど、ポール・オースターも「ウェイクフィールド」に触発された小説を書いているわけで、言ってみれば世界同時多発現象をボルヘスが準備したという言い方も可能で、それこそが俗にいうところのいわゆる「世界文学」じゃないですか（笑）。

「ウェイクフィールド」はホーソーンが新聞の三面記事を読んで発想したものなんだけれども、奥さんと二人で暮らしていた男が何も言わず、すぐ近所に散歩に行くぐらいの感じで家を出ていって、二十年帰らなかったというんですね。ところが、遠くに失踪したわけじゃなくて、自宅の隣の通りに部屋を借りて、そこに住みながら、自分の奥さんがどういう生活をしているのかをストーカーみたいにずっと見ていて、それで、なんでそういう決心をしたんだかよくわからないんだけど、二十年経った時、突然家に戻って奥さんに会うという。それで、その後どうなったかってことが全然説明もなく終わっています。

この話は、そして『ピース・オブ・ケーキとトゥワイス・トールド・テールズ』に出てくる小泉八雲の『怪談』の茶碗の話なんかもそうだけれど、奇妙な謎が解き明かされないまま途中で終わっちゃうので、子供の時に読んですごく不思議な印象を持った小説でした。ホーソーンの短篇も怪談として読んだわけですね。その「ウェイクフィールド」から受けた衝撃というか、書きたいという、ささやかなものですが野心みたいなものを、今から三十年前の私には長篇小説として処理する能力というか技術がなかったのだと思います。今でも、なんですけどね。

もうひとつ、『ピース・オブ・ケーキとトゥワイス・トールド・テールズ』に直接的につながるタイプの小説として意識して書いたのは、短篇集『愛のような話』に入っている「グレート・ヤーマスへ」（初出一九八三）でした。この短篇を書いたあと、どういうわけかそれまで全然読んでなかったクロード・シモンの小説を初めて読んで、凄くビックリしたんですね。なぜかと言いますと、全然読んでもいない小説に自分の小説が似ている（笑）。

でも、なかなか長篇の形にはならないで、その間に『柔らかい土をふんで、』（一九九七）を書くわけだし、あるいは、それ以前の『くずれる水』（一九八一）や『あかるい部屋のなかで』（一九八六）にしても、その中に入ってる短篇で今度の小説と関連するものはあるし、さらに言えば、初めて書いた長篇小説『岸辺のない海』（一九七四）との関連というのも出てくるわけなんですけれども、何と言ったらいいでしょうかね……前にもしゃべったような気がするんですが、それらの作品すべてを含めて、一つの長い小説を書いているという感覚があるんです。まあ、ごく限られたいくつかのお気に入りの主題を書いてきたわけだから、当然のことかもしれませんけれど。とても狭いことを五十年近く書きつづけてるわけで……。

――なるほど。しかし、その「狭いこと」を精緻で豊かな言葉の世界として深めていらっしゃいます。ちなみに『岸辺のない海』に「永遠に欠如した永遠に完成することのない小説」という一節がありますが、まさにそのような事態を示されているわけですね。

うん、そうですね。その感覚は、最初に小説を書いた時から持っていると言ってもいいんだけれども、『岸辺のない海』は初めて書いた長篇小説だったから、余計そういう印象が強いです。

「クレイジーキルト」のように

――以前、金井さんにインタビューをする機会に恵まれましたが（河出文庫版『柔らかい土をふんで、』、解題著者インタビュー）、そのとき、〈引用の織物《テクスチュア》としてのテクスト〉という、ある意味ではクリシェでもある、しかしなかなか否定しがたい考えを口にしたところ、

『引用の織物』というのはとても魅力ある言い方なんだけれども（中略）私の場合は織物というより、織物の上に刺繍を重ねていっちゃうといえばいいんでしょうか。それもきれいな刺繍だけじゃなくて、アップリケもあればボタンやなんかも付けちゃうような感じですね。いちど織られたものに、いろんなものが付け加えられている」

というご返事をいただいたのは嬉しい驚きでした。本作は主人公の伯母が洋裁屋を営んでいることもあり、布地や縫製をめぐる素晴らしい文章が存分に出てきますが、しかし、その文章を顕微鏡的なミクロな視点で読めば、〈織物〉というよりも〈繊維〉的であり、望遠鏡的なマクロな視点で読めば、金井さんにとっての物語やドレスや映画や夢などの記憶の複雑なコラージュであると思います。織物に似た、しかしそれだけとも言い切れない本作の姿について、お考えをうかがえますか？

　織物というのは、女性的な仕事であるのと同時に、ギリシャの知の女神が始めた作業なわけだから、先々まで計算された長さと染めわけた色の経糸《たていと》を張ってシャトルの横糸で模様を織り出していく知的な行為というイメージです。世界的に女の仕事ということになっていて、それはホームスパン系で、鶴だの与作の女房がトントン機織りをするわけね（笑）。でも、高級織物は男の職人の仕事で、「引用の織物」も高級系の発想かもしれません。批評や哲学というか現代思想はまさしく知の織物として成立してる。でも、私の小説はそういうのじゃなくて、最初からいくらでもある「引用の織物」のはぎれにパッチワークしたりアップリケをつけたりすることに近いんじゃないかと思います。「クレイジーキルト」というのがあって、普通キルティングは決まった図形に切り抜いた柄を縫い合わせて作っていくものですけれども、クレイジーキルトは、あり合わせの、大きさもまちまちの端切れや古布やリボンやレースを好き勝手に縫いつけて作るキルトなんですね。私の小説はそのようなものだと思います。そういえば、この小説にもかかわっているニコラス・レイの『夜の人々』という映画があるんですけれども、主役のファーリー・グレンジャーが若い時の作品で、これにクレイジーキルトが出てくるんです。若く貧しい恋人同士が強盗をしながら逃走するのですが、その時、ファーリー・グレンジャーの恋人が子供の時から持っているクレイジーキルトを逃走する時も持っていたのを、今、ふと思い出しました。

——クレイジーキルト、つまり狂った刺し縫い！　それはボルヘスの言う「直線の迷宮」ともデュシャンの「アンフラマンス（極薄）」などとも違う、金井美恵子の小説の言葉に宿る特別なものを理解するにあたり、実に有益なヒントです。

ちなみに、『ピース・オブ・ケーキ』のなかの「ジャニー・ギター」と「孤独な場所で」という章題はもちろんニコラス・レイの映画のタイトルです。

織物の話に戻りますが、織るという行為と私のやっている仕事はやはり違うと思うんです。要するに織物としてのテクストというのは、レディーメイドのものとして、もう自分が針を動かす前から存在しているものなのだから、私の仕事はそれを寄せ集め縫いあわせるということです。しかも、テクストというのは読むだけじゃなくて、最初にまず誰かにいろいろな物語《テール》を読んでもらっている声としても入ってくるわけだし、私たちの世代にとっては、物語を体験するものとして映画もあります。そして映画というのは物語を直線的に語ることのない装置です。つまり、私たちはテクスチャーの多様性、テクストの多様性に最初から取り巻かれているわけですよね。織物っていうと、どうしても機織りがイメージされるけれど、機織りで横糸を織りこむために使う杼《ひ》じゃなくて、複数の素材を縫い合わせる針のほうが自分の手に合うものだなって気がします。でも『岸辺のない海』を書いた頃には、長篇小説を書く苦行を、織った布地を何度でも裁ち切って完成させないユリシーズの妻のペネローペの機織りの比喩を使って「あとがき」に書いたから、まあ、織物意識もあったわけですね。

——金井さんの文体を特徴づけると思われているのが描写です。たとえば「草」という章で、「五人の唐子《からこ》の描いてある丸いお盆」に与えられた描写は一頁分にも及び、描写対象と描写内容の比重が逆転しています。人間を模して描かれた「唐子」のほうが生身の人間よりも生を獲得しているかのようなイリュージョンを感じました。もはや、金井さんの文章に息づくものを「描写」の二文字に還元することに抵抗を感じるほどなのですが、金井さんにとっての描写とはなにかをうかがえますか？

さっき、クレイジーという言葉が出てきましたが、私にとって描写とはちょっと狂気に近いものです。とめどなく細かくあらゆることを書きこまなくては、と苦痛なしに昂揚してハイな状態になる——。これ以上やっちゃうと、ある境を乗り越えて狂気に至ってしまうんじゃないかという感じを持つものなんですね。ただ、その狂気の手前にいる時というのは、何と言ったらいいでしょうか、すごく気持ちのいいものです。万能感というのとは違うんだけれど、自分の書いている言葉の世界と一体化している感覚です。それとまさしく同じだなといつも思うのは、フローベールのルイーズ・コレ宛の有名な書簡の一通の中に出てくる一節です。こないだ記録映画作家のワイズマンが来日して、「図書新聞」に載っていたインタビューを読んだのですけど、彼はフィルム編集という誰にもゆずれない快楽的な作業は一人でする、と以前言ってましたが、編集作業中にフローベールのジョルジュ・サンド宛の書簡を読むと答えてましたけど、これは通訳かなにかの間違いで内容から言ってルイーズ・コレ宛の書簡集のことだと思います。

「書くということ、もはや自分ではなくなり、書いている創造物全体のなかを限なく巡るということ、これは実に甘美なものです。例えば今日、ぼくは男であると同時に女、情人でありながら情婦ともなって、秋の昼下りの森のなか、黄ばんだ葉叢の下を散歩しました。更に、ぼくは馬でも葉叢でも風でもあり、彼らの言い交わす言葉、愛に溺れた彼らの瞼を半ば閉じさせる朱い太陽でもあったのです」（山田𣝣訳）

これは『ボヴァリー夫人』で、エマがロドルフという地方の金持ちと馬に乗ってデートをするという、忘れ難い官能的な場面を書いている時のことなんですが、私にとって描写をするというのは、まさしくこうした体験を含む世界との一致です。そして、これは書く行為を通してだけではなく、読むことや映画を見ることによっても共振できる体験だと思います。これはもちろん、私に限ったことではなくて、小説を書いている人間ならある程度誰でも感じる瞬間なんじゃないのかと思うんです。もちろん、フローベールは特権的な存在ですけど、プルーストもクロード・シモンも同じ体験をするし、おそらくすぐれた映画作家もです。ワイズマンもフィルム編集を通して世界と一体になる。ゴダールが『映画史』の中で、ヒッチコックのことを完璧な宇宙を作った、と言ってるけど、そういうことですね。

これは「あとがき」にちょっと書いたことですが、子供の時に、まだ一度も見たこともない海について書こうとしたんです。映画とか小説とか詩で知ったものの寄せ集めで、波の白さとか泡とか風の音とか水の動きとかを描写していて、とっても上手で美しい文章がスラスラ書けるわけです。なんか、頭がおかしくなるというか、物凄く不道徳な（引用という盗みを働いている、ということではまったくないのですが）ことをやっているような感覚が怖くなっちゃった経験があった。その記憶が、この小説を書き終えて、吉田健一や『農耕詩』を読んだりしているうちに、急に思い出されてハッと思いました。今でも小説を書いていると、怖くなることってあるんです。先のフローベールの書簡のように、自分の言葉が世界すべてになるという、ほとんど官能的な快楽も実感としてあるわけなんですけれど、その先に行ったらどうなるのかという感じの怖さですね。

以前、あなたが書いてくださった手紙の中で、私の推敲について、まさしくその通りのことをおっしゃってました。「静止＝終わりに向かわないこと。削除でなく、変容させ続け、加え続けること。全体を目指さず、ひたすら細部を、色や感触を、増殖させ続けること」

一般的には、推敲や描写といえば「抑制のきいた」という言い方が枕詞のようについた文学的抑圧装置です（笑）。直して切りつめて研ぎ澄ます方向がプラスですよね。私はまったくその反対で、まあ、逆説的に言葉に対してケチってこともあるかもしれませんけど（笑）、書いたものを削るってことはあまりしないんです。抑圧のきかないタチなのか（笑）、どうしても言葉が増えていくし推敲というのは言葉を差しかえるだけではなく、増殖させることだって思ってますね。それが次の言葉を生み出す運動そのものだと思います。

書きながら「世界」全体になる

――さて、本作は、「ピース・オブ・ケーキ」、「トゥワイス・トールド・テールズ」、そして「ピース・オブ・ケーキとトゥワイス・トールド・テールズ」という三つの系列が絡まりあった構造になっているようです。それが事前の構想に基づいてのものなのか否か。そして、その構造が何を意味しているか。お考えをうかがえますか？

『月』について、」を別にして、一番最初に書き始めたのが「ピース・オブ・ケーキ」だったのですが、このタイトルは「あとがき」にも書いているように、ヒッチコックの「作家というものは人生の一断面《ピース・オブ・ライフ》を切りとって見せると言われるけれど、私の映画はケーキの一切れ《ア・ピース・オブ・ケーキ》を差し出すというわけだ」という言葉から来ているわけです。それと、この言葉には「簡単に出来る仕事」という意味がある。甘い、というか、おいしい仕事、ということですよね（笑）。たしかに、映画でも小説でも、それが「人生の一断面」を表現するという通俗的な言い方があるわけです。批評でも小説でも、書き手の鋭い切り口なんて言うじゃありませんか（笑）。だから、「ピース・オブ・ケーキ」が自分の小説にピッタリだと思ったんです。そして、「トゥワイス・トールド・テールズ」のほうは、文字どおりに「語り直し《トゥワイス・トールド》」なのだけれども、「語り直し」は自己言及性というか、何も単純に自分の書いたものを、ということではなく、そもそも物語であれ小説であれ劇であれ、常に何度も語り直されるものとして成立してる。誰かの書いたものを語り直すという本質的な形をとるわけです。語り直すことと引用が混りあったものを縫いあわせるということでしょうね。「ピース・オブ・ケーキ」の系列の作品にも語り直しの部分は入っているし、厳密に三つの流れを区別しているわけじゃないんです。単行本の章の構成も発表順ではないですし、ゲラで通して読みながら、ずいぶん加筆した部分があるので、書き足しながらもう一度新しい小説を書き直しているという感じで、各作品の並べ方が変わっていったというのが実感ですね。

――この作品は確かに金井美恵子という、一九四七年に群馬県高崎市に生まれ、五歳で父親を失った一個人の記憶と結びついているようです。にもかかわらず、いわゆる私小説からは程遠いものだと感じます。なぜか？　金井さんにとって、記憶とは書き手自身が所有するものというよりも、徹底的に活用せずにはいられない、自分自身の〈外部〉にある〈異物〉なのではないかと思いましたが、いかがでしょう？

まさしくその通りです。例えばある評論家は、私の小説のことを「技巧的な私小説」なんて言い方をするんだけれども、確かに近代小説的な構築されたロマンとは違うとはいえ、私は私小説を書いているわけではありません。「技巧的な私小説」という読み方は私の小説の中で語られる過去の時間として現れるものと、語り手の「記憶」を〈内部〉のものとしてしか読めない概念的な批評です。

――にもかかわらず、幼い主人公が、父の運転する自転車の補助座席に座って小さな頭をそり返すとき、「前かがみになった父親のお腹と胸のあたりに頭が触れ、下から見た顎の先と首につながるあたりに剃り残した白くなりかけた茶色っぽいのが混ったヒゲがポツポツと見え、胸のあたりからは煙草の匂いがする」というような描写は、ご自身の記憶じゃないところから出てきたものとは思えないほど、あまりにもリアルに感じたのですが。

はい。原稿を読んでくださった時、これは御自分の記憶ですかって、電話でおっしやってましたね。それこそフローベールが書簡で書いていた、執筆しているときの自分は「馬でも葉叢でも風でもあり」ということですよね。父親のヒゲも、それからちょっと動いている喉も、それを見上げている子供も、すべて「私だ」ということになるわけですから、そういう意味では記憶ではなくて、まったく新鮮な初めてのものとしての「私の経験」と言えるわけです。小説を書いていると、そういう瞬間が訪れるというか、遭遇してしまうんです。

ただ、この感覚は小説を書いた者でなければわからないものだとは思いません。何かある小説を読みながら、小説に限らなくて、詩や評論や哲学論文でも、おこる事態だと思いますけど、まるで自分が書いているようにしか思えないときってありますよね。それがたまたま書きながら起きるってことなんじゃないのかな。書いているかのように読む、あるいは、読んでいるかのように書く、といいますか、一種特別な、でも、誰でもが読みながら、そう再々ではないけど経験したことのあるはずの言葉で書かれた世界との遭遇だと思います。別に神秘めかしてるわけではなく、物を書くことって、そういうことなんじゃないのかなって気がするんですね。書きながら、「世界」全体になっちゃうわけです。でも、それはたいして大きい世界じゃないんですよ。

――たとえば、子供の目から見た父のヒゲぐらいの小さな世界でしょうか（笑）。

そうそう。全ての物がくっきり鮮明に意識されるのだけど、でも、世界になってしまう。もうちょい、大きな世界の場合の方が多いですけどね（笑）。

共感とオマージュとしての小説

――金井さんが尋常ならざる映画鑑賞者である以上、本作と映画との関係についてうかがわないわけにはいきません。無数のスクリーンの記憶を孕んだ本作と映画との抜き差しならぬ関係について、おきかせいただけますか？　映画とは、一方で身も蓋もないメロドラマであり、同時に、ジュール・マレーの写真銃を起源のひとつとする「運動」そのものだと思うのですが。

そもそも映画って運動《シネマトグラフ》を描くものなのですけれど、陳腐な通俗的筋立てのメロドラマをアクションにもサスペンスにも変えられるわけですね。実に様々な新しい魅惑的な「トゥワイス・トールド」の方法を発見してきたわけです。ただ、ジュール・マレーの連続写真というのは、むしろデュシャンの「階段を下りる裸体」みたいな、運動の観念的な分析であって、運動そのものではないと思いますけれども。映画がなかったら、私はいなかったと思います。映画を見なかったら、小説を書こうとは考えもしなかったと思いますね。詩を書いてたんじゃないかな（笑）。

――以前、『柔らかい土をふんで、』に引用された無数の映画の説明をうかがい、「そんなのわかるわけないよ」と茫然とした記憶があります（笑）。

でも、『柔らかい土をふんで、』をとても深く繊細に読んで楽しんでくださったわけですから。何が引用されたり言及されているかということは大して重要なことじゃないですね。触発されて書いたという〈外部〉の記憶の一つですから。たとえばこの小説に出てくる「家出をする父親」というモチーフは、短編集『くずれる水』の「水鏡」とか『愛のような話』の「栗」に既に出ているんですけれども、その主題をまた書くことに仕向けてくれたのが、ビクトル・エリセの映画『エル・スール』でした。若い頃恋愛していた女性（犯罪物メロドラマですぐ殺されてしまう助演女優になっていて、それを小さな町の映画館のスクリーンで発見する）がいて、家出をする父親が出てきて、はっきりそういう描写があるわけじゃないんだけど、何年か後、自転車に乗った父親は車にはねられて死ぬらしい。それはこの小説を書く上で、強い暗示でした。あるいは、マヌエル・プイグの『リタ・ヘイワースの背信』も父親の失踪を扱っている小説です。この父親はゲイなんだけれども、映画の筋を作文という形で書いたりするところが出てきて、とても魅力的ですし、縫い物をしながらお喋りをする女たちが登場します。これも、影響という浅薄な言葉を使ってもはじまらない、まったく自分の書くべき小説と同じものが書かれているという印象を受けました。映画に魅惑されて、映画を撮るだけではなく小説を書いた「私」は世界中に何人もいたわけです。だから、影響とか引用という以上に「共感とオマージュ」と言ったらいいかな。共振でもあるんです。一緒に戦慄する。まるで自分が考えて書いたことがここに書かれている、撮られているということに対する共感でありオマージュとして、この小説は書かれているといったらいいかもしれません。

エリセの『マルメロの陽光』も大好きな映画の一つなんですが、マルメロが庭に実って、ある一定の陽光が差し込んでいる時にだけそれを描くという絵描きがいて、つまり一年のうちにある一定の時間しか描けないわけですけれども、彼が絵筆を動かしているのと同時に、彼の家にペンキ職人が入って家の壁を塗って手直しをするんですね。そして画家の妻は版画家で銅板を彫っています。そうした眼と手の動きが、あざとさが一切なく同列に相対化されるという魅惑的な場面の中で、ラジオからは国際ニュースの音声が流れてくるという、まさに映画ならではの描写だと誰しもが思うわけですけれども、こうした同時に起きている出来事を並べて描くことが映画にしかできないことかといえば、そうではないと思います。『ボヴァリー夫人』の、農業共進会が行われている広場とロドルフがエマを誘惑する建物の二階を描いた場面は、行ったり来たりカメラが移動して窓から部屋の中に入り込む。ヒッチコックが『サイコ』のホテルの不倫のあいびきのシーンで使ったカメラの移動と同じです。まさしく映画そのものだとしか思えないんですね。それもクレーンを使った撮影なんですよ（笑）。フローベールは、映画を知らずに、まさに映画を、それもクレーン撮影まで発明していたわけです。

——なるほど。フローベールにとっての描写は自然主義でもリアリズムでもないわけですね。それは金井さんの小説にも言えることだと思います。本作をあらためて通読し、言葉が光や音や匂いや手触りを次々と連れてきて、線的に流れるはずの時間がまるで複数の糸のように分岐し重なり合うような体験を味わいました。金井美恵子的時間は同時に空間でもある。そして、私自身の古い記憶、あるいは記憶とさえ呼べないような情動が喚起され、自分の記憶が書かれたどこにもないはずのテクストを読んでいるようでもありました。

ああ、とても嬉しいですね。それこそがテクストを読むという体験だと思います。自分の記憶が書かれたどこにもないはずのテクストが、読んでいると突然開かれている。小説に限らず、そういうことはいろんなテクストで、詩にも批評にもおきるわけです。読むことで自分の記憶が作られていくとでも言ったらいいでしょうか。そういう読み方以外では読めないんじゃないのかという感じがします。自分の実際の経験の記憶じゃなくて、外部というか先行する作品や言葉と接することで他者の記憶が同時に生まれていくと言ったらいいんでしょうかね。通俗的な小説や映画では歴史や記憶がある個人の体験や内部に回収される仕組みになっていて安心と安定があるわけです。罪とか償いとか告白といった言葉がキーワードになってるようなタイプのものですね。イギリスのある種の現代小説にあるようなね。

好きなものだけでできている世界

――本作はまず、苦くもあり甘美でもある「回想された幼年期の記憶」の物語ですが、そこに亀裂が走るのは「風」という章においてです。主人公の少年が眠りにひきこまれていく場面のなかで、「そうやって幾つもの日と夜が過ぎたかのような眠りが訪れて、私は年老いる」というわずか一つのフレーズで、作中時間が「回想された過去」から「回想する今」へとジャンプし、主人公は白髪交じりの「パジャマ姿の年寄りじみた男」となります。「風」に限らず、本作のいたるところに流れる無時間とも多時間とも呼べる時間の特別さをどう捉えるべきなのでしょうか？

もちろん、この小説に限らず、私の小説は通常の形で過去を回想しているというようなものではないわけです。通常の回想というのは、じゃあ、どういうものなのかと言うと、ある場所である人物がかつて自分の経験した出来事を、たいていの場合は甘美さの混った悔恨とか真相の解明のためにあれこれと思い出して、もう一度現在に戻って来るというものですね。でも、もっと複雑にというか自由に、作中時間は一行の文章によって移動してしまうわけです。言うまでもないことだけれど、記憶は何かをきっかけに不意にフラッシュバックするものです。この言葉は映像的な技法から離れて心理学方面でパニック障害の症状を説明する時に使われることの方が多いけれど、サン・マルコ広場の敷石に躓くことから始まるプルーストの長い回想は、もちろん、ある意味で病的です。敷石に躓いて思い出されるのは作者個人の記憶なんかじゃないわけです。語り手の記憶と言うべきでしょうね。白髪交じりの「年寄りじみた男」というのは語り手が鏡の中で発見するものなんですけれど、これはトリュフォーの『恋のエチュード』のジャン＝ピエール・レオが自分の老いを発見するシーンへのオマージュで、『単語集』の中の短篇にも使われているイメージです。このイメージについて話しはじめるといろいろあって幾つもの引用と連想につながっているので、時間がかかりすぎるから割愛します（笑）。

　私たちは日常的に複雑に入り組んだり重なりあって伸び縮みする記憶の層の空間を出たり入ったりして生活しているのだと思うけれど、語られている過去から語っている現在に、何十年といった数字の単位ではなく、どのような質と重量を持った時間が過ぎたのかということは、小説で一番書きがいのある部分じゃないかなという気がします。

――本作は二重の意味でメロドラマ的です。まず、ルノワールの『牝犬』、溝口健二の『近松物語』から近松の『傾城反魂香』までのメロドラマの傑作が存分に作品に取り込まれている点において。そして、作中人物たちも実際に失踪や姦通といったメロドラマを生きているという点において。そういえば以前の『柔らかい土をふんで、』文庫版のためのインタビューで、「稀にまったく通俗的なストーリーでありながら無条件に泣ける素晴らしいメロドラマがあるんですよね。（略）それは本当にダイヤモンドみたいなものですよ。見事に研磨されたその宝石を愛でるために、小説を書くんです」という忘れがたいお答えをいただきました。金井美恵子とは「メロドラマの作家」だと考えてよろしいでしょうか？

　最終的にゲラを読みながら、吉田健一とクロード・シモンの小説を読みかえしていただけではなくて、たまたま、イメージフォーラムで上映していたマックス・オフュルスの『歴史は女で作られる』（一九五五）のデジタル・リマスター完全復元版を見に行ったんです。十九世紀半ばのヨーロッパの実在した踊り子で、アメリカのサーカスで自分の人生を見世物にしてアメリカで大人気だったローラ・モンテスの映画です。この映画が大好きだったので、ヒロインのローラ・モンテスの少女時代のエピソードは、『噂の娘』の中で、イギリス人の詩人がインドからイギリスに帰る船の中で会うという、実在しない架空のイギリス小説に書かれているものとして登場させたことがあります。彼女は作曲家のリストやバイエルン国王のルートヴィヒⅠ世の愛人だった劇的な人生を送った女性で、サーカスの舞台で見世物になっている現在のローラと回想シーンのどっちが悪夢でどっちが甘美な夢なのかといった感じで交互につながってストーリィーが展開する魅力的で野心的な映画で、まあメロドラマを超えた映画なんですけど、『歴史は女で作られる』より、あからさまに大作然として正統悲劇《ドラマ》的に重々しいルートヴィヒⅡ世が主人公のヴィスコンティの映画の方が評価が高いでしょう。オフュルスの映画、スクリーンで久しぶりに見て、私はメロドラマが大好きだって改めてつくづく思いました。メロドラマ映画祭というのがあってしかるべきです。ドラマというのはラシーヌやコルネイユのように悲劇ですよね。ドラマじゃなくて、むしろコメディとかメロドラマに近いのが小説ではないでしょうか。それは『ドン・キホーテ』のことを考えただけでわかります。『ドン・キホーテ』がなかったら、モリエールの自己言及的な喜劇は存在しなかったでしょうからね。まあ、そういう正統的な古典をあげるのは恥ずかしいけれども（笑）。メロドラマであれコメディであれ、もちろん自分の好きなものを書くわけですから、それはやっぱり、とても疲れるんですけれど、でも喜びとしか言いようがないですね。好きなものだけでできている世界ですから。『文章教室』や『恋愛太平記』や『快適生活研究』といったコメディとして意図された小説を書く時は、からかいの対象として自分の嫌いなものも出てきますけれども、それはそれで、とっても楽しく書けました（笑）。

語り手＝書き手はいかに複数的か

――この小説の中ほどで、「私」は失踪した父の恋人からの手紙を読み、父の死の詳細を知ります。父は自転車に乗っていて車に衝突された。その自転車の籠には「図書館に返却するはずだった私の書いた本」が入っていた。そして、「それから私は、父が図書館に返しそびれた私の書いた本のページを開く」……。この場面を読み、主人公が作家であることを知ったときには驚きました。これはやはり小説として緊張が高まる一瞬だと思うのです。

もちろん一種の緊張はある設定ですよね。でも、よく考えてみれば、本一冊分の長さでいろんなことを思い出して、言葉を連ねて、時には「書く」ということの意味について思案する語り手でもある主人公が、小説を書かないで何してるんだっていうことは言えるんじゃないでしょうか（笑）。小説ではなくても、何か文章を書いていないということはあり得ない。だから、もちろん緊張感のある設定なんだけれども、それ以外にありえないというあからさまな書き方ではあると思うんです。

――失踪した父が読んでいた「私の書いた本」を実際に引用される際、それを御自身の作品にするというのは前から決めておられましたか？

ええ、それはもう最初から。インタビューのはじめに「月」のことを少しくどく説明しましたけど、そういった存在の「父」として読むわけですから、もちろん、読むのは私の小説ということになります。『岸辺のない海』という小説が《月》なのだといってもいいでしょう。ただ、それを何にするかというのはいろいろ考えた末に、『岸辺のない海』ということになりましたね。何か別のでもよかったとは思わないな。だから、この小説は七年かかって書いたけれども、それは『岸辺のない海』に決めるのに時間がかかったということでもあります。決まってるのに、なかなか決めたくないっていう感じがあったことも確かだし、最終章で、片袖の机の引き出しを開けて出てくるものへの描写がとめどなく増えていってしまったのも、小説を終わらせたくないという気持ちの現れだったと思います。

まあ、自分の書いた文章をこれだけ図々しく引用すると、そうとうに自己愛と自惚れが強い人間だと誤解されるんじゃないかなって、すこしは気になりますね（笑）。

――いえ、お話をうかがい、「私の書いた本」での「私の」という二文字がいささかも自己愛的な私的所有を意味していないことがよくわかりました。「私」も「本」も複数性に貫かれているのだとして、あえて乱暴にうかがいますが、本作の主人公「私」は『柔らかい土をふんで、』の「私」（幼年期に母、叔母、祖母と暮らしていた）と〈同一人物〉なのではないでしょうか？

まあ、重なる部分はすごくありますね。同一人物かもしれないし、もしかしたら、『噂の娘』の主人公の女の子だって、同一人物かもしれません。だから、『噂の娘』の語り手の小学生の女の子は小説家になっているんだってことですよね。それが金井美恵子という私だということでは全然なくて、「この小説を書いてる作者」なんだということですが、それを今度の小説では、「私の書いた本」をこの小説の中の小説家である「私」が読むという結末にすることで、もっと鮮明に、語り手＝書き手は複数的な存在なのだということをはっきり書いたということです。

――それもまた、この小説がいかに「自己愛」から遠く離れているかの証左だと思います。あるいは金井さんがいかに語る＝書くことの複数性に奉仕しているかの証左でもある。

それでは最後の質問です。一九五〇年代前半のわずか数年間に、素晴らしいフォト・コラージュ作品を発表され、瀧口修造に高く評価されながら、半世紀以上、制作から遠ざかられている、しかし今もご健在の岡上淑子さん（一九二八年生れ）の作品でカバーを飾られたお考えをお聞かせください。

アメリカで十年ほど前に出版された岡上さんの作品集を姉がたまたま見つけてきて、二人ともなにしろ大好きになりました。東京都写真美術館所蔵の岡上さんのオリジナルのコラージュをキュレーターの金子隆一さんの好意で拝見させていただきましたけれど、あれは本当にわくわくする時間でしたね。岡上さんの作品は、一つの宇宙として広がりはあるんだけれども、けっして大仰にドラマチックなものではなくて、あの狭さと広がりというのは、たとえばジョセフ・コーネルの箱の作品もそうだと思うんだけど、映画とクラシック・バレエとバーレスクとネルヴァルの小説から出来てるような小さな完璧な宇宙です。

——それはまさにクレイジーキルト的ですね。

そうそう。コーネルの作品は初めて瀧口さんのお宅で画集を見せてもらったんだけれども、不思議なことに岡上さんも瀧口さんが発見された作家なので、なんとなく不思議な縁を感じますね。そして、なんでこれまで紹介される機会がほとんど無かったのか不思議です。「ヴォーグ」や「バザー」のモード写真のドレスと「ライフ」や「タイム」の時事的な報道写真がコラージュされている作品は、五〇年代の映画館でニュースとメロドラマと西部劇とイタリアン・ネオレアリスモの映画が上映されて混じりあった記憶の世界を思い出させますし、一種の悲哀と暴力と死の影が凶々しくある。まさしく自分の書いていた小説の世界と重なりあうと思いました。岡上さんの作品と出会ったのは一昨年のことだから、その意味でも七年かけた甲斐がありました（笑）。

（やの・ゆたか／『新潮』編集長）

（二〇一二年一月九日／『新潮』二〇一二年三月号）

文庫版あとがき

『カストロの尻』に続いて、内容《テーマ》的にも形式《スタイル》としても関連の深い『ピース・オブ・ケーキとトゥワイス・トールド・テールズ』が文庫版として上梓されることになったのは作者として、大変感慨深く嬉しい驚きでもありました。それに自分の書いた本について言えば練達の読者として、『カストロの尻』を読んでくださったすくなくない方たちに、是非、『ピース・オブ・ケーキとトゥワイス・トールド・テールズ』もお読みくださいと申しあげたいのです。

そして、それとは別に、文庫化された二冊の単行本の初版に挟まれていた、俗に投げ込みと業界で呼ばれている新刊本の広告（二〇一七年五月と二〇一二年一月の三十九冊と四十四冊の新刊案内）も改めて久かたぶりに目にすることになりました。現在もそれ以前も特に変ったことはなく、エンタメ系の本が中心（二、三冊が学術系と一冊は英国古典小説）で、名前を知ってもいて、かつ読んだこともあるのはディケンズのみだったのですが、そうした環境というか状況の本の商売の中に、私の本をそっと辷《すべ》り込ませてくださった編集者の方たちが示してくださった作品に対する共感と友情に、この場であらためて感謝いたします。

二冊の文庫版には、単行本同様、岡上淑子さんのフォト・コラージュが、本の魅力を優雅にひき立ててくださっているのですが、巻末の姉、金井久美子のエッセイが、私たちと岡上さんのフォト・コラージュとの偶然とも言える出あいを語っています。是非、お読みください。

二〇二四年二月

著　者

初出

ピース・オブ・ケーキ
『新潮』2004年1月号

トゥワイス・トールド・テールズ
『新潮』2004年6月号

ピース・オブ・ケーキ
『新潮』2004年8月号「ピース・オブ・ケーキ2」

「くゎいだん」
『新潮』2004年11月号「トゥワイス・トールド・テールズ2」

満州娘
『新潮』2005年2月号「ピース・オブ・ケーキ3」

ジャニー・ギター
『新潮』2005年4月号「ピース・オブ・ケーキ4」

泉の乙女
『新潮』2005年8月号「トゥワイス・トールド・テールズ3」

風
『新潮』2005年12月号「トゥワイス・トールド・テールズ4」

草
『新潮』2005年11月号「ピース・オブ・ケーキ5」

光
『新潮』2006年3月号「トゥワイス・トールド・テールズ5」

『愛欲の谷』
『新潮』2006年8月号「トゥワイス・トールド・テールズ7」

ひかりのくに
『新潮』2006年12月号「ピース・オブ・ケーキ6」

けいせいはんごんかう
『新潮』2006年5月号「トゥワイス・トールド・テールズ6」

『月』について、
『ことばのたくらみ―実作集』池澤夏樹編（2003年1月、岩波書店刊）

砂の粒
『新潮』2009年８月号「トゥワイス・トールド・テールズ９」

トゥワイス・トールド・テールズ
『新潮』2007年６月号「トゥワイス・トールド・テールズ８」

『月』について、
『新潮』2009年６月号「ピース・オブ・ケーキ７」

裏切りの耳、紙の肉体
『新潮』2009年10月号「ピース・オブ・ケーキ８」

紙の肉体、裏切りの耳
『新潮』2009年12月号「ピース・オブ・ケーキ９」

孤独な場所で、
『新潮』2010年６月号「ピース・オブ・ケーキ10」

ピース・オブ・ケーキとトゥワイス・トールド・テールズ
『新潮』2011年９月号

協力・カバー写真提供　The Third Gallery　Aya

『ピース・オブ・ケーキとトゥワイス・トールド・テールズ』
2012年1月（新潮社刊）

JASRAC出 2401367-401

中公文庫

ピース・オブ・ケーキと
トゥワイス・トールド・テールズ

2024年 3 月25日　初版発行

著　者　金井《かない》美恵子《みえこ》

発行者　安 部　順 一

発行所　中央公論新社
〒100-8152　東京都千代田区大手町1-7-1
電話　販売 03-5299-1730　編集 03-5299-1890
URL https://www.chuko.co.jp/

DTP　ハンズ・ミケ
印　刷　三晃印刷
製　本　小泉製本

Published by CHUOKORON-SHINSHA, INC.
Printed in Japan　ISBN978-4-12-207492-7 C1193

各書目の下段の数字はISBNコードです。978-4-12が省略してあります。

中公文庫既刊より

か-15-4 **迷い猫あずかってます** 金井美恵子

ある日、作家の自宅に迷い込んできたオスのトラ猫。トラーと名づけられた猫の自由かつ奔放な振る舞いと、振り回される姉妹の日々を綴る。〈解説〉桜井美穂子

207338-8

か-15-5 **カストロの尻** 金井美恵子

様々な記憶の断片が、岡上淑子のコラージュと響き合い織りなされた短篇と批評。関連エッセイを新たに収録。芸術選奨文部科学大臣賞受賞作。〈解説〉堀 千晶

207481-1

お-2-10 **ゴルフ 酒 旅** 大岡 昇平

獅子文六、石原慎太郎ら文士とのゴルフ、一年におよぶ米欧旅行の見聞……。多忙な作家の執筆の合間には、いつも「ゴルフ、酒、旅」があった。〈解説〉宮田毬栄

206224-5

お-2-11 **ミンドロ島ふたたび** 大岡 昇平

自らの生と死との彷徨の跡。亡き戦友への追慕と鎮魂の情をこめて、詩情ゆたかに戦場の島を描く。『俘虜記』の舞台、ミンドロ、レイテへの旅。〈解説〉湯川 豊

206272-6

お-2-12 **大岡昇平 歴史小説集成** 大岡 昇平

「挙兵」「吉村虎太郎」など長篇『天誅組』に連なる作品群ほか、「高杉晋作」「竜馬殺し」「将門記」など戦争小説としての歴史小説全10編。〈解説〉川村 湊

206352-5

お-2-17 **小林秀雄** 大岡 昇平

親交五十五年、評論から追悼文まで「人生の教師」であった批評家の詩と真実を綴った全文集。巻末に小林との対談収録。文庫オリジナル。〈解説〉山城むつみ

206656-4

お-2-18 **成城だより 付・作家の日記** 大岡 昇平

文学、映画、漫画……闊達に綴った日記文学。一九七九年十一月から八〇年十月まで。「作家の日記」を併録。全三巻。〈巻末付録〉小林信彦・三島由紀夫

206765-3

お-2-19
成城だよりⅡ
大岡　昇平
六十五年を読書にすごせし、わが一生、本の終焉と共に終らんとす——。大いに読み、書く日々。一九八二年一月から十二月まで。〈巻末エッセイ〉保坂和志
206777-6

お-2-20
成城だよりⅢ
大岡　昇平
とにかくひどい戦後四十年目だった——。防衛費一％枠撤廃、靖国参拝……戦後派作家の慷慨。一九八五年一月から十二月まで。全巻完結。〈解説〉金井美恵子
206788-2

た-15-9
新版　犬が星見た　ロシア旅行
武田百合子
夫・武田泰淳とその友人、竹内好との旅を、天真爛漫な目で綴った旅行記。読売文学賞受賞作。竹内好の随筆「交友四十年」を収録した新版。〈解説〉阿部公彦
206651-9

た-15-10
富士日記（上）新版
武田百合子
夫・武田泰淳と過ごした富士山麓での十三年間を克明に描いた日記文学の白眉。昭和三十九年七月から四十一年九月分を収録。〈巻末エッセイ〉大岡昇平
206737-0

た-15-11
富士日記（中）新版
武田百合子
愛犬の死、湖上花火、大岡昇平夫妻との交流。昭和四十一年十月から四十四年六月の日記を収録する。田村俊子賞受賞作。〈巻末エッセイ〉しまおまほ
206746-2

た-15-12
富士日記（下）新版
武田百合子
季節のうつろい、そして夫の病。山荘でともに過ごした最後の日々を綴る。昭和四十四年七月から五十一年九月までを収めた最終巻。〈巻末エッセイ〉武田　花
206754-7

た-15-13
絵葉書のように
武田百合子
武田　花　編
単行本未収録エッセイ集『あの頃』から、夫・武田泰淳や友人たちとの思い出、街歩き、旅、食べ物などについて綴ったエッセイ五十四編を厳選し、収録する。
207341-8

た-15-14
日日雑記　新装版
武田百合子
深沢七郎、大岡昇平ら友人たちを送った昭和最後の三年間。日々の出来事や気持の照り降りを心に響く文章で綴る最後のエッセイ集。〈巻末エッセイ〉武田　花
207394-4